Danielle Steel

# Una herencia misteriosa

Danielle Steel es sin duda una de las novelistas más populares en todo el mundo. Sus libros se han publicado en cuarenta y siete países, con ventas que superan los quinientos ochenta millones de ejemplares. Cada uno de sus lanzamientos ha encabezado las listas de bestsellers de *The New York Times*, y muchos de ellos se han mantenido en esta posición durante meses.

# Una herencia misteriosa

# Danielle STEEL

## Una herencia misteriosa

Traducción de
**Nieves Calvino Gutiérrez**
**y Joan Trejo Álvarez**

Vintage Español
Una división de Penguin Random House LLC
Nueva York

*A mis queridísimos hijos,*
*Beatrix, Trevor, Todd, Nick,*
*Samantha, Victoria, Vanessa,*
*Maxx y Zara.*
*Que os amen a cualquier edad,*
*sed valientes en vuestras vidas,*
*y honestos e indulgentes con los demás*
*y con vosotros mismos.*
*Que la dicha y la esperanza colmen vuestra vida,*
*y benditos seáis en todo.*
*Y tened siempre presente*
*lo mucho que os quiero.*

Mamá/D. S.

Cuando bendices a uno, bendices a todos.

Mary Baker Eddy

## 1

Era uno de esos días de enero en los que parece que el invierno neoyorquino no se acaba nunca. Las nevadas habían batido récords desde noviembre. Y el viento cortante había convertido la de esa mañana, la segunda de la semana, en aguanieve. La gente resbalaba por el hielo y hacía muecas cuando el viento le azotaba el rostro. Era el día perfecto para quedarse dentro, como Hal Baker, sentado a su mesa del Metropolitan Bank, en una sucursal de la parte baja de Park Avenue.

Poco más de tres años antes, el banco se había salvado por muy poco de caer al otro lado de la línea divisoria que delimitaba la parte de Nueva York que había sufrido un apagón durante el épico huracán que asoló la ciudad. Unas manzanas al norte de los cortes de luz y las inundaciones, el banco continuó funcionando y proporcionando servicio a sus clientes, e incluso se ofrecieron bandejas con café y bocadillos a las víctimas en un gesto de compasión y civismo.

Hal se hallaba a cargo de las cajas de seguridad, una tarea que otros consideraban tediosa, pero que a él siempre le había gustado. Disfrutaba del contacto con los clientes de más edad, que acudían a echar un vistazo a sus pertenencias, consultar sus certificados de acciones o depositar testamentos nuevos en las cajas que tenían alquiladas. Charlaba con ellos si querían, lo cual era frecuente, o los dejaba a solas si lo preferían. Conocía a la mayoría de los clientes de las cajas de vista, y a muchos, por su nombre. Y era sensible a sus necesidades. También le gustaba conocer a los clientes nuevos, sobre todo a los que nunca habían tenido caja de seguridad, y explicarles los beneficios de guardar sus documentos y objetos de valor, ya que no siempre vivían en apartamentos seguros.

Se tomaba muy en serio su trabajo, y ya con sesenta años —le faltaban cinco para jubilarse—, no tenía una ambición insaciable. Estaba casado, tenía dos hijos de edad adulta, y dirigir el departamento de cajas de seguridad encajaba a la perfección con su carácter. Era un hombre sociable que llevaba veintiocho años en ese banco y que antes había estado diez más en otra sucursal del Metropolitan Bank. Tenía la esperanza de terminar su carrera allí. Siempre había considerado las cajas de seguridad una gran responsabilidad. Los clientes les confiaban sus posesiones más valiosas, y a veces sus más oscuros secretos, para que los guardasen donde nadie salvo ellos mismos pudieran entrar o curiosear, verlas o tocarlas.

El banco estaba situado en los East Thirties de Park Avenue, un barrio totalmente residencial, antaño elegante, que hacía tiempo se había visto salpicado de edificios de oficinas. La clientela del banco era una mezcla de gente que trabajaba en la zona y antiguos clientes refinados que vivían en los edificios residenciales que quedaban. Ese día, los de edad más avanzada no se atrevían a salir. Las calles estaban resbaladizas a causa del aguanieve y, todos los que tenían la posibilidad, se quedaban en casa, lo que hacía que fuera una jornada ideal para ponerse al día con el papeleo atrasado que llevaba acumulándose en su mesa desde las fiestas de Navidad.

Hal tenía varios asuntos de los que ocuparse ese día. Hacía justo trece meses que se habían dejado de pagar dos de las cajas de seguridad más pequeñas, y los clientes que las habían alquilado no habían respondido a las cartas certificadas que les habían enviado para recordárselo. El impago solía significar que los clientes las habían abandonado, aunque no siempre era el caso. Después de un mes sin recibir respuesta a las cartas certificadas que había enviado al cumplirse un año de impago, Hal podía llamar ya a un cerrajero para que las abriera y daba por hecho que las encontraría vacías. Algunas personas no se molestaban en comunicar al banco que ya no las querían, sino que dejaban de pagar la cuota mensual y tiraban las llaves. En esos dos casos, si estaban vacías, Hal podría transferirlas a la lista de espera de gente que necesitaba una. La lista para las más pequeñas solía ser larga. Y resultaba frustrante esperar trece meses para reclamarlas, pero era el procedimiento legal empleado en cualquier banco de Nueva York una vez que los clientes dejaban de pagar. Con lo fácil que hubiera sido avisar al banco, renunciar a la caja y entregar las llaves. Pero había quienes no se tomaban la molestia. O se olvidaban o les traía sin cuidado.

La situación de la tercera caja de la que pensaba encargarse ese día era muy diferente. Había visto a la clienta varias veces en todo el tiempo que llevaba allí y la recordaba bien. Se trataba de una mujer mayor muy distinguida, que se mostraba educada aunque nunca charlaba con él. Hacía casi cinco años que no la veía. Y el pago de la caja había cesado hacía tres y un mes. Había enviado la carta certificada de rigor un año después de que se interrumpieran los pagos y luego había esperado el mes exigido por la ley antes de que pudiera abrirse la caja en presencia de un notario. Era una de las cinco de mayor tamaño de que disponía el banco. Y Hal había llevado a cabo un minucioso inventario del contenido ante el notario, tal y como era su deber. Había varias carpetas con la nítida letra de la propietaria; una con fotografías y otra con papeles y documentos, entre ellos varios pasaportes caducados, estadounidenses e italianos, expedidos en Roma. Había encontrado dos gruesos fardos de cartas. En uno estaban escritas en italiano con anticuada letra europea y atadas de manera ordenada con un descolorido lazo azul. Las otras, sujetas con un lazo rosa, estaban en inglés y la letra era femenina. Había, además, veintidós estuches de piel para joyas, la mayoría de los cuales contenían una única pieza, que había anotado aunque no examinado con detenimiento. Las piezas, sin embargo, parecían valiosas incluso para su ojo inexperto. Se había limitado a registrarlas como «anillo de diamantes», «pulsera», «collar», «broche», sin más detalles, pues escapaban a sus conocimientos en la materia y tampoco era necesario. También había buscado un testamento, por si la titular resultaba haber fallecido, pero no había encontrado nada entre los documentos. La clienta había tenido la caja alquilada durante veintidós años, y Hal no tenía ni idea de lo que le había ocurrido. Además, tal y como dictaba la ley, había esperado hasta exactamente dos años después de que abrieran la caja y no había habido respuesta. A continuación debía notificar al Tribunal Testamentario de Nueva York su existencia y la ausencia de testamento, y entregarles el contenido.

Ellos tendrían la obligación de juzgar y establecer si la arrendataria había fallecido y, en ausencia de testamento o pariente asignado, publicarían un anuncio en los periódicos, invitando a parientes o herederos a que acudieran a reclamar sus pertenencias. Si al cabo de un mes no aparecía nadie, el Tribunal Testamentario procedería a vender sus posesiones como bienes abandonados y los ingresos de la venta irían destinados al estado de Nueva York. Habrían de conservar cualquier papel o documento durante siete años más por si aparecía algún pariente. Si no había testamento, las leyes que regulaban las sucesiones intestadas eran muy estrictas. Y Hal siempre las acataba de manera escrupulosa.

Ese día iniciaría la segunda fase de medidas y notificaría el abandono de la caja al Tribunal Testamentario. Y, dado que la mujer que la había alquilado debía de tener casi noventa y dos años, había muchas probabilidades de que no siguiera con vida. El tribunal tendría que determinarlo antes de intervenir para disponer de sus posesiones. Se llamaba Marguerite Wallace Pearson di San Pignelli. Hal llevaba dos años albergando la sospecha de que las joyas de las que había hecho inventario podían considerarse valiosas. A partir de ahí sería responsabilidad del Tribunal Testamentario buscar a alguien que las tasase, en caso de que la propietaria realmente hubiera fallecido sin dejar testamento y no apareciera ningún pariente. Tendrían que calcular su valor antes de que salieran a subasta a beneficio del estado.

Como parte de la rutina, Hal llamó en primer lugar al cerrajero para que se encargase de las dos cajas pequeñas y luego al Tribunal Testamentario para pedir que enviaran a alguien que examinara el contenido de la más grande. Imaginó que se tomarían su tiempo. Andaban cortos de personal y siempre estaban ocupados e iban con retraso al encargarse de las propiedades y los asuntos de la gente que había fallecido sin hacer testamento.

Eran las once en punto cuando Hal llamó al tribunal. Atendió la llamada Jane Willoughby, una estudiante de Derecho en prácticas en el Tribunal Testamentario durante un trimestre antes de graduarse en la Universidad de Columbia en junio y presentarse en verano al examen para ejercer la abogacía. Trabajar como secretaria para el Tribunal Testamentario no era su sueño, pero había sido lo único a lo que había podido acceder. Su primera opción había sido el Juzgado de Familia, pues era la especialidad a la que quería dedicarse, en particular la defensa del menor. Y su segunda opción había sido el Juzgado de lo Penal, ya que parecía interesante, aunque no había habido nada disponible en ninguno de los dos. Solo le habían ofrecido puestos de secretaria del juzgado en el Tribunal de Sucesiones y en el Testamentario. Le resultaban muy deprimentes, pues no se ocupaban más que de los asuntos de gente muerta y de un papeleo interminable, sin apenas contacto humano. Aceptó el puesto en el Tribunal Testamentario, aunque se sentía atrapada allí y le desagradaba la mujer para la que trabajaba. La jefa de Jane, Harriet Fine, era una mujer de aspecto cansado y marchito, y se veía a la legua que no le gustaba lo que hacía, pero necesitaba el dinero y nunca había tenido agallas para dejarlo. Los constantes comentarios negativos y la actitud amargada de Harriet hacían más duro el día a día de Jane, que estaba deseando que terminase. Casi había acabado la carrera, solo le quedaban dos meses de clase y un trabajo final que aún tenía que entregar. Las prácticas eran el paso final para graduarse y necesitaba un buen informe de Harriet que añadir a su currículo. Había estado presentándolo en bufetes de Nueva York los últimos dos meses.

Jane descolgó el teléfono de su mesa al segundo tono y Hal le explicó la situación con voz agradable y formal. Ella apuntó la información que le dio sobre la caja de seguridad de la señora Di San Pignelli y supo que lo primero que tenía que hacer era averiguar si la depositaria había fallecido. Después podrían proceder y alguien del juzgado se reuniría con Hal en el banco, revisaría con él los objetos inventariados y los reclamaría en nombre del estado, a la espera de una respuesta al anuncio que publicarían para localizar a los herederos. Siempre resultaba interesante ver quién contestaba al anuncio, en caso de que alguien lo hiciera. El Tribunal Testamentario había llevado hacía poco un caso sin herederos, que había dado lugar a una subasta en Christie's y una generosa suma para el estado, aunque Jane no había participado. Harriet, su jefa, actuaba como si fuera una victoria personal cuando no aparecían herederos y podía entregar los ingresos al estado. Jane prefería el aspecto más humano que entrañaba que la gente fuera a reclamar objetos que no esperaban heredar de parientes de los que apenas tenían conocimiento, casi ni recordaban o, en algunos casos, nunca habían visto. Para ellos era dinero caído del cielo y siempre suponía una agradable sorpresa.

—¿Cuándo cree que pueden venir? —le preguntó Hal con educación.

Jane echó una ojeada a su agenda, pese a que sabía perfectamente que no podía tomar la decisión por su cuenta. Tendrían que asignarle el caso y lo más probable era que Harriet se lo encomendara a otra persona, ya que ella no era más que una empleada temporal. Hal mencionó de manera discreta que creía que algunos de los objetos de la caja podían considerarse de valor y que habría que tasarlos como correspondía, sin duda por expertos en joyería.

—No sé cuándo podrá ir alguien —respondió Jane con sinceridad—. Yo me encargaré de hacer la investigación sobre la señora Di San Pignelli y de averiguar si ha fallecido, y le pasaré la información a mi jefa. De ella depende a quién se envía y cuándo.

Hal miró por la ventana mientras la joven hablaba. La nieve caía con fuerza, extendiendo un fino manto blanco sobre la resbaladiza aguanieve. Las calles se estaban volviendo más peligrosas a cada minuto que pasaba, algo frecuente en esa época del año.

—Entiendo —dijo Hal, de manera escueta.

Sabía que el tribunal estaba desbordado. Pero había hecho lo que tenía que hacer, siguiendo el procedimiento al pie de la letra, como siempre. A partir de entonces, era asunto de ellos.

—Le avisaremos —le aseguró Jane, pensando en lo que le había dicho sobre el posible valor del contenido.

Colgaron un momento después, y ella se quedó contemplando la gélida lluvia desde su despacho. Odiaba los días como ese; estaba deseando volver a la facultad y terminar. Y las vacaciones también habían sido deprimentes.

No había podido pasar las Navidades con su familia en Michigan, y tanto John, el hombre con el que vivía, como ella se habían pasado meses atrapados en el apartamento, estudiando. Él se estaba sacando el máster en Administración de Empresas de la Escuela de Negocios de Columbia y también iba a graduarse en junio, y con la presión de los trabajos y los exámenes, había habido tensión entre ellos. Llevaban tres años viviendo juntos y todo había ido bien hasta los últimos seis meses, a causa del creciente nerviosismo previo a la graduación. Además, ambos estaban empezando a buscar trabajo, lo que también generaba ansiedad.

Él era de Los Ángeles y se habían conocido en la facultad. Compartían un pequeño y feo apartamento amueblado cerca de Columbia, en un edificio de renta controlada en el Upper West Side, y su guerra con las cucarachas que lo infestaban no hacía de él un lugar agradable para vivir precisamente. Tenían la esperanza de alquilar un apartamento más bonito cuando encontraran trabajo, después de graduarse, y pudieran permitírselo, aunque los padres de Jane estaban empeñados en que volviera a Grosse Pointe, algo que no entraba en sus planes. Pensaba quedarse en Nueva York y ejercer allí la abogacía. Su padre era consejero delegado de una compañía de seguros, y su madre, psicóloga, si bien no había ejercido desde que naciera Jane. Y les entristecía que no quisiera volver a casa, ya que era hija única. Jane odiaba decepcionarlos, pero le emocionaba la idea de labrarse una carrera en Nueva York y así se lo había hecho saber en todo momento.

Sabía que, independientemente de a quién le asignaran el caso Pignelli, Harriet esperaría que antes comprobara los certificados de defunción y estableciera si la señora Di San Pignelli seguía con vida, de modo que tecleó con rapidez su nombre y fecha de nacimiento en el ordenador. La respuesta que obtuvo fue inmediata. Marguerite Wallace Pearson di San Pignelli había muerto hacía seis meses. Su última dirección conocida era en Queens, donde había fallecido. No era la dirección que tenía Hal Baker en sus archivos; esa era de Manhattan, cerca del banco. Y, teniendo en cuenta la edad de la señora Di San Pignelli, Jane se preguntó si tal vez había olvidado que poseía una caja de seguridad o había estado demasiado enferma para retirar sus pertenencias antes de morir y ocuparse de ellas en persona. En cualquier caso, ya no estaba viva y alguien del Tribunal Testamentario tendría que examinar el contenido de la caja de forma más minuciosa para buscar un testamento entre los documentos.

Jane rellenó un formulario con los detalles y lo llevó al despacho de Harriet justo cuando esta se marchaba a almorzar, envuelta en un plumas, con gorro y bufanda de punto, y unas pesadas botas. A menudo aprovechaba la pausa de la comida para ir a casa a ver cómo estaba su madre. Cuando entró la joven, parecía estar a punto de marcharse al Polo Norte. Harriet tenía fama de ser dura con los empleados y los estudiantes de Derecho, y con Jane parecía serlo todavía más. Esta era una joven guapa, de largo cabello rubio, ojos azules y una figura impresionante; tenía el aspecto de haberse criado con dinero, por muy discreta que vistiera, y disfrutaba de todas las ventajas que Harriet jamás había tenido. A los veintinueve años, Jane tenía toda la vida y una interesante carrera por delante.

Harriet, en cambio, había vivido y cuidado de su madre enferma, tenía cincuenta y pocos años, hacía siglos que no mantenía una relación y no se había casado ni había tenido hijos. Su vida y su trabajo parecían hallarse en un punto muerto.

—Déjalo encima de mi mesa —dijo esta cuando vio el formulario en manos de la joven.

—Tendrá que ir alguien al banco —indicó Jane con serenidad, pues no deseaba irritarla—. El sujeto falleció hace seis meses. Han mantenido la caja durante tres años, de acuerdo con el procedimiento, y quieren que la vaciemos enseguida.

—Lo asignaré después de comer —prometió Harriet mientras salía a toda prisa.

Jane regresó a su despacho y se pidió un bocadillo en un deli cercano para comérselo a su mesa. Parecía mejor que salir con tan mal tiempo. Se encargó de algunos trámites de menor importancia mientras esperaba a que llegara la comida.

Había avanzado mucho con las tareas rutinarias que tenía pendientes cuando Harriet regresó de comer, con cara de preocupación, y dijo que su madre no estaba bien. Jane había dejado dos expedientes terminados encima de su mesa. Era un trabajo tedioso, pero Jane era meticulosa y había cometido pocos errores mientras estaba allí, y nunca el mismo dos veces. Había sido asistente legal antes de ir a la facultad de Derecho, y Harriet admiraba su ética laboral y su atención al detalle. Incluso había comentado a varios compañeros de la oficina que Jane era la mejor becaria que habían tenido, pero era parca con los elogios cara a cara. La llamó a su despacho una hora después de volver de comer.

—¿Por qué no vas tú al banco y revisas el contenido y el inventario? —dijo, en referencia al caso Pignelli—. Ahora mismo no tengo a nadie más a quien asignárselo.

Le devolvió la hoja del caso y Jane asintió. Solo había participado en un inventario desde que estaba allí, pero no le parecía complicado. Lo único que tenía que hacer era confirmar el del banco y llevarse el contenido de la caja de seguridad para depositarlo en la caja fuerte del Tribunal Testamentario, hasta que pudieran vender los objetos de valor y archivar los documentos durante los siguientes siete años.

Jane llamó al banco para fijar la cita aquella tarde, antes de lo que había previsto Hal Baker, que le explicó con tono de disculpa que se iba de vacaciones las dos semanas siguientes y que tenía un cursillo de formación de una semana al volver. Quedaron en encontrarse al cabo de cuatro semanas, el día después de San Valentín, algo sobre lo que Jane no le llamó la atención, ya que a ella le parecía bien. No había prisa, y así tendrían tiempo de publicar el anuncio que exigía la ley en los periódicos. Apuntó la cita y colgaron mientras ella sacaba el formulario estándar para la notificación. El proceso para intentar localizar a los herederos de Marguerite di San Pignelli había comenzado. Solo se trataba de un día más en el Tribunal Testamentario, tratando de localizar herederos y ocupándose de los bienes cuando estos no existían.

## 2

Cuatro semanas después de su conversación inicial con Hal Baker, Jane tomó el metro hasta la parada más cercana al Metropolitan Bank. Era el día después de San Valentín, y tanto esa mañana como el día anterior habían sido complicados. John y ella habían discutido mientras preparaba tostadas a toda prisa, echaba cereales en un cuenco para ella y hacía café para los dos. Quemó la tostada que había metido en la tostadora sin molestarse en comprobar la temperatura y derramó los cereales justo cuando John entraba en la cocina en camiseta y calzoncillos y con aspecto aturdido. El día anterior, había estado estudiando con sus amigos, en el apartamento de alguno de ellos. Le había oído volver a casa a las tres de la madrugada, pero se había quedado dormida antes de que se metiera en la cama. Y se había olvidado por completo de San Valentín, aunque ella sí le había comprado una caja de bombones y algunas tarjetas, y se lo había dejado en la cocina por la mañana. John se había llevado la caja de bombones para compartirla con su grupo de estudio y no tenía ni regalo ni flores ni tarjeta para ella. En lo que se refería a John, ese año San Valentín se había cancelado.

—¿A qué viene tanta prisa? —preguntó, sirviéndose el café que había preparado Jane mientras ella acababa de recoger los cereales y untaba mantequilla en la tostada quemada.

Parecía agotado y, desde luego, no estaba de buen humor cuando se sentó a la mesa de la cocina y tomó un trago de café.

Aún no se había percatado de que había sido San Valentín, ni el día anterior ni entonces. No solía acordarse de las fiestas o fechas señaladas y, con dos trabajos pendientes, ese año San Valentín no significaba nada para él. Estaba concentrado por completo en la facultad. Había sido un compañero agradable y divertido hasta que le sobrevino el agobio durante los meses finales antes de graduarse. Había pasado de ser independiente, aunque alegre, a pensar solo en sí mismo y en lo que tenía que hacer para graduarse y conseguir su máster en Administración de Empresas. Algunos días, Jane tenía la sensación de que ni siquiera existía para él.

—Hoy tengo que hacer inventario de una caja de seguridad abandonada —dijo, con mirada satisfecha. Al menos era más interesante que su labor habitual, sepultada bajo el papeleo de su mesa.

—¿Tan importante es? —No parecía impresionado. Consideraba aquello aburrido.

—No lo creo, pero me obliga a salir de la oficina y me da la oportunidad de hacer un poco de detective. Hemos publicado un aviso en los periódicos para alertar a los posibles herederos y no hemos obtenido respuesta en cuatro semanas.

—¿Qué pasa si no aparece nadie?

—Entonces venderemos cualquier cosa de valor que encontremos en la caja, pero guardaremos los documentos siete años más. El dinero irá a parar al estado.

—¿Hay algo importante en esa caja?

—Supuestamente contiene algunas joyas que, según el banco, podrían ser valiosas. Hoy lo verificaré. Es un poco triste, pero también interesante. Cuesta imaginar que la gente se olvide sin más de sus cosas, aunque la mujer era muy mayor. A lo mejor falleció de repente o sufrió demencia en los últimos años. ¿Alguna posibilidad de que cenemos juntos esta noche? —preguntó, tratando de sonar despreocupada y sin intención de presionarle.

Él, sin embargo, gruñó en cuanto lo dijo.

—Oh, mierda. Es San Valentín, ¿verdad? O fue ayer. Por cierto, gracias por los bombones —añadió, mirando la fecha en el periódico de la mesa—. Lo siento, Jane. Se me olvidó. Tengo dos trabajos pendientes; es imposible que venga a cenar. ¿Aceptas un vale para dentro de dos semanas? —Parecía arrepentido de verdad.

—Claro —aseveró sin problemas. Ya se lo había imaginado; estaba obsesionado con la universidad y lo entendía. El horario de la facultad de Derecho y sus exigencias también habían sido extenuantes, pero siempre había tenido mejores notas que él—. Ya me lo imaginaba. Solo se me ha ocurrido preguntar.

John se acercó, la besó y sonrió al fijarse en el jersey rojo que llevaba. Las fiestas eran muy importantes para ella, algo con lo que siempre le tomaba el pelo. Consideraba ese lado sentimental de Jane tierno y lo achacaba a que se había criado en el Medio Oeste. Sus padres trabajaban en la industria del cine de Los Ángeles y por eso eran oficialmente más sofisticados que los de ella.

Jane estaba muy guapa, con una falda corta negra y zapatos de tacón alto; llevaba el largo cabello rubio recogido para la reunión con el banco. Le encantaba su aspecto y, cuando no tenía que entregar dos trabajos y que dedicarse al proyecto final, disfrutaba estando con ella. No habían hecho planes de futuro y vivían su relación día a día, lo que les parecía bien a los dos. Estaban centrados en sus carreras. Ella no tenía tiempo ni ganas de casarse, pues antes deseaba establecerse, igual que él. Ambos estaban de acuerdo en eso.

—Voy a estar fuera toda la noche con el grupo de estudio —dijo cuando Jane se levantó y se puso el abrigo. También era rojo, para destacar la fiesta, cosa que John consideraba un poco tonta, aunque a ella le quedaba bien. Y los zapatos hacían que destacasen sus piernas, que para John eran su mejor atributo—. Vamos a juntarnos en casa de Cara —agregó con aire distraído, ojeando el periódico que ella había dejado encima de la mesa.

Sabía que a Jane no le caía bien. Cara parecía una modelo de ropa interior, no una aspirante a sacarse un máster en Administración de Empresas. John siempre decía que era lista como un demonio y que admiraba sus dotes emprendedoras. Había dirigido y vendido un negocio por una cuantiosa suma de dinero antes de volver a la universidad para sacarse el título, y tenía treinta y un años, dos más que Jane. Era la mujer soltera más atractiva del grupo y a Jane siempre la inquietaba que John estudiara con ella. Por lo que sabía, él le era fiel, y esperaba que así fuera. Pero veía a Cara como una amenaza. Su generoso pecho estaba siempre demasiado expuesto y tenía un aspecto muy sexy con camiseta y vaqueros ajustados.

—¿Irán los demás? —inquirió Jane; parecía nerviosa.

John se enfadó de inmediato.

—Por supuesto. ¿Qué más da? No se trata de un grupo de terapia sexual. Estamos dedicados a nuestros trabajos finales y Cara sabe mucho más que yo sobre dirigir un pequeño negocio.

Esa era siempre su excusa para estar con ella. Habían hecho varios proyectos juntos.

—Solo preguntaba —repuso Jane con voz queda.

—Jane, no necesito que me metas más presión. Y si me ayuda a subir las notas, estoy más que dispuesto a trabajar con ella.

No estaba de humor para una escenita de celos, pero la conversación acabó degenerando y al cabo de cinco minutos discutieron sobre Cara. Ya había ocurrido antes. Jane siempre decía que Cara coqueteaba con él, cosa que John negaba de manera vehemente en tanto que ella le decía que era un ingenuo. La conversación no llevó a nada: John se fue al dormitorio con paso airado y expresión irritada, y Jane se marchó a trabajar, sintiéndose un poco mal.

Últimamente discutían sin parar por todo y por nada. Estaban pasando por un grave bache y Jane sabía que solo era culpa de la presión que soportaban ambos para poder graduarse, por lo que procuraba mostrarse paciente con sus estados de ánimo, el agotamiento perpetuo y la falta de sueño, y no preocuparse por su proximidad con Cara. Confiaba en John, pero Cara y él pasaban mucho tiempo estudiando juntos, a solas y con el grupo de estudio. Era evidente que a Cara le gustaba y Jane no confiaba en ella. Detestaba insistir al respecto, pero ella también estaba con los nervios a flor de piel.

John estaba en la ducha cuando Jane salió del apartamento. Tuvo esa inquietante sensación que le invade a uno tras una pelea en la que nadie «gana», y en ese momento se sentía tonta con su jersey rojo en honor a San Valentín, un día después. Era un día de trabajo normal y corriente para ella, y quería aparentar seriedad en la cita, pues era la segunda vez que iba a hacer un inventario y deseaba comportarse de modo profesional.

Hal Baker la estaba esperando en el banco cuando llegó y le estrechó la mano con una sonrisa amable y una mirada apreciativa al ver su bonito rostro y su agraciada figura. Jane no era en absoluto lo que había esperado del Tribunal Testamentario. Los secretarios judiciales que enviaban eran por lo general mucho mayores y muy ariscos. Jane era una mujer guapa, con una vivaz expresión de interés en los ojos. La condujo abajo, hasta las cajas de seguridad, con la joven notaria a la zaga. Hal fue hasta la sección con las cajas de mayor tamaño, utilizó dos llaves para abrir la caja y acompañó a las dos mujeres a un pequeño cuarto privado, apenas lo bastante espacioso como para que cupieran los tres. La notaria acercó una tercera silla para sentarse y observar el inventario. Hal tenía el expediente de la señora Di San Pignelli en la mano, con el inventario que había llevado a cabo hacía dos años. Entregó a Jane una copia en cuanto entraron en la salita y ella se quitó el abrigo rojo. Jane leyó la lista del contenido de la caja y, cuando Hal la abrió, miró dentro.

Vio los estuches de joyas individuales y los sobres. Sacó los papeles primero y los dejó encima de la mesa, y a continuación abrió los sobres uno por uno. En primer lugar, examinó el que contenía las fotos y vio a una hermosa mujer de ojos meditabundos y sonrisa deslumbrante. Era evidente que se trataba de la señora Di San Pignelli, ya que aparecía en la mayoría de las imágenes. Había algunas fotos antiguas de cuando era joven, que eran más serias, y bastantes con un hombre muy apuesto y mucho mayor. Jane fue dándoles la vuelta, y se fijó en la fecha y en el nombre, Umberto, escrito con esmero y letra elegante al dorso. Algunas se habían hecho en fiestas, otras durante las vacaciones, y había varias en yates. Jane advirtió que algunas estaban tomadas en Venecia; otras, en Roma. También vio fotos de ellos en París y una esquiando en los Alpes, en Cortina d'Ampezzo, unas cuantas montando a caballo y una en una carrera de automóviles, con Umberto ataviado con casco y gafas. El hombre daba la impresión de ser muy protector con la hermosa mujer, y ella parecía feliz a su lado y entre sus brazos. Vio varias fotos tomadas en un palacete de estilo francés y algunas en jardines de fantasía, con el palacete de fondo. Y había ajados recortes de periódicos romanos y napolitanos, en los que aparecían en fiestas y se referían a ellos como el conte y la contessa Di San Pignelli. Entre ellos, Jane reparó en la necrológica del conde en un periódico napolitano de 1965, en la que se indicaba que tenía setenta y nueve años en el momento de su fallecimiento. Entonces fue fácil calcular que era treinta y ocho años mayor que Marguerite, que tenía solo cuarenta y uno cuando él murió, y que estuvieron casados durante veintitrés años.

Parecía que habían llevado una vida desahogada, de lujo, y Jane estaba sorprendida por lo elegantes que eran ambos, por el estilo con el que vestían. Marguerite lucía joyas en las fotos en que vestía de noche. Y Jane reparó en que en varias, sobre todo en las que aparecía sola, había una expresión de profunda tristeza en sus ojos, como si le hubiera ocurrido algo terrible. No obstante, en las fotos tomadas con el hombre, siempre aparecía feliz. Formaban una bonita pareja y parecían muy enamorados.

Y al final del expediente había una serie de fotografías de una niña pequeña, atadas con un lazo rosa descolorido. No había ningún nombre escrito en el dorso, tan solo las fechas de cuando se tomaron, con una letra diferente, menos sofisticada. La niña era guapa, tenía una expresión un tanto pícara y los ojos risueños. Guardaba un ligero parecido con la condesa, pero no el suficiente para asegurar que estuvieran emparentadas. A Jane le sobrevino una repentina oleada de tristeza mientras ojeaba los recuerdos de la vida de una mujer que ya no estaba entre los vivos y que debió de tener un final solitario, si había muerto sin testamento y sin herederos conocidos.

Se preguntó qué le habría ocurrido a la niña, la cual, a juzgar por las fechas del dorso de las fotos, ya sería una anciana. Era un pedazo de historia del pasado lejano y resultaba poco probable que las personas de las imágenes siguieran con vida.

Jane cerró el sobre de las fotos con cuidado mientras Hal le entregaba el siguiente, con varios documentos en su interior. Contenía algunos pasaportes caducados que señalaban que Marguerite era ciudadana estadounidense, nacida en Nueva York en 1924, y los sellos indicaban que había abandonado Estados Unidos y entrado en Portugal, tras llegar en barco a Lisboa en 1942, a la edad de dieciocho años. Portugal era un país neutral y los siguientes sellos de su pasaporte demostraban que había viajado a Inglaterra al día siguiente de su llegada a Portugal. Y solo había regresado a Estados Unidos durante unas semanas en 1949, siete años después. Otros sellos apuntaban que había ido a Roma con un visado especial de seis semanas tras su llegada a Inglaterra en 1942. Jane no pudo evitar pensar que el conde debió de tirar de algunos hilos en las altas esferas o pagar muy bien a alguien para que llevara a su novia a Italia en plena guerra. También había pasaportes italianos en el sobre, el primero de los cuales estaba fechado en diciembre de 1942 a nombre de Di San Pignelli, por lo que estaban casados para entonces, tres meses después de que ella llegara a Europa, y había obtenido la ciudadanía italiana mediante el matrimonio.

Regresó a Estados Unidos en 1960 con un pasaporte estadounidense que había renovado en la embajada de ese país que había en Roma. Era la primera visita a su patria desde aquel viaje de tres semanas de duración en 1949... y en 1960 se quedó solo unos días, no semanas. El pasaporte no señalaba ningún viaje más a Estados Unidos después de ese, hasta que se mudó a Nueva York en 1994, a los setenta años. Todos los pasaportes estadounidenses se habían renovado en la embajada de Estados Unidos de Roma. Y parecía utilizar su pasaporte italiano cuando viajaba por Europa. Era evidente que tenía la doble ciudadanía; quizá mantuviera la estadounidense por una cuestión sentimental, ya que al fin y al cabo había vivido en Italia durante cincuenta y dos años, la mayor parte de su vida, de hecho toda su vida adulta hasta entonces. Y llevaba treinta y cuatro años sin poner un pie en Estados Unidos cuando se mudó de forma definitiva.

Jane vio también extractos bancarios en el sobre, un registro de su número de la seguridad social, los documentos de alquiler de la caja de seguridad y el recibo de dos anillos que había vendido en 1995 por cien mil dólares. Pero entre los papeles no encontró un testamento por ninguna parte. No había nada que hiciera referencia a ningún heredero ni pariente; a nadie, en realidad. Encontraron muy poca información en el sobre. Y aparte de eso, solo había dos gruesos fajos de cartas, escritos con tinta descolorida, atados con un lazo azul claro uno y con uno rosa el otro. Las cartas de uno estaban escritas en italiano, en un papel que había amarilleado mucho con el tiempo, con tinta marrón y una letra elegante que parecía de hombre, por lo que Jane imaginó que las habría escrito su marido. El segundo fajo de cartas parecía escrito por una mujer y estaba en inglés. Sin desatar el lazo, Jane echó un vistazo y comprobó que muchas comenzaban con un «Mi querido ángel». Parecían sencillos y directos derroches de amor y estaban firmadas con la inicial «M». Ahí no había ningún testamento. La notaria tomó debida nota de los dos fajos de cartas en su inventario, igual que Jane.

A continuación, Jane sacó con cuidado las veintidós cajas de piel, que parecían joyeros, las abrió una tras otra y los ojos se le salieron de las órbitas al descubrir lo que contenían. En el primer estuche halló un gran anillo con una esmeralda de talla rectangular. Jane no sabía suficiente sobre joyas para calcular los quilates, pero era grande y en el interior del estuche rojo aparecía la palabra «Cartier» grabada en letras doradas. Se habría sentido tentada de probárselo, pero no quería que Hal la tachara de poco profesional. De modo que anotó la descripción, cerró el estuche y lo colocó en el otro extremo de la mesa, para no confundirlo con los demás.

El siguiente contenía un anillo con un gran rubí ovalado, con sendos diamantes blancos triangulares a cada lado, también de Cartier. El rubí era de un color intenso, casi rojo sangre. Era una pieza magnífica. Y en el tercer estuche había un anillo de diamantes enorme, de nuevo con talla esmeralda, como el primero. Era absolutamente deslumbrante y esa vez Jane se quedó boquiabierta. Jamás había visto un diamante tan grande y miró atónita a Hal Baker.

—No sabía que hubiera diamantes de este tamaño —dijo, sobrecogida, y él esbozó una sonrisa.

—Tampoco yo, hasta que vi este. —Vaciló y luego su sonrisa se ensanchó—. No diré nada si quiere probárselo. Puede que no vuelva a tener la oportunidad.

Jane hizo lo que le sugería, sintiéndose como una niña traviesa. Le cubría el dedo hasta la falange y era espectacular. Se quedó cautivada y apenas pudo reunir las fuerzas para quitárselo.

—¡Vaya! —exclamó sin ceremonias, y los tres rieron para distender la tensión dentro del cuarto.

Era una experiencia extraña y un tanto inquietante revisar las cosas de aquella mujer, y parecía muy inusual que una señora con posesiones tan valiosas no tuviera a nadie a quien dejárselas o que se le hubiera olvidado hacerlo y no las hubiera reclamado, guardado, usado o vendido. Jane no soportaba la idea de que objetos tan bellos se vendieran a beneficio del estado y no fueran a parar a alguien que los valorara o se hubiera preocupado por esa mujer. Aquello era muy triste.

El estuche siguiente contenía un broche de esmeraldas y diamantes con un diseño espléndido de un joyero italiano. Había un collar de zafiros de engaste invisible de Van Cleef & Arpels, a juego con unos pendientes, en un estuche aparte, y una pulsera de filigrana con diamantes de una belleza increíble. A medida que abría un estuche tras otro, Jane descubría una pieza más hermosa que la anterior, y algunas, sobre todo los anillos, engarzadas con piedras preciosas de gran tamaño. Por último, el último estuche contenía un gran diamante amarillo redondo engastado en un anillo de Cartier. Parecía un faro. Jane contempló sentada el impresionante despliegue de los estuches. Hal Baker había dicho que Marguerite poseía algunas joyas que podrían considerarse de valor, pero Jane no esperaba nada semejante. No había visto nada igual desde que, a los dieciséis años, viajó a Londres con sus padres y fue a ver una exposición de las joyas de la Corona en la Torre de Londres. La condesa Marguerite di San Pignelli había sido la dueña de unas joyas realmente espectaculares y a Jane no le costaba imaginar que lo que tenía ante sí, en los elegantes estuches de piel de algunos de los mejores joyeros de Europa, valía una fortuna. No estaba muy segura de qué hacer a continuación.

—Quizá deberíamos fotografiarlo —sugirió, y Hal asintió—. De ese modo podré enseñarle a mi jefa lo que hay.

Jane sacó su teléfono móvil e hizo algunas fotos de cada objeto. Atestiguarían el valor y la relevancia de la colección mucho mejor que su meticuloso inventario. Entre las piezas había además una gargantilla de perlas y diamantes de Cartier y una larga sarta de perlas nacaradas de gran tamaño. Se había encontrado también un estuche que contenía un sencillo anillo de oro con blasón que Marguerite podría haber usado cuando era una jovencita, una cadena con un guardapelo con forma de corazón, con una foto diminuta de un bebé, y una sencilla alianza de boda de oro blanco. Los objetos de aquel joyero eran de escaso valor y parecían no guardar ninguna relación con las caras piezas de los otros estuches, pero su naturaleza indicaba que debieron de tener valor sentimental para su dueña.

Jane supuso que la condesa debió de llevar una vida opulenta en otra época; los lugares donde se tomaron las fotos y la ropa que vestía en las mismas también lo dejaban entrever. En cada imagen, aparecía con trajes y vestidos hermosos, pieles extravagantes y elegantes sombreros. A Jane le entró la curiosidad por saber quién había sido Marguerite di San Pignelli. Lo único que deducía del contenido de la caja era que fue una joven estadounidense que se marchó a vivir a Italia con dieciocho años, se casó con el hombre mayor de las fotos en cuestión de meses y que él había fallecido veintitrés años más tarde. Años después de aquello, Marguerite se mudó de nuevo a Estados Unidos y no volvió a marcharse hasta que falleció a los noventa y un años. Ninguno de los pasaportes de la caja de seguridad era actual. El último había caducado dos años después de su regreso a Nueva York. Toda la información que podía extraer de las fotografías, los periódicos y los documentos eran piezas de un rompecabezas, pero faltaban muchos datos sobre ella. Marguerite se había llevado consigo todas las respuestas a sus preguntas al fallecer, seis meses atrás.

Una vez que Jane hubo terminado de tomar las fotos de cada objeto, desde distintos ángulos, cerró los estuches y Hal los devolvió a la caja de seguridad.

—Creo que será mejor que los dejemos aquí por ahora —declaró Jane con nerviosismo.

No pretendía llevárselos en el metro cuando volviera al trabajo. Las fotografías eran lo bastante buenas como para enseñarle a Harriet qué tenían entre manos. Habrían de llamar a una casa de subastas para que se ocuparan de ellas y se preguntaba a cuál recurriría Harriet. Sotheby's y Christie's eran las opciones obvias, aunque Jane no sabía si había otros lugares para vender joyas de esas características. Ella carecía de experiencia con objetos de semejante valor y relevancia, y tampoco el amable banquero. Hal salió del pequeño cubículo, y la notaria y Jane le observaron mientras colocaba de nuevo la caja de seguridad donde correspondía y la cerraba con ambas llaves.

—Recibirá noticias mías en cuanto en la oficina me digan qué quieren que haga. No cabe duda de que es un material muy bello —dijo, como si estuviera soñando.

Los tres ocupantes del cubículo se habían quedado anonadados con lo que acababan de ver. Jamás habían tenido ante ellos joyas como aquellas, y Jane sospechaba que Harriet tampoco, aunque sin duda sabría qué hacer.

Jane dio las gracias a Hal Baker y a la notaria cuando se marchó, y cogió el metro de vuelta a la oficina.


El edificio del tribunal era un hermoso ejemplo de arquitectura de estilo Beaux-Arts, construido en 1907, y había sido declarado edificio emblemático. Era un precioso lugar de trabajo, aunque no fuera un trabajo placentero. Cuando llegó, se encontró a Harriet sentada a su mesa, revisando algunos documentos que había enviado el Juzgado de Sucesiones. Levantó la mirada al ver a Jane en la entrada, sin saber si interrumpirla.

—Bonito abrigo —comentó Harriet con una sonrisa glacial—. ¿Qué pasa?

—Acabo de volver de verificar el inventario del caso Di San Pignelli.

—Se me había olvidado que ibas a hacerlo esta mañana

—dijo Harriet, distraída, esperando que hubiera sido algo rutinario—. ¿Qué tal ha ido?

—Creo que bien —adujo Jane, preocupada por que se le hubiera olvidado hacer alguna gestión oficial—. Tenía algunas cosas preciosas —prosiguió en voz queda mientras pensaba en el contenido de los estuches.

—¿Algún rastro del testamento?

—No, solo fotografías y cartas, algunos recortes de periódico de fiestas y la necrológica de su marido, pasaportes antiguos de hace mucho, varios extractos bancarios irrelevantes y estuches de joyas.

—¿Algo que podamos vender? —preguntó Harriet, con tono profesional y directo. No había visto las fotografías de la hermosa mujer de sonrisa deslumbrante y ojos tristes.

—Eso creo.

Jane presionó un botón de su móvil y le enseñó las fotos de las joyas de Marguerite di San Pignelli sin hacer comentarios. Harriet guardó silencio durante un minuto; cuando terminó de verlas, levantó la vista, boquiabierta y con asombro manifiesto.

—¿Has visto todo este material hoy? —preguntó con incredulidad, y Jane asintió—. Tenemos que llamar a Christie's ahora mismo para organizar una subasta.

Lo apuntó en un trozo de papel y se lo entregó a Jane, que lo cogió con cara de preocupación.

—¿Tengo que llamar yo?

Harriet asintió con cierta exasperación.

—Yo no tengo tiempo. —El problema de la falta de personal parecía haber empeorado en los últimos meses—. Tú llama y pídeles que alguien del departamento de joyería se reúna contigo en el banco para echar un vistazo. Necesitaremos una tasación en caso de que aparezca algún heredero. Y la necesitaremos también para el juzgado.

Entonces Jane, en respuesta a las preguntas de Harriet, le confirmó que lo que contenía de la caja eran sobre todo joyas. No había dinero en efectivo, acciones ni bonos, y Hal le había dicho que los fondos de su cuenta corriente se habían reducido por debajo de los dos mil dólares en el momento de su muerte. No había extendido un cheque en años. El único dinero que salía de su cuenta eran las transferencias mensuales automáticas a la residencia de ancianos en Queens, que había ordenado cuando se trasladó a la misma. Pero era evidente que las joyas valían una fortuna.

Jane volvió a su mesa, se quitó el abrigo y buscó el número de teléfono de Christie's. Cuando apareció el número en su ordenador, vio que las oficinas estaban situadas en el Rockefeller Center. Aunque para entonces ya era casi la hora de comer, llamó y pidió que le pasaran con el departamento de joyería en cuanto respondieron. El teléfono sonó durante largo rato y estaba a punto de colgar cuando por fin contestó una voz femenina; Jane pidió hablar con alguien en relación con una tasación para sacar piezas de joyería para una próxima subasta, y la pusieron en espera mientras escuchaba una melodía interminable. Ya parecía que no había nadie en el departamento cuando una voz de hombre dijo «Lawton», con tono monótono.

Jane explicó que llamaba del Tribunal Testamentario y necesitaba una tasación de una serie de piezas de joyería abandonadas que sacarían a subasta si no aparecía ningún heredero. Hubo un momento de silencio mientras Phillip Lawton miraba por la ventana. Llevaba los dos últimos años asignado al departamento de joyería en la venerable casa de subastas y se sentía atrapado. Tenía un máster de conservador de museos, se había especializado en arte egipcio y pintura impresionista, y había esperado una eternidad para conseguir un empleo en el Metropolitan Museum. Por fin se había dado por vencido y había aceptado un trabajo en el departamento de arte de Christie's. Le había parecido interesante durante los tres años que trabajó allí, hasta que surgieron tres vacantes en joyería, cuando el jefe del departamento se mudó a la sede de Londres y las dos personas bajo sus órdenes directas dimitieron. Habían transferido a Phillip del departamento de arte al de joyería, por la cual no sentía el más mínimo interés. Le habían prometido el traslado de nuevo al departamento de arte con el tiempo, pero aún no había pasado. Y toda su experiencia y formación eran en arte. Su padre había sido profesor de Historia del Arte en la Universidad de Nueva York hasta su muerte, hacía unos años, y su madre era artista. Él había realizado las prácticas en la galería Uffizi de Florencia al acabar la universidad y contempló mudarse a París o a Roma, pero en lugar de eso regresó para obtener un máster en Estados Unidos. Había trabajado en una galería importante de Nueva York durante una temporada y, a los veintinueve años, entró en Christie's, donde ya llevaba cinco, los dos últimos como rehén del departamento de joyería. Hacía poco que se había prometido a sí mismo que dimitiría si no le devolvían al departamento de arte en seis meses.

Phillip Lawton renegaba de la joyería por principios. Pensaba que la gente que llevaba joyas era frívola y vanidosa, y no conseguía apreciar su belleza. La pintura y el arte en todas sus formas le llegaban al alma y le colmaban de placer. La joyería jamás lo había hecho. Para Phillip, solo el arte era belleza; la joyería le dejaba indiferente.

Su voz sonó hastiada cuando respondió a Jane. Esperaba que fuera otra solicitud de una tasación rutinaria para el juzgado.

—¿Puede traerme las piezas? —preguntó con desinterés.

Había realizado tasaciones para el Tribunal Testamentario con anterioridad y ninguno de los objetos había sido digno de subastarse en Christie's, a excepción de una pieza reciente de menor importancia que había cumplido con los requisitos de su subasta «Joyas de Calidad», que no había sido una subasta importante. Y pensaba que era muy poco probable que esas fueran muy diferentes o incluso lo bastante buenas. La mayoría de lo que se liquidaba en el Tribunal Testamentario no les interesaba.

—Preferiría no llevárselas —respondió Jane con sinceridad. Le dio la impresión de que él pensaba que le estaba haciendo perder el tiempo, cosa que la irritó. Le estaba llamando con carácter oficial, no pidiéndole un favor. Y estaba intentando hacer su trabajo—. Hay veintidós piezas y creo que son demasiado valiosas para que las transporte por toda la ciudad.

—¿Dónde están ahora? —preguntó sin dejar de mirar por la ventana del despacho los rascacielos al otro lado de la calle. Su despacho le parecía una cárcel, y su trabajo, una sentencia a cadena perpetua. Había acabado por odiar ir a trabajar.

—Está todo en una caja de seguridad del Metropolitan Bank, en Murray Hill. ¿Sería posible que se reuniera conmigo allí para ver las piezas?

«Posible —reconoció él para sus adentros—, aunque no muy apetecible.» No obstante, formaba parte de su trabajo realizar tasaciones, sobre todo de bienes para herederos que no querían las joyas antiguas que habían heredado o de esposas codiciosas que, después del divorcio, deseaban convertir en efectivo lo que les habían regalado. Entre sus clientes, solía haber joyeros que querían deshacerse de piezas sin vender, pues los precios de la subasta por lo general se situaban entre los de la venta minorista y la mayorista, lo cual resultaba atrayente para compradores y vendedores.

—Necesitamos una tasación, y a menos que aparezca pronto un heredero, sacaremos los objetos a subasta —explicó Jane, obligándose a mostrarse amable.

—Sé cómo funciona —replicó Phillip con brusquedad.

Jane deseó en silencio que hubiera atendido la llamada otra persona. No parecía un hombre de trato agradable, ni siquiera se le notaba interesado en ver las piezas. Sonrió para sus adentros, pensando que iba a llevarse una buena sorpresa.

—Bueno, ¿puede hacerlo?

Tenía la sensación de que iba a necesitar un guardia armado para llevar las joyas de la señora Di San Pignelli en persona, y el tribunal desde luego no le permitiría contratarlo. De modo que ese hombre tendría que ir a verlas al banco o llamaría a otro lugar, como Sotheby's, que eran igual de buenos a pesar de las preferencias de Harriet.

—Sí, lo haré —dijo con tono aburrido—. ¿Qué le parece el próximo martes? ¿A las diez de la mañana? Tendré que volver al mediodía para una subasta.

Phillip ya había sido formado como subastador y a veces se ocupaba de las subastas de menor importancia. Pero si, tal como suponía, se trataba de piezas pequeñas, imaginaba que no tardaría demasiado en tasar las joyas que el tribunal le había encargado. En el caso de las cajas de seguridad abandonadas de las que se había ocupado hasta entonces, siempre había sido así.

—Me parece bien —dijo Jane con educación. Le dio las gracias antes de colgar y se sintió aliviada de que hubiera estado dispuesto a quedar con ella. Volvió a llamarle al cabo de un momento, cuando le vino algo a la cabeza—. Siento molestarle de nuevo —se disculpó, pues advirtió que parecía atareado cuando respondió—. He sacado algunas fotos de las piezas con el móvil. ¿Quiere verlas antes de que nos encontremos?

Eso podría proporcionarle una idea de lo que había y despertar su interés.

—Buena idea —respondió, y al instante pareció más animado. Si las piezas eran tan insignificantes como sospechaba, podría remitirla a una casa de subastas menos importante y evitarse las molestias de realizar la tasación—. Envíemelas. —Le dio su dirección de correo electrónico.

Jane le envió las fotos en cuanto colgaron de nuevo y sacó uno de los otros expedientes que Harriet le había asignado. El caso era mucho menos interesante y misterioso que el de Marguerite. Y se sorprendió cuando le sonó el teléfono al cabo de diez minutos y quien llamaba era Phillip Lawton, de Christie's. El tono de su voz era completamente distinto del de las dos llamadas anteriores y parecía emocionado mientras hacía preguntas con avidez.

—¿Me recuerda cómo se llamaba la mujer? ¿Era muy conocida?

—No lo creo. La condesa Marguerite di San Pignelli. Era una estadounidense que se trasladó a Italia a los dieciocho años, durante la guerra, por lo que he deducido de sus pasaportes. Se casó con un conde italiano y vivió allí hasta los años noventa. Él debía de tener mucho dinero, a juzgar por las joyas de la caja de seguridad. Por lo que sabemos, es cuanto tenía ella. Cuando falleció, solo le quedaban dos mil dólares. Contaba noventa y un años. —Eran detalles relevantes todos ellos.

—Si lo que hay es auténtico, es una colección de joyas extraordinaria.

Por fin parecía impresionado, aunque las únicas piezas que habían captado su interés en los dos últimos años habían sido objetos de jade que había visto en las subastas de Hong Kong, que a su parecer poseían un gran romanticismo y misterio, y que para comprenderlos requerían de un experto, cosa que él no era. Las piezas occidentales comunes no le atraían, pero hasta él tenía que admitir que las de Marguerite di San Pignelli eran asombrosas.

—No tengo motivos para pensar que no son auténticas, y están todas en los estuches originales —dijo sin más.

—Estoy deseando verlas —aseveró él. No habían quedado hasta al cabo de cinco días y ya estaba planeando llevar una cámara para sacar mejores fotografías que las que había tomado ella con el teléfono móvil—. La veo el martes —añadió de manera más amable que antes, y Jane colgó sonriendo.

Más tarde, sentada a su mesa, pensó con tristeza en la hermosa joven que se había ido a vivir a Italia y se había casado con un conde, como en un cuento de hadas, y en todos los secretos de su vida que habían muerto con ella.

Cuando llegó a casa esa noche, John no estaba, tal y como le había dicho. Se lo imaginó con Cara y con el grupo de estudio, y sintió el mismo desasosiego que siempre sentía cuando estaba con ella. Pero no podía hacer nada al respecto, y John le había dicho que trabajaría toda la noche en los proyectos colectivos. Le habría gustado hablarle de las joyas que había visto y de su conversación con el representante de Christie's. Pero tendría que esperar hasta que él tuviera tiempo y estuviera menos distraído. Se dio un baño y se acostó, obsesionada aún con Marguerite di San Pignelli, las fotografías del conde y de ella, y las joyas que él le había regalado. Sin conocer los detalles, tenía el presentimiento de que había sido una gran historia de amor, a pesar de la expresión de tristeza que de vez en cuando se apreciaba en las fotografías. Era imposible no pensar en quién había sido Marguerite, cómo había llegado el conde a su vida y qué emocionante existencia habrían compartido en una época más glamurosa. Costaba imaginarse a aquella chica de dieciocho años recibiendo regalos como los que había visto Jane. No pudo evitar preguntarse si aquella hermosa joven había sido de feliz verdad.

## 3

John aún no había vuelto cuando Jane se fue a trabajar a la mañana siguiente y, como la había avisado, tampoco le sorprendió. Sabía que le vería esa noche, cuando llegara a casa, y con suerte pasarían algo de tiempo juntos durante el fin de semana, aunque solo fuera para hablar, relajarse y ponerse al día. Echaba de menos lo fácil que había sido la relación, pero era evidente que volvería a la normalidad una vez que se licenciaran, a pesar de que John se hubiera mostrado especialmente duro con ella los últimos meses. Jane estaba intentando ser paciente y no empeorar las cosas con sus quejas.

Ya en el trabajo, decidió terminar las gestiones de rigor en cuanto a la búsqueda de los herederos legítimos de Marguerite di San Pignelli. Dado que se trataba de una herencia de semejante envergadura, una vez que las joyas habían salido a la superficie, no quería dejar ningún cabo suelto, por lo que decidió ir a la última dirección conocida de Marguerite para ver si alguien sabía algo más sobre ella, si tenía parientes o hijos. Tal vez hubiera recibido la visita de familiares que no conocieran la existencia de las joyas.

Consultó el mapa de Queens y cogió el metro más tarde esa mañana. Descubrió que la dirección que aparecía en el certificado de defunción pertenecía a una pequeña residencia de ancianos, limpia aunque deprimente. Cuando contactó con contabilidad, le confirmaron que habían recibido las mensualidades de la señora Pignelli mediante transferencia automatizada desde su cuenta. No estaban al tanto de lo poco que poseía ni de que en breve se habría quedado sin dinero. Remitieron a Jane al servicio de atención al paciente, cuyos archivos indicaban que no había tenido visitas en los tres años que había pasado allí.

—Era una mujer muy dulce y muy amable —le dijo a Jane la coordinadora del servicio de atención al paciente—. Según nuestros datos, sufría demencia cuando ingresó. ¿Le gustaría hablar con alguna de las enfermeras?

—Sí, me encantaría —contestó Jane con serenidad, tras confirmar que no figuraba ningún familiar en su expediente.

Todo apuntaba a que estaba sola en el mundo, sin parientes ni amigos, lo cual le dijeron que no era de extrañar. Muchos pacientes no recibían visitas y no les constaba la existencia de ningún pariente, sobre todo si eran muy mayores y no tenían hijos.

Al cabo de unos minutos, entró en la habitación una mujer filipina de mediana edad ataviada con un uniforme blanco de enfermera. Esbozó una sonrisa mientras miraba a Jane. La coordinadora de pacientes la presentó como Alma y dijo que había sido la enfermera principal de Marguerite durante sus dos últimos años de vida. La propia Alma mencionó lo encantadora que era aquella mujer.

—Al final hablaba mucho de su marido y decía que quería verle —explicó con una sonrisa amable—. Y a veces decía que tenía algunas cosas que quería darme. Creo que un anillo o un brazalete, no lo recuerdo. Muchos de nuestros pacientes con demencia prometen dinero o regalos que no poseen. Es su forma de darnos las gracias.

La guapa mujer filipina no parecía sorprendida ni decepcionada, y Jane intentó imaginar qué habría pasado si Marguerite le hubiera regalado el enorme anillo de diamantes, el de rubíes o alguno de los broches. No había forma de saber qué habría hecho Alma en ese caso.

Alma le contó que en sus últimos días, en los escasos momentos de lucidez, Marguerite quería ir al banco para coger algunas cosas y redactar un testamento. Para entonces ya no estaba en condiciones de salir, y se habían ofrecido para llamar a un notario, pero Marguerite lo olvidó enseguida y murió a finales de la semana, sin declarar sus últimas voluntades. La enfermera explicó a Jane que había muerto a causa de un breve ataque de neumonía como consecuencia de una gripe. Ya estaba postrada en la cama y llevaba así dos años, tiempo durante el cual se mostraba coherente en raras ocasiones, algo nada extraño para una mujer de casi noventa y dos años. Jane no pudo evitar preguntarse a quién le habría dejado las joyas si hubiera estado lo bastante cuerda para escribir su testamento. ¿A Alma, de la residencia de ancianos? ¿A un pariente lejano al que no había visto en mucho tiempo? No había manera de saberlo. Alma dijo que no había mencionado a ninguno.

Parecían muy atentos con los pacientes, aunque a Jane le resultaba duro ver a aquellos ancianos en silla de ruedas por los pasillos, con expresión vacía y sin hablar. Parecía un modo muy triste de pasar los últimos días en la tierra, y esperaba que la demencia de Marguerite hubiera hecho que le resultara más fácil y le evitara darse cuenta de dónde estaba, sin contar con ningún ser querido que la reconfortara. Y la muerte de Marguerite y sus últimos años parecían más tristes incluso a ojos de Jane.

La invadió la melancolía al pensar en ello mientras volvía en metro a la ciudad. Y, solo por si acaso, se detuvo en la anterior dirección de Marguerite que tenían en el banco, a unas manzanas de la sucursal, y preguntó por el administrador del edificio. No estaba obligada a llegar tan lejos, pero quería hacerlo. Las fotografías que había visto en la caja y la mujer que aparecía en ellas la habían conmovido profundamente. E incluso lo poco que sabía de ella le resultaba muy enternecedor. El administrador recordaba bien a Marguerite y dijo que los trabajadores del edificio que la conocieron seguían echándola de menos. Le contó que era una mujer muy dulce, lo mismo que le habían dicho en la residencia de ancianos. Le contó que se había mudado a un pequeño apartamento de un dormitorio en 1994 y que había vivido en el edificio casi veinte años, antes de marcharse, hacía apenas tres y medio, cuando ingresó en la residencia, lo cual confirmaba lo que Jane ya sabía. Le preguntó si se acordaba de si había tenido hijos, familia o visitas, y él le respondió que, en los veinte años que llevaba dirigiendo el edificio, no había visto que nadie la visitara y estaba seguro de que no tenía hijos.

—Decía que sus perros eran sus hijos. Siempre tenía un pequeño caniche con ella. Creo que el último murió uno o dos años antes de que se marchara, y dijo que ya era demasiado vieja para tener otro perro. Creo que lo echaba de menos —repuso con tristeza, recordando.

La historia parecía ser la misma en todas partes; no tenía amigos, visitas, parientes ni hijos. Vivía sola, era reservada y parecía la clase de persona que llevaba una vida tranquila, tras haber vivido emociones en el pasado, pese a que según los cánones actuales, setenta años, que eran los que contaba cuando se mudó al edificio, no se consideraba una edad avanzada. Sin embargo, no cabía duda de que sus días de gloria habían terminado cuando se trasladó al pequeño apartamento de Nueva York, veintinueve años después del fallecimiento de su marido. Una vez de vuelta en la ciudad, su mundo distaba mucho del glamour que Jane había visto en las fotos.

Dio las gracias al administrador del edificio y se marchó. Tomó el metro hacia la parte alta de la ciudad, donde estaba situado su lóbrego apartamento. Se sentía impaciente por mudarse cuando terminaran los estudios en la facultad y consiguieran un empleo decente. Estaba harta del deslucido edificio y del oscuro mobiliario del apartamento. Los muebles estaban deteriorados y eran feos.

Después de dejar el bolso y quitarse el abrigo, se sentó en el hundido sillón de piel sintética y colocó los pies encima de la mesa de centro. Había sido una semana larga e interesante, y la búsqueda de los herederos de Marguerite había resultado infructuosa hasta la fecha. No habían respondido al anuncio. Todo apuntaba a que no habría nadie que reclamara la herencia, y las joyas se venderían en Christie's en beneficio del estado. Era una pena y un desperdicio, y se preguntó qué diría el hombre de Christie's de las piezas cuando las viera.

Se preparó una taza de té, y se estaba relajando leyendo una revista cuando John llegó una hora más tarde. Parecía de mejor humor que el resto de la semana, y anunció que había terminado uno de los trabajos la noche anterior, gracias a Cara, que le había proporcionado todas las referencias y estadísticas que necesitaba.

—Ha sido un regalo caído del cielo —dijo, aliviado, mientras Jane le miraba, siempre molesta cuando oía hablar de Cara, pero sin hacer ningún comentario. Todo lo referente a ella la sacaba de quicio—. ¿Qué tal tu día?

—Ha sido ajetreado. Emotivo. He estado intentando localizar herederos y buscando detalles sobre la herencia de la mujer de la que te hablé. Resulta que en realidad no tenía ninguno. Es muy triste pensar que la vida de una persona termine así, sin nadie que se preocupe por ella.

—Según dijiste, tenía noventa y un años cuando murió, así que no le des muchas vueltas. Ahora solo se trata de su herencia y de quién se la va a quedar. No es que la conocieras.

Jane se dio cuenta de que John consideraba estúpida su compasión por Marguerite.

—Se lo va a quedar el estado —repuso Jane, con aire deprimido—. La semana que viene me reuniré con un representante de Christie's para que lo tase. —Entonces se percató de que no había visto a John desde que había hecho el inventario—. Tenía algunas cosas alucinantes, joyas muy importantes, como diamantes gigantes, pulseras y broches, y hasta una tiara.

Le brillaban un poco los ojos al recordar la belleza de todo aquello.

—¿Pertenecía a la realeza o algo así? —preguntó él mientras sacaba una cerveza de la nevera de la pequeña cocina.

—Era estadounidense, pero a los dieciocho años se casó con un conde italiano y, a juzgar por las fotos, en Italia llevó una vida muy lujosa. Parecía una vida muy sofisticada —adujo, pensando en las carreras de automóviles y en el palacete de estilo francés—. Y después de todo eso, acabó sola en una residencia de ancianos de Queens. —Con una caja de seguridad repleta de joyas fabulosas y sin nadie a quien dárselas. Todo era muy extraño e incongruente. Para John era solo otra historia que no parecía conmoverle, aunque no había visto las fotos de Marguerite ni se había formado una idea de ella como persona. Jane pensó que estaba siendo desconsiderado, pero lo único que le interesaba últimamente eran sus propias preocupaciones—. ¿Tienes tiempo para cenar y ver una peli este fin de semana? —preguntó, esperanzada.

Él meneó la cabeza con tristeza en respuesta.

—Debo terminar el segundo proyecto y me acaban de encargar otro. Creo que voy a ir de culo hasta mayo. He de mantenerme concentrado.

—Deja que adivine: vas a trabajar con Cara otra vez. —Trató de no decirlo de forma cortante, pero no lo consiguió. Era duro verle tan poco y saber que ella estaba siempre con él, no importaba la razón.

—Déjame en paz. No va a cambiar nada y solo consigues que me cabree.

La expresión de sus ojos era de advertencia. Los últimos meses antes de licenciarse estaban resultando ser una auténtica prueba para la relación, y John no estaba aprobando hasta el momento, y tampoco ella, a ojos de él. Y sus celos de Cara le parecían irracionales.

—Vale. Lo siento. —Suspiró—. De todas formas, tengo cosas que leer este fin de semana. —Trató de sonar despreocupada. Quería quedar para comer con una amiga y necesitaba dedicarse a su propio trabajo. Se daba cuenta de que se disponía a pasar otro fin de semana sola. Y sabía que él tenía razón, que no les ayudaba que se angustiase por Cara.

John fue al gimnasio para hacer ejercicio esa noche, antes de centrarse de nuevo en el proyecto, y Jane hizo la colada y pagó las facturas. Resultaba agradable ponerse al día, pese a que habían intercambiado cuatro palabras; cuando John se acostó, ella estaba dormida, y él ya se había marchado a la mañana siguiente cuando despertó. Le había dejado una nota en la mesa de la cocina en la que le decía que pasaría todo el día en la biblioteca. Al menos no estaba con Cara, pensó. Esa mujer tenía algo que siempre despertaba sus celos, con toda probabilidad lo sexy que era, y también su inteligencia; una combinación ganadora. Los hombres se arremolinaban alrededor de esa clase de mujeres. Y Cara se aprovechaba de ello. Todos sus amigos eran hombres. No caía bien a las mujeres.

Jane llamó a su amiga Alex y quedaron en el Museo de Arte Moderno para comer. Alex se había licenciado en Derecho el año anterior y había conseguido un empleo en un bufete de Wall Street. Decía que la estaban haciendo trabajar como una esclava, pero ganaba bastante y le gustaba. Se había especializado en Derecho de la Propiedad Intelectual, que era interesante y divertido. Alex tenía la esperanza de que en unos años le ofrecieran ser socia júnior.

—Bueno, ¿qué tal el príncipe azul? —preguntó con una amplia sonrisa.

Alex era menuda, con el pelo negro y los ojos verdes, y no aparentaba los treinta y dos años que tenía. Vestida con vaqueros, jersey de cuello vuelto y manoletinas, y con el cabello recogido una trenza que le caía por la espalda, parecía una cría. Las dos mujeres ofrecían un contraste interesante; Jane, con su alta y esbelta belleza rubia; y Alex, con sus rasgos de duendecillo moreno, que reflejaban también su personalidad. Habían compartido muchas risas y juergas.

—No tan azul últimamente —respondió con un suspiro, mientras terminaban de comer en la cafetería del museo. Las dos querían ver una exposición de Calder que acababan de inaugurar. Era el favorito de Jane—. Está de un humor de perros con los trabajos y el proyecto final. Ahora no piensa en otra cosa. Hace un mes que no ceno con él.

—No sé qué les pasa a los tíos, que no pueden hacer varias tareas a la vez. O lo uno o lo otro, sin espacio para nada más.

Alex había roto con su último novio hacía un año y acababa de empezar a salir con un socio júnior del bufete. Sus padres habían estado dándole la tabarra para que se casase durante los últimos dos años, desde que cumplió los treinta. Por el momento, los de Jane estaban más relajados al respecto. Su madre había empezado a hacer comentarios sobre John y a cuestionar sus planes de futuro, pero el matrimonio no aparecía en la pantalla de su radar por el momento. Alex estaba algo más preocupada en los últimos meses y habían empezado a hablar de tener hijos.

—¿Sigue ahí la antigua magia? —le preguntó.

Jane meditó durante unos instantes antes de responder.

—Si te soy sincera, no lo sé. No estoy segura de que haya habido «magia» alguna vez. Nos gustamos mucho, nos gusta hacer las mismas cosas. Era cómodo y nos dejamos llevar, o al menos solíamos hacerlo. Imagino que si nos pones una pistola en la cabeza diríamos que nos queremos, pero no creo que ninguno de nosotros sea apasionado. A lo mejor estamos demasiado centrados en nuestras carreras.

Jane pensaba en ello de vez en cuando, aunque tampoco tenía ninguna queja real de John, salvo en los últimos meses, con esos hábitos de estudio intensivo y la falta de tiempo para ella, y sus propias inquietudes sobre Cara y las mujeres que tenían su aspecto. Ella era íntegra y natural, no era ni sexy ni una mujer fatal como Cara. A John le gustaba hablar de «mujeres sexis». No cabía duda de que Cara se contaba entre ellas. Y su vida sexual también estaba decayendo, lo que aumentaba la distancia entre ellos. Ya nunca estaba de humor, o estaba demasiado cansado o no coincidía en casa con ella.

—Puede que no sea el tío adecuado —soltó Alex como una posibilidad. Nunca le había caído bien y pensaba que tenía un ego descomunal, algo que a Jane no parecía molestarle, pero a ella sí—. Puede que otro tío despertaría más tu pasión —añadió con cautela, pues tampoco quería ofender a Jane.

—No creo. Tuve una relación así en la universidad. Fue espantosa. Me pasaba todo el día llorando y perdí casi siete kilos.

—Eso no está tan mal. —Alex esbozó una amplia sonrisa—. Salvo por lo de llorar. A veces John me recuerda al tío con el que salía antes de ir a la facultad de Derecho. Me gustaba y nos dejamos llevar, pero la cosa nunca fue bien. Y cuando empezamos a discutir por todo, fue a peor. Creo que nos quedamos sin gasolina y luego se estropeó. De haber seguido con él, habríamos acabado odiándonos. Rompimos antes de que eso pasara. Algunas relaciones no están destinadas a durar para siempre. Puede que esta sea una de esas.

Jane no quería admitirlo ante Alex, pero ella también tenía dudas. Y sus constantes peleas la deprimían. No quería discutir con él. Pero todavía tenía la esperanza de que todo volviera a mejorar. Siempre que estaban juntos, se tiraban a la yugular.

—No creo que pueda descubrir nada ni tomar ninguna decisión hasta después de que nos hayamos graduado —dijo Jane con calma—. Hasta ahora no habíamos tenido ningún problema grave. Lo que pasa es que John está de mal humor y sometido a mucho estrés todo el tiempo. No es agradable para ninguno de los dos, y yo también le ladro. —Sobre Cara.

—A mí no me parece agradable, no —convino Alex.

Luego pasearon por los jardines del museo y Jane le habló de Marguerite y de su búsqueda de herederos. Le contó

lo de las joyas y que se había probado el enorme anillo de diamantes.

—¡Vaya! Cuesta imaginar historias de amor y gente así.
Son cosa de otro siglo. ¿Te imaginas a alguno de los tíos que
conocemos regalando joyas como esas, participando en una
carrera de coches o viviendo en un palacete? Parece un cuento de hadas o una película antigua.

—Lo es. —Jane estaba de acuerdo con ella—. Y es triste
pensar en cómo termina la historia. Sola, con demencia, en una
residencia de ancianos de Queens. A mí me parece una pesadilla.

—Sí, a mí también —respondió Alex cuando entraban en
la exposición de Calder.

Pasaron una tarde agradable, hablando de nada en particular y disfrutando de la compañía mutua. Se despidieron a
las cuatro. Jane cogió el metro de regreso a la parte alta de la
ciudad y Alex se dirigió a West Village, pues vivía en el antiguo distrito. Había alquilado un apartamento en un buen
edificio de un barrio de moda en cuanto consiguió el trabajo,
y le encantaba. Y esa noche tenía una cita con su nuevo novio
para ir al teatro.

Jane se sorprendió al darse cuenta de que la envidiaba
cuando regresó al apartamento vacío y se puso con su trabajo
esa noche. John la llamó alrededor de las nueve, había pasado
todo el día en la biblioteca. Seguían caminos distintos. Trató
de no pensar en lo que le había dicho Alex durante la comida;
que tal vez John no fuera el hombre adecuado. Aún no estaba
lista para creerlo. Y pensó en lo que había dicho su amiga,
que algunas relaciones llegaban a su fin de forma natural. Esperaba que no hubiera ocurrido eso. Pero era evidente que el
estrés les había pasado factura.


El domingo por la mañana, Jane despertó y encontró a John
en la cama con ella, lo cual comenzaba a parecer un milagro,

e hicieron el amor por primera vez en un mes. Se sintió mejor respecto a ellos después de eso y consiguieron comer en un restaurante cercano antes de que él volviera a la biblioteca durante el resto del día y de la noche, pero al menos la mañana había empezado bien y Jane se sintió conectada de nuevo con él.

Por la noche, fue sola a ver una película de cine de autor francesa que le apetecía mucho y que no resultó tan interesante como esperaba, y al acostarse soñó con Marguerite. La mujer intentaba contarle algo, pero en ningún momento de la perturbadora noche descubrió de qué se trataba. John no volvió el domingo por la noche y le envió un mensaje para avisar de que dormiría en el sofá de alguien. El lunes por la mañana se levantó agotada y frustrada, y se preparó para otra semana en el Tribunal Testamentario. Al menos tenía prevista la tasación de Christie's para el día siguiente. Era un cambio agradable. Y con todas esas espectaculares joyas, la herencia de Marguerite distaba mucho de ser aburrida. En aquellos momentos, era la única emoción y el único punto estimulante de su vida.

# 4

Como todas las semanas, Phillip Lawton salió de su apartamento en Chelsea el sábado al despuntar el alba para encontrarse con el amor de su vida. Su nombre era *Dulce Sallie*, un viejo barco de vela de madera que había adquirido hacía ocho años y que tenía atracado en un pequeño puerto de Long Island. Pasaba todos los fines de semana con ella, sin importar las condiciones climáticas, y cuando hacía falta, dedicaba el tiempo a limpiar, pulir y pintar. Estaba inmaculada y ninguna mujer le había proporcionado nunca tanta felicidad. Se sentía muy orgulloso de ella y solía pasar la noche del sábado a bordo, y la del viernes siempre que podía. Era indispensable que las mujeres con las que salía amaran también a *Dulce Sallie*. Unas la querían más que otras. Al cabo de un tiempo, la mayoría se hartaban del velero... y de la pasión que Phillip sentía por él. Era su posesión más preciada. Le entusiasmaba navegar desde que era un chaval, más aún que el arte. Era buen marino y a menudo la sacaba a la mar brava o en mitad de las tormentas de verano. Pero en esas ocasiones iba solo, no esperaba que lo acompañara nadie.

Phillip tenía treinta y cuatro años, y en los últimos tiempos había mantenido numerosas relaciones, aunque ninguna seria o larga. Algunas habían durado un año, pero la mayoría agotaba su curso en cuestión de meses, y para entonces, bien la mujer, bien él o bien ambos se daban cuenta de que no iba a ninguna parte y nunca lo haría. Phillip tenía elevados ideales sobre lo que quería en una relación a largo plazo, y en especial en una esposa, y su referencia era el matrimonio de sus padres, pues consideraba que había sido perfecto. Comparaba todas las relaciones con la de ellos y no quería menos. Sus padres habían estado locos el uno por el otro, hasta que su padre falleció hacía tres años. Habían sido el complemento ideal de su pareja y encajaban a la perfección. La relación entera se había caracterizado siempre por el humor, la bondad, la compasión, la ternura, y un profundo amor y un grandísimo respeto mutuos. Phillip no era consciente de lo raro que era eso en el mundo moderno y lo consideraba algo normal. Se habían conocido cuando su madre asistió a una de las clases de historia del arte de su padre en la Universidad de Nueva York. Ella era una gran artista, por cuyo trabajo su padre había profesado una enorme admiración.

Durante los primeros quince años de matrimonio, no pudieron tener hijos a pesar de los numerosos intentos y varios abortos, y al final se rindieron; decidieron que su relación era tan fuerte y tan importante para ambos que tal vez serían más felices sin hijos, y acabaron aceptando su incapacidad para concebirlos. Al cabo de seis meses, cuando su madre cumplió cuarenta, y su padre, cincuenta, se quedó embarazada de Phillip y, en esa ocasión, el embarazo fue como la seda y llegó a buen término. Le llamaban su niño milagro, se les caía la baba con él y lo incluyeron en el círculo mágico del profundo afecto que se profesaban. Phillip creció arropado por su amor y su aprobación; ninguna relación que había mantenido de adulto se hallaba a la altura de la generosidad y la dicha que había visto entre sus padres, y no estaba dispuesto a conformarse con menos. Y si no podía tener una relación como la de ellos, no quería sentar cabeza porque se sentía a gusto estando solo. Demasiado a gusto, quizá.

Hacía años que a su madre le preocupaba que tuviera el listón tan alto y una visión tan idealista que acabara solo porque nadie estaría a la altura del matrimonio de sus padres. A él no parecía preocuparle quedarse soltero, y a menudo decía que prefería estar solo antes que con una mujer que no cumpliera sus expectativas. Su madre le había insinuado que estaba buscando a una mujer con halo y alas, algo que ella desde luego no tenía. Pero así era como la veía Phillip, y se negaba en redondo a tolerar los defectos de cualquier mujer. Hasta el momento, le gustaban sus propios hábitos. Amoldarse a los de otra persona no era su fuerte. En consecuencia, pasaba mucho tiempo solo en el barco, trabajando con diligencia en él durante los fines de semana. De momento, le bastaba con *Dulce Sallie*, o eso decía. La soledad no le asustaba. Le gustaba.

El domingo por la tarde, tras dos días navegando bajo un sol intenso y fuertes vientos, regresó a la ciudad para cenar con su madre en el apartamento de esta, como solía hacer los domingos por la noche, cuando ninguno de los dos tenía otros planes. A ella le gustaba mantenerse ocupada. No le costaba reconocer que era una cocinera pésima y le recordaba con regularidad uno de los numerosos defectos humanos que él decidía pasar por alto. Cuando iba a cenar al apartamento, ella se acercaba a un deli, compraba todo lo que a él le gustaba y se sentaban a la mesa de la cocina a charlar sobre su último trabajo, la siguiente exposición, la insatisfacción de Phillip en Christie's o cualquier cosa que fuera de su interés. Ya era más una amiga que una madre; raras veces se mostraba crítica con él y le hacía sugerencias inteligentes. A los setenta y cuatro años, era la persona más vital que conocía y poseía una mente abierta, un gran conocimiento del arte que siempre había compartido con él e ideas creativas. Jamás temía abordar temas complicados o controvertidos, y a veces los prefería. Valerie siempre había animado a su hijo a que pensara con libertad y explorara nuevos conceptos e ideas. Esperaba que conociera a una mujer que le desafiara lo suficiente para que venciera sus miedos a terminar con la mujer equivocada, pero hasta el momento no lo había hecho. Consideraba que sus expectativas al respecto eran poco realistas, pero aún no había perdido la esperanza y confiaba en que la compañera adecuada apareciese y le espabilara un poco. Y era lo bastante joven como para que no hubiera prisa. Sin embargo, también era consciente de que se había acostumbrado a su forma de vida y disfrutaba demasiado de su propia compañía. Últimamente le daba pereza salir con chicas. Y su obsesión por el barco no atraía a demasiadas mujeres, tal y como le hacía notar.

—¿Por qué no vas a esquiar o empiezas a practicar deportes en los que conozcas a mujeres? —le incitaba de vez en cuando.

Él se limitaba a reír. A Valerie no le gustaba entrometerse en su vida, pero lamentaba verle solo y no quería que se quedara así.

—No intento conocer a mujeres, mamá. Conozco a mujeres todos los días.

La clase de mujeres que vendían los regalos que les habían hecho los hombres cuando el matrimonio o la aventura en cuestión terminaban, y tenían poco respeto o aprecio por el sentimiento que hubo tras dichos regalos. Solo les interesaba el dinero que conseguirían en una subasta. O conocía mujeres que trabajaban en los demás departamentos de Christie's, y a veces eran demasiado serias para él. Había salido con una que estaba muy versada en el arte gótico y medieval, y a su madre le había parecido un miembro de la familia Addams cuando la conoció, pese a que no hizo ningún comentario al respecto. Phillip llegó a la misma conclusión y dejó de verla poco después. Hacía ya un año que no mantenía ninguna relación. Y la mayoría de sus amigos estaban casados y tenían ya el primer o el segundo hijo. Prefería a mujeres de su edad que a las más jóvenes, y muchas estaban casadas.

Entretanto, cenaba con su madre los domingos por la noche siempre que no estaba demasiado ocupada para quedar con él. Disfrutaba de su compañía y solían reírse de las mismas cosas. Y siempre se relajaba en el reconfortante caos de su apartamento. Toda su vida había tenido la capacidad de convertir su entorno en un mundo mágico. Ninguno de sus padres había ganado mucho dinero, pero habían vivido de forma desahogada y nunca les había faltado nada; tampoco a su hijo. Estaban satisfechos con lo que tenían. Las circunstancias de su madre habían cambiado considerablemente hacía tres años debido a la póliza de seguros que le había dejado su marido y de la que no había sabido nada. Había modificado su cuenta bancaria de forma radical, pero no su vida. Aún disfrutaba haciendo las mismas cosas y nunca había sentido que le faltara nada por no tener fortuna. Tenía intención de dejar a Phillip la mayor parte del dinero del seguro algún día. Era cuidadosa y responsable con él, y esperaba que le resultara útil a su hijo, tal vez incluso que montara una asesoría de arte o una galería propia. Se lo había comentado en varias ocasiones, pero él quería que su madre se beneficiara antes del dinero. Pensaba que debería viajar, divertirse y ver el mundo. Pero estaba demasiado ocupada pintando y estudiando todavía como para alejarse de su hogar. «¡Me estoy divirtiendo demasiado como para irme a ninguna parte!», decía, riéndose de él, con sus grandes ojos azules y su rostro sin apenas arrugas.

A su edad, seguía siendo una persona activa, vital y hermosa. Había sido bendecida con un físico y un espíritu juveniles. Resultaba fácil ver por qué su marido había estado enamorado de ella hasta el final. Era una mujer fascinante, llena de picardía y encanto, con una mata de cabello, en otro tiempo rubio claro, blanco como la nieve y que a menudo llevaba suelto, como toda la vida.

Su hermana Winnie, cuatro años mayor que ella, era todo lo contrario. Parecían el día y la noche, pero eran buenas amigas. Mientras que a Valerie nunca le había importado la falta de lujo en su vida, Edwina, Winnie, no había pensado en otra cosa y, al igual que a sus padres, le habían preocupado el dinero y su posible carencia desde que era una cría. Nacida un año después de lo sucedido en Pearl Harbor, Valerie llegó al mundo en el umbral de una época más próspera. Winnie había nacido en 1938, nueve años después de que su familia lo hubiera perdido todo en la caída bursátil, así que era una niña durante los años de la depresión, y recordaba las constantes discusiones de sus padres por cuestiones de dinero. Su familia había amasado una fortuna considerable y tanto su padre como su madre tenían antepasados que habían pertenecido a la nobleza, aunque perdieron casi todo lo que poseían. La respuesta de Winnie a la inseguridad económica fue casarse con un hombre de una familia acaudalada, de modo que había gozado de una situación más que desahogada durante toda su vida adulta. Y cuando su marido falleció, hacía diez años, le dejó una fortuna considerable, pero aun así seguía preocupada. Sencillamente, a Valerie nunca le había importado el dinero y siempre se había conformado con lo que tenían.

Winnie y Valerie recordaban a su padre como un hombre bueno, aunque serio y un tanto distante y austero. Era banquero y se mostraba conservador con el dinero. Perder su fortuna lo había vuelto austero, y el recuerdo que Valerie tenía de él era que había pasado casi todo el tiempo en su despacho. A su madre la recordaba como una mujer fría como el hielo cuya aprobación nunca pudo granjearse, sin importar qué hiciera. Tuvieron una hermana mayor que murió de gripe en Europa a los diecinueve años. Valerie no llegó a conocerla, pues falleció un año antes de que ella naciera. Winnie, por el contrario, insistía en que tenía un vago recuerdo de ella y disculpaba la frialdad de su madre diciendo que jamás se recuperó de la muerte de su hija. Nunca hablaba de su primera hija mientras las pequeñas crecían y estas no tardaron en comprender que era un tema prohibido, pues le resultaba demasiado doloroso.

Winnie nació cuando su hermana mayor tenía catorce años, y su llegada había supuesto una incómoda sorpresa, a la que su madre se había adaptado a regañadientes. Pero el nacimiento de Valerie cuatro años después fue demasiado para su madre. Tenía cuarenta y cinco años, y parecía avergonzada, más que complacida, de tener un bebé a esa edad. Durante toda su vida, Valerie se había sentido rechazada por ellos, hasta que se casó con Lawrence y escapó de aquella familia con la que no tenía nada en común. Pero Winnie era igual que sus padres; seria, austera, nerviosa, sin sentido del humor, crítica y fría casi todo el tiempo. Era una mujer digna, siempre preocupada por hacer lo correcto, pero nunca afectuosa. Carecía de espontaneidad y con la edad se volvió igual que su madre. Valerie siempre había adorado a su hermana y había logrado forjar un fuerte vínculo con ella. Hablaba con ella casi todos los días y escuchaba sus quejas, a menudo sobre su hija Penny, que se parecía más a Valerie que a su propia madre.

Penny era abogada y tenía tres hijos, que Winnie consideraba maleducados, rebeldes e indisciplinados, y su yerno tampoco le había agradado nunca. Winnie necesitaba una vida ordenada y tranquila, a diferencia de Valerie, que estaba abierta a todas las posibilidades y que llevaba lo que Winnie consideraba una vida bohemia, que era lo mismo que había dicho su madre. Pero Winnie era más tolerante de lo que lo fue su madre. Valerie nunca había sido capaz de escalar los muros que su madre erigió a su alrededor y al final se dio por vencida mucho antes de que esta muriera. Nunca aprobó a su hija menor y lo había dejado muy claro. Y con un marido y un hijo a los que adoraba, hacía años que había dejado de preocuparse por la desaprobación de su madre. No la echó de menos cuando murió, aunque Winnie la había llorado durante años y hablaba de ella como si hubiera sido una santa. Y cuando tuvo a su hijo, Valerie entendió aún menos por qué su madre había sido incapaz de ver su nacimiento como una bendición inesperada en lugar de una maldición.

La familia de Valerie había supuesto un misterio para ella durante toda su vida, incluida Winnie, a la que le perdonaba muchas cosas incluso entonces, y a menudo bromeaba con que, al nacer, la habían cambiado por la hija de otra familia en el hospital. La diferencia principal entre ellas era que Valerie era una persona amable y afectuosa, y sus padres, incluso su hermana, eran fríos como el hielo. Sentía pena por ellos y daba las gracias por que su hijo no hubiera heredado nada de su familia. Tampoco su sobrina Penny, que era una chica muy dulce y una abogada de éxito. Tenía diez años más que su primo Phillip y eran buenos amigos, casi como hermanos, ya que ambos eran hijos únicos. A menudo Penny llamaba a su tía Valerie en busca de consejo en lugar de lidiar con Winnie, que siempre se ponía imposible con ella, ya que criticaba todo lo que hacía, incluyendo la carrera de abogada por Harvard, que su padre consideraba indebidamente ambiciosa para una mujer. Penny era mejor madre de lo que Winnie decía. Su filosofía sobre la educación de los hijos era muy similar a la de su tía. En su opinión, Winnie estaba irremediablemente chapada a la antigua, en tanto que Valerie estaba llena de vida y siempre dispuesta a aceptar cualquier cosa nueva.

Cuando Phillip llegó para cenar el domingo por la noche, Valerie había terminado de pintar y estaba limpiando sus pinceles. Estaba trabajando en el retrato de una mujer que desprendía un aura de misterio y Phillip se quedó contemplándolo durante largo rato. Valerie tenía verdadero talento como pintora, sus exposiciones recibían buenas críticas y todas sus obras se vendían. La representaba una reputada galería cerca de su apartamento en el SoHo. Habían vivido allí desde que Phillip alcanzaba a recordar, mucho antes de que se pusiera de moda. Y disfrutaba de lo animado que se había vuelto y de toda la gente joven que vivía en la zona. Lo comparaba con la orilla izquierda del Sena, en París.

—Me gusta tu nueva obra, mamá —dijo con tono de admiración. Suponía un cambio sutil con respecto a sus trabajos anteriores. Siempre estaba esforzándose por crecer como artista y estudiando nuevas técnicas.

—No sé muy bien hacia dónde voy. La otra noche soñé con ella. La mujer del cuadro me ha estado persiguiendo. Me está volviendo loca —agregó con una amplia sonrisa; su expresión era feliz y despreocupada.

El olor de sus pinturas impregnaba el apartamento; era una parte del ambiente artístico que rodeaba a su madre, junto con las telas brillantes y las interesantes piezas familiares que había coleccionado su padre a lo largo de los años; algunas precolombinas; otras, antigüedades europeas; algunas de India; y una serie de cuadros y esculturas de amigos de su madre. Su padre había triunfado entre la gente ecléctica que ella atraía y había disfrutado conociendo a la mayoría. Lo había llamado «salón moderno», como aquellos del París de los años veinte y treinta, o el séquito que rodeaba a Picasso, Matisse, Cocteau, Hemingway o Sartre. Ella también coleccionaba dramaturgos y escritores, cualquiera inmerso en el arte o creativo de algún modo.

—Seguro que lo solucionas aduje, refiriéndose al cuadro. Siempre lo hacía. Meditaba mucho su obra.

Charlaron animadamente mientras ella servía los platos favoritos de Phillip en la mesa de la cocina. Una de las cosas que más alegrías le proporcionaba en la vida era mimarle de todas las formas posibles, lo que incluía una cena sencilla en la cocina. Phillip se sentía conmovido por los esfuerzos que hacía.

Se quejó del departamento de joyería de Christie's y ella le recordó que de él dependía hacer un cambio y no quedarse ahí estancado, esperando a que interviniese el destino. Luego le habló de la colección de joyas que vería esa semana y de lo impresionantes que parecían por las fotos que había visto.

—¿A quién pertenecían? —preguntó su madre con interés.

—A una condesa que murió sin dinero, con una fortuna en joyas y sin herederos —respondió, resumiendo lo que sabía.

—Siento pena por ella —dijo Valerie, compasiva con una

mujer a la que no conocía, mientras se apartaba la blanca melena con un gesto grácil y se sentaban juntos a cenar.

Al final acabó preguntándole si estaba saliendo con alguien especial en esos momentos. Él negó con la cabeza.

—No desde la última, con la que rompí hace casi un año. He tenido alguna cita informal. Odiaba mi barco. Creo que estaba celosa.

Su madre sonrió al oír lo que decía.

—Creo que yo también lo estaría. Pasas más tiempo en ese barco que con nadie con quien hayas salido. Las mujeres somos raras para esas cosas; esperamos que también pasen tiempo con nosotras.

—Ah, es eso —exclamó y ambos rieron—. Pasaré más tiempo cuando conozca a la adecuada. —Su madre le dirigió una mirada cínica y él pareció avergonzado un instante—. ¿Qué tiene de malo que pase los fines de semana en un barco en el estrecho de Long Island?

—Mucho, con el clima gélido que hay en invierno. Tienes que hacer otras cosas o acabarás solo en ese barco para siempre. Por cierto, he estado hablando con tu tía Winnie de irnos juntas a Europa este verano —dijo, mientras le pasaba un plato de tomate con mozzarella y albahaca fresca—. Pero no es una persona fácil para viajar —comentó refiriéndose a su hermana.

—¿Vas a ir? —Phillip sentía curiosidad.

—No lo sé. Quiero a Winnie, pero se preocupa por todo y no para de quejarse ni un segundo. Y todo está programado al milímetro. Me gusta que los viajes no estén tan planeados y tomar decisiones sobre la marcha. Eso saca de quicio a Winnie, le provoca ansiedad. Tenemos que ceñirnos a su agenda en todo momento. Es casi como alistarse en el ejército. Creo que me estoy haciendo demasiado vieja para eso —concluyó con una sonrisa.

—O demasiado joven. Yo tampoco lo disfrutaría. No sé cómo no te vuelve loca. —Phillip llevaba años guardando las distancias con su arisca tía.

—La quiero. Eso hace que sea más tolerable. Pero viajar por Europa con ella podría ser demasiado pedir.

Lo había hecho antes, pero siempre juraba que no volvería a hacerlo y, sin embargo, caía otra vez, sobre todo porque se apiadaba de Winnie, que no tenía a nadie más con quien viajar. Ambas eran viudas, pero Valerie tenía un círculo mucho más grande de amigos, artistas en su mayoría, y de todas las edades. Algunos eran de la edad de Phillip y otros más mayores incluso que ella. A Valerie no le importaba la edad, siempre que fueran interesantes, inteligentes y divertidos.

Phillip se marchó poco después de cenar y regresó a su apartamento para dedicarle un rato al trabajo. Su madre le dio un abrazo afectuoso y tuvo la sensación de que volvería a ponerse con el cuadro de la misteriosa mujer en cuanto él se hubiera ido, y no se equivocaba. Madre e hijo se conocían bien el uno al otro.

—Y buena suerte con el testamento de esa mujer —le había dicho cuando se disponía a salir—. Parece que la subasta va a ser impresionante, sobre todo si cuentas algo de su historia en el catálogo.

Tenía razón, por supuesto; además, utilizarían fotografías de la condesa llevando algunas piezas, en caso de que las hubiera. Desde luego, sería más interesante que el encabezado de que el Tribunal Testamentario de Nueva York vendía las joyas, cosa que también tendrían que incluir.

—Propiedad de una aristócrata —le dijo a su madre, citando una descripción típica de catálogo, y ella sonrió.

—Ya me gusta cómo suena. Suerte —adujo y le dio un beso.

—Gracias, mamá. Te llamo. Y gracias por la cena.

—No hay de qué. —Le abrazó de nuevo antes de que se marchase.

Tal y como Phillip había sospechado, Valerie regresó al trabajo en cuanto se cerró la puerta. Estaba decidida a comprender mejor a la mujer a la que estaba pintando. Quizá la modelo de su lienzo fuera también una aristócrata, pensó, y sonrió de nuevo. Su obra siempre poseía cierto misterio y contaba una historia, pero a veces tardaba un tiempo en descubrir cuál.

## 5

El martes por la mañana, Jane llegó al banco antes que Phillip. Llovía a mares, el paraguas se le había vuelto del revés en cuanto salió del metro y estaba calada. Se sentía como una rata ahogada. Aunque él no tenía mejor aspecto cuando apareció. Se había olvidado el paraguas en el taxi que había tomado desde Christie's y llegaba diez minutos tarde. El tráfico era un horror.

Le vio echando un vistazo al vestíbulo del banco cuando entró, tratando de adivinar quién era ella. Jane estaba hablando con Hal Baker y había localizado a Phillip enseguida, vestido con un traje oscuro y un impermeable de Burberry. Se fijó en lo alto que era y lo profesional que parecía. Tenía más pinta de banquero que de subastador. Había olvidado que iba a organizar una subasta inmediatamente después. Ella llevaba botas y un plumas, que había absorbido el agua como una esponja, vaqueros negros y un jersey grueso. A pesar de la lluvia, fuera hacía viento y frío. Parecía que faltaba una eternidad para la primavera y Nueva York estaba helada, pasada por agua y gris.

—¿Señorita Willoughby? —preguntó Phillip, que daba la impresión de no estar seguro mientras ella sonreía y asentía.

Jane le estrechó la mano y luego se lo presentó a Hal Baker. Phillip se veía agradable y educado cuando los dos hombres se saludaron.

—Siento hacerle salir con este tiempo —dijo Jane con tono de disculpa—. Pero creo que merece la pena. Las piezas son muy hermosas —prosiguió, mientras seguían a Hal abajo, hasta las cajas de seguridad.

En esa ocasión no necesitaban un notario, dado que se había llevado a cabo todo el trabajo oficial, el inventario se había autenticado mediante acta notarial y había concluido. Ya solo tenían que tomar una decisión sobre cómo proceder. Habían dejado de publicar avisos esa semana y no había aparecido ningún heredero. A Jane le parecía una verdadera lástima que no hubiera respondido nadie.

Hal abrió la caja y le siguieron hasta el mismo cubículo en el que Jane había visto las piezas y el resto del contenido por primera vez. Hal depositó la caja encima de la mesa y los dejó a solas. Jane sacó los estuches uno por uno y los dispuso sobre la mesa. Phillip comenzó a abrirlos. El primero contenía un broche de diamantes y zafiros de Van Cleef y pareció visiblemente impresionado. A continuación vio el anillo de rubíes. Se sacó una lupa de joyero del bolsillo y se la acercó al ojo.

—Esto es un rubí sangre de pichón birmano —le dijo a Jane mientras lo examinaba—. La calidad más alta y el mejor color que existen. —Se apartó la lupa del ojo y la miró con seriedad—. Yo diría que tiene aproximadamente entre veinticinco y treinta quilates. Es muy poco frecuente encontrar un rubí de esta calidad y este tamaño. Es formidable, se venderá por una fortuna. —Después examinó el anillo de esmeraldas, que había calculado que era del mismo tamaño que el rubí o un poco más grande, y declaró que también era de primera calidad. Lo devolvió al estuche con sumo cuidado y a continuación abrió el que contenía el de diamantes, que era todavía más grande, y esa vez sonrió—. ¡Uau! —exclamó, como un crío, y ella rio.

—Eso mismo dije yo cuando lo vi —reconoció, y entonces pareció avergonzada—. Me lo probé —confesó, y él sonrió al imaginarlo.

—¿Qué tal te quedaba? —bromeó con ella.

De repente aquello era divertido. Las joyas eran fabulosas y, si el Tribunal Testamentario las subastaba en Christie's, la venta sería fantástica.

—Me quedaba de maravilla. Es lo más cerca que jamás estaré de un pedrusco de este tamaño. —Le devolvió la sonrisa—. ¿Cómo es de grande?

—Seguramente tendrá unos cuarenta quilates, dependiendo del grosor. Es solo una suposición.

Sin embargo, durante aquellos dos años en el departamento de joyería se había vuelto muy bueno calculando el tamaño y la calidad de las gemas, y había hecho un curso básico de gemología para formarse. Eran las mejores piezas que había visto hasta la fecha.

Estudió el collar y los pendientes de zafiros y montura invisible de Van Cleef, las perlas, que dijo que eran naturales, algo que también las hacía muy valiosas, y las piezas de Bulgari en Roma. Lo examinó todo en menos de una hora y, cuando hubo terminado, miró a Jane, impresionado de verdad.

—Hasta que me enviaste las fotografías, imaginé que no serían más que baratijas. Y en cuanto las vi supe que sería buen material, pero no esperaba esta calidad. ¿No ha aparecido ningún heredero?

—Ninguno —respondió con tristeza—. ¿Te gustaría ver las fotos de la condesa? Era una mujer preciosa.

Sacó algunas y las ojearon juntos. Él señaló aquellas en las que llevaba las joyas; había varias. Lo que sorprendió de nuevo a Jane fue lo feliz que se veía con el guapo conde y cuánto parecía amarla él mientras la miraba con adoración.

—Daba la impresión de ser lo bastante mayor como para ser su padre —comentó Phillip.

—Tenía treinta y ocho años más que ella —repuso Jane. Lo había deducido a partir de la necrológica y los pasaportes.

—¿Cómo se llamaban?

—Él era el conde Umberto Vicenzo Alessandro di San Pignelli. Y el nombre de soltera de ella era Marguerite Wallace Pearson, Di San Pignelli, una vez se casaron. Tenía dieciocho años por aquel entonces, y él, cincuenta y seis.

Jane parecía sentir melancolía mientras contemplaban las fotos; al oírla, Phillip la miró con sorpresa.

—Es un nombre muy común, pero el apellido de soltera de mi madre también era Pearson. Puede que fueran parientes lejanas, primas o algo así, aunque lo más probable es que no sea más que una coincidencia. Que yo sepa, no había ninguna Marguerite en la familia. Tendré que contárselo a mi madre. No estoy sugiriendo que sea una heredera, solo que es una curiosa coincidencia lo del apellido —alegó, con expresión avergonzada—. Nunca ha mencionado a ninguna pariente que se casara con un conde italiano, y la condesa era de una generación mayor que la de mi madre. A lo mejor era prima lejana de su padre o, lo que es más probable, no existe la más mínima relación. —El apellido, sin embargo, había despertado su interés, aunque no tanto como las joyas, la fabulosa subasta y el revuelo que generaría. No había visto piezas como esas en todo el tiempo que llevaba trabajando, y eso que habían vendido cosas muy hermosas en los últimos dos años—. ¿Con quién debería hablar del tema de la subasta? —le preguntó a Jane sin rodeos.

—Con mi jefa, Harriet Fine. Yo solo soy una secretaria temporal. Termino Derecho en junio.

—¿En la Universidad de Nueva York? —preguntó con interés.

—En Columbia. Para terminar tenía que hacer prácticas o trabajar en un juzgado. El Tribunal Testamentario no ha sido demasiado entretenido hasta ahora —reconoció cuando Hal Baker regresó, volvió a cerrar la caja y lo siguieron afuera—. Todas las prácticas que quería, en el Juzgado de Familia y en el de lo Penal, estaban pilladas, así que me quedé con esto. Lo cogí en lugar del Juzgado de Sucesiones, que habría sido todavía peor.

Jane sonrió arrepentida. y él hizo lo mismo en respuesta.

—El departamento de joyería de Christie's no es mucho mejor. Me trasladaron desde el de arte hace dos años, lo cual me ha parecido una cadena perpetua, aunque he de reconocer que esta subasta será espectacular. ¿Estáis hablando con alguna otra casa de subastas? —preguntó, y ella negó con la cabeza.

—No. Solo con vosotros. Christie's fue la primera elección de mi jefa. Me dijo que os llamara, así que lo hice. Me alegro de que te gusten las cosas de la condesa Di San Pignelli. Yo también creo que son bellísimas.

—Son más que bellísimas. Son todas de la mejor calidad. No es nada frecuente ver piezas de esta clase, con gemas tan importantes. Menuda vida debían de llevar el conde y la condesa.

—A juzgar por las fotos, eso parece —dijo Jane en voz queda.

—Me preguntó qué ocurrió después —comentó él. Era imposible no querer saber de ella y del conde.

—Ojalá lo supiera yo también. Parecían muy felices juntos, aunque ella tenía los ojos tristes.

—¿De verdad? —Phillip estaba sorprendido—. No me había fijado. Estaba demasiado distraído con las joyas. —Esbozó una sonrisa, pensando que Jane era una mujer interesante. Había imaginado que conocería a una aburrida chupatintas. Suponía una grandísima mejora.

—¿Qué ocurrirá ahora? —le preguntó ella cuando estuvieron de nuevo en el vestíbulo y Hal los dejó para volver a su mesa.

—Mi jefe hablará con tu jefa —explicó Phillip—. Haremos una oferta para vender las piezas, negociaremos nuestros honorarios y hablaremos del catálogo con ellos. Si les gustan nuestras propuestas, nos consignarán las piezas y las incluiremos en la próxima subasta «Joyas Magníficas», probablemente en mayo, septiembre o diciembre, justo antes de Navidad. Haremos una sección entera sobre ella, con algunas fotos, y procuraremos que resulte romántico y atractivo. Después las venderemos, nos llevaremos una comisión sobre el precio de adjudicación del vendedor y del comprador, y entregaremos el resto al estado. Es muy sencillo; a menos que aparezca un heredero, claro está, pero por lo que me has contado, parece poco probable.

Jane le había explicado que había ido a la residencia de ancianos y al viejo edificio de apartamentos de la condesa mientras él fotografiaba las joyas para sus archivos, para enseñarle a su jefe qué tipo de historia podían hilar en el catálogo, a pesar de que Di Pignelli no era muy conocida. Pero una «condesa» tenía cierta magia, y las joyas hablaban por sí solas. No iba a costarle llevar a cabo la venta.

—Seguro que nada de eso sucede antes de que vuelva a la facultad —adujo Jane en voz baja, pensando en ello—. Tendré que estar pendiente de la subasta o tal vez pueda avisarme alguien.

Se había tomado un interés personal en aquello, y Phillip se daba cuenta.

—Deberías venir a la subasta. Una subasta como esta será muy emocionante.

—¿Serás tú el subastador?

Sentía curiosidad por él.

—Lo dudo. Es demasiado importante. Formará parte de una subasta mayor, pero sin duda será uno de los platos fuertes. Importantes joyeros y coleccionistas pujarán por teléfono desde todas partes del mundo y algunos estarán en la sala. Supondrá toda una experiencia. —Oportunidades así no se presentaban a menudo.

Jane se quedó pensativa antes de responder:

—Creo que a lo mejor me pone triste. —A Phillip le conmovió lo que dijo. Aquella mujer le importaba de verdad a pesar de que no la había conocido—. Resulta descorazonador que muriera sola, sin su familia a su alrededor.

Phillip asintió, sin saber qué decir, mientras salían juntos del banco. La lluvia había cesado por fin.

—¿Te acerco a alguna parte? —se ofreció él cuando paraba un taxi.

—No, gracias. Volveré en metro a la oficina. Le diré a mi jefa que Christie's está interesada en vender las piezas. Estoy segura de que te llamará.

—Si no lo hace, la llamaré yo a ella. Puede que lo haga de todas formas. No queremos que se nos escape esta subasta —dijo, al tiempo que abría la puerta del taxi.

—Gracias por venir.

Jane se despidió de forma educada, y él sonrió mientras cerraba la puerta y la saludó cuando el coche se puso en marcha. Todo lo que había visto esa mañana le había impresionado: las joyas y la chica.

# 6

Cuando Phillip volvió a la oficina, tuvo que prepararse para la subasta que iban a celebrar al mediodía y solo disponía de media hora. No era una subasta importante y figuraba en la lista bajo el título «Joyas de Calidad», que distaba mucho de lo de «Joyas Magníficas» que acababa de ver, en otra categoría. Y se dio cuenta de que debería hablar de ellas con sus superiores después. No tenía tiempo para hacerles justicia y quería enseñarles las fotos que había sacado.

La subasta fue como la seda, pero llevó más tiempo de lo previsto, de modo que eran las cuatro y media cuando entró en la oficina del director del departamento. Ed Barlowe estaba revisando la lista de precios de adjudicación de esa tarde y parecía satisfecho. Levantó la vista hacia Phillip.

—Buena subasta —comentó, mientras dejaba la lista encima de su mesa—. ¿Qué ocurre? —Señaló una silla, invitando a Phillip a que la ocupase.

—Hoy he estado examinando una herencia abandonada con una secretaria del Tribunal Testamentario. Es una colección de piezas extraordinarias, todas de joyeros destacados —explicó con sosiego, a la vez que le pasaba a Ed las fotos que acababa de imprimir y observaba el rostro de su jefe mientras las examinaba. Pareció sorprendido cuando miró de nuevo a Phillip.

—Estas piezas, ¿son tan buenas como parecen?

—Mejores. Las fotos no les hacen justicia —respondió con calma.

Era la primera vez en dos años que disfrutaba trabajando en el departamento. Era como encontrar oro o petróleo. Aunque no le pertenecieran, resultaba emocionante formar parte de aquello, y por suerte desempeñaba un papel en la subasta.

—¿Conocemos la procedencia? —le preguntó su jefe.

—Tenemos un nombre y algunas fotos. Era una joven estadounidense que estuvo casada con un conde italiano desde 1942 hasta 1965. Probablemente una joven heredera. Murió sin dinero ni herederos. Solo tenía las joyas, que el banco descubrió cuando abrieron la caja de seguridad.

—¿Está todo en orden? —preguntó Ed con preocupación—. ¿Se han respetado todos los plazos?

—De forma diligente. La caja quedó abandonada hace tres años, el banco la abrió pasados trece meses y envió una carta certificada en el plazo establecido. Esperaron dos años más, informaron al Tribunal Testamentario y ellos han publicado anuncios para localizar a los herederos. No ha aparecido nadie. Yo mismo he visto toda la documentación.

—Bien. —Ed pareció satisfecho, sentado tras su mesa, un enorme escritorio antiguo que había comprado Christie's hacía años—. No quiero errores con piezas como estas. ¿Por qué no llamas a la secretaria del juzgado y discutes nuestros honorarios con ellos para que esté todo claro? Me gustaría programarlo para mayo. Aún hay tiempo para fotografiarlas. Podemos conseguirlo e incluirlas en el catálogo. Asegúrate de llamarla enseguida.

—Me ocuparé a primera hora de la mañana —le aseguró Phillip, y salió del despacho de Ed con el expediente de Pignelli en la mano.

Ya era demasiado tarde para llamar, pues eran pasadas las cinco, y dado que se trataba de una oficina pública, sabía que estaría cerrado.

Se sintió tentado de llamar a Jane para contárselo, pero no habría sido correcto hablarlo con ella antes de llegar a un acuerdo con Harriet, así que tendría que esperar, aunque confiaba en que sus caminos volvieran a cruzarse.

Al día siguiente, tal y como había prometido, llamó a Harriet y mantuvo una conversación sincera con ella. Le dijo que estaban interesados en vender las piezas y citó sus tarifas; el diez por ciento del precio de adjudicación del vendedor y el resto de las ganancias para el estado. Y el coste de las fotos para el catálogo tendría que pagarlo el Tribunal Testamentario, cosa que no sorprendió a Harriet, porque, como sacaban a subasta artículos con frecuencia, estaba acostumbrada. Le explicó que querrían utilizar algunas de la condesa para el catálogo con el fin de dar bombo publicitario a la subasta, siempre que a ella no le importara. Ella prometió llamar de nuevo para comunicarle su decisión a finales de semana. Él dijo que iban un poco justos de tiempo para incluir los artículos en el catálogo para la subasta de mayo. Ella respondió que vería qué podía hacer, y Phillip se preguntó si compararía precios y solicitaría presupuesto a Sotheby's también, pero Jane le había dicho que no era probable, pues había sido la propia Harriet quien había sugerido Christie's. Así pues, ya solo podía esperar su respuesta y abrigar la esperanza de que el Tribunal Testamentario les entregase los artículos a ellos. Serían una fabulosa incorporación para cualquier subasta.

El viernes, Phillip seguía sin tener noticias, pero no quería presionar y decidió esperar hasta el lunes para llamar de nuevo a Harriet, aunque Ed le preguntó el viernes por la tarde.


Como de costumbre, Phillip pasó el fin de semana en el barco y se dejó caer por el apartamento de su madre el domingo por la tarde, de camino a casa. No iba a quedarse a cenar, ya que

Valerie le había dicho que cenaría con unos amigos. Alguien más la había invitado al ballet y había rehusado.

Sirvió té para ambos y pasaron unos minutos juntos antes de que ella tuviera que marcharse. Ya estaba vestida para la velada, e iba muy guapa, en vaqueros y con un grueso jersey negro, zapatos de tacón y algo de maquillaje.

—¿Qué tal ha ido la semana? —le preguntó con interés.

Phillip le habló de las joyas que había visto y de que Christie's quería incluirlas en una subasta. Le dijo que todavía no había recibido respuesta de la secretaria del Tribunal Testamentario, pero que planeaba insistir al día siguiente.

—Deben de ser impresionantes si Christie's quiere venderlas —dijo Valerie, terminándose el té.

Entonces Phillip recordó la coincidencia de los apellidos.

—Por cierto, el apellido de soltera de la mujer es el mismo que el tuyo —comentó divertido, y acto seguido añadió—: Aunque dudo que estemos emparentados con ella.

Ella asintió.

—Es un apellido muy común. Me temo que no tenemos ningún pariente que posea esa clase de joyas, aunque sería agradable.

Le brindó una sonrisa, pero ambos sabían que no estaba deslumbrada por ello y que el dinero nunca había sido una gran motivación para ella, sobre todo el de los demás. Su madre nunca había sido una mujer codiciosa, siempre se había dado por satisfecha con lo que tenía.

—Creo que los precios de esta subasta se dispararán. Las piezas son de una belleza increíble, con grandes gemas de la máxima calidad. Va a ser muy emocionante, si el juzgado nos las confía a nosotros.

—Estoy segura de que lo hará. ¿Por qué no iban a hacerlo? —añadió Valerie con intención tranquilizadora al tiempo que se levantaba—. Tengo que irme ya.

—Nunca se sabe. Puede que obtengan una oferta mejor de otra casa.

—Espero que no —dijo ella con total lealtad.

Phillip consideró un segundo si contarle que había conocido a Jane, pero se sintió estúpido. Lo más probable era que no volviera a verla. De modo que se puso en pie, abrazó a su madre, le dio un beso de despedida y le prometió que la llamaría pronto.

—Pásalo bien esta noche —le deseó mientras ella cerraba la puerta y él entraba en el ascensor.


A la mañana siguiente, llamó de nuevo a Harriet Fine. Ella se disculpó por no haberse puesto en contacto con él. Había estado esperando el visto bueno de sus supervisores para proceder con la subasta y acababa de recibirlo, hacía una hora.

—Lo han aprobado —dijo en voz baja—. Han aceptado sus términos para la subasta.

—¡Es fantástico! —exclamó Phillip—. Me gustaría recoger las piezas en los próximos días para fotografiarlas para el catálogo. ¿Puedo contar con su autorización para ir al banco?

—Me ocuparé de ello enseguida —le aseguró Harriet—. Se lo notificaré al banco. ¿Las recogerá usted?

—Sí. Es muy probable que lleve a un guardia de seguridad conmigo y un vehículo con chófer. Después de eso, las guardaré en nuestra caja fuerte, en Christie's, a la espera de la subasta; ¿o prefiere que las devuelva al juzgado?

A Harriet todo aquello le parecía un quebradero de cabeza que ni deseaba ni necesitaba, y aquella subasta era mucho más importante que cualquiera de las que se hubiera hecho cargo hasta entonces. Y no cabía duda de que podían confiar en Christie's para que mantuviera las joyas en su caja fuerte hasta la subasta.

—Preferiría que las guardaran ustedes hasta la subasta. Enviaré a un alguien para que se cerciore de que la entrega vaya como la seda el día en que las recojan. Avíseme de cuándo piensa hacerlo.

Phillip reflexionó un momento y comprobó su agenda antes de hablar. La mañana siguiente la tenía despejada.

—¿Mañana sería demasiado pronto? —preguntó con vacilación—. Podría estar ahí cuando abra el banco, a las nueve. —Y con suerte podría llevárselas al fotógrafo para empezar.

—Estaría bien. Me encargaré de que nuestra secretaria nos traiga todos los documentos y las fotografías, pero las joyas son suyas.

Sabía que Ed Barlowe estaría contento.

—Querré reproducir algunas de esas fotos antiguas —le recordó.

—Muy bien —respondió ella sin más. No había ningún familiar que pusiera objeciones, y le parecía bien si con eso se favorecía la subasta. Se trataba de un negocio para el estado. Ella siempre era diligente en lo tocante a defender sus intereses—. Mi secretaria estará en el banco a las nueve —confirmó.

Al cabo de un momento, fue al despacho de Jane y le dijo que tendría que ir al banco por la mañana para recoger los documentos de la caja de seguridad y presenciar la entrega de las joyas al representante de Christie's. Jane se dijo si sería Phillip de nuevo; no estaba segura y no quería preguntar. Le había gustado que hablaran y examinar las joyas y las fotos de Marguerite con él, y le atraía la idea de verle otra vez. De no ser así, tampoco habría problema. Y por lo que le había dicho Harriet, entendía que la subasta de Christie's estaba en marcha.

Lo comentó con John esa noche. Él había terminado otro trabajo y la acompañó a comer una hamburguesa en un restaurante cercano antes de volver a la biblioteca un rato más. Jane sentía que hacía semanas que no habían tenido una conversación o una cena decente juntos. En lugar de ponerse al corriente de las novedades del otro durante la cena, tuvo la impresión de que habían perdido la conexión. Era una sensación triste y solo esperaba que su relación cobrara vida de nuevo en junio. Era la luz al final del túnel, y hasta entonces, trataría de mostrarse paciente y apoyarle. John estaba siendo como un compañero de piso fantasma.

Pero aquello acabaría en tres meses y medio. Estaba deseando retomar su vida juntos donde la habían dejado. John empezaba a parecerle un extraño. Y no pareció interesado cuando le contó que las joyas de las que le había estado hablando iban a subastarse en Christie's. Distaban mucho de cualquier cosa que a él le importara, no figuraban entre sus prioridades. John regresó a la biblioteca después de cenar y ella se fue a casa, deseando que su relación siguiera igual que hacía seis meses, aunque sencillamente no era así. John parecía cada vez menos conectado con su día a día.

Aún dormía como un tronco cuando Jane salió del apartamento y cogió el metro hasta el centro de la ciudad a la mañana siguiente. Llegó al banco justo cuando Phillip Lawton se bajaba de un vehículo con un chófer. Reparó en que había un guardia de seguridad en el asiento delantero. Phillip llevaba chaqueta y unos pantalones de pinzas, camisa azul y una bonita corbata azul oscuro de Hermès, con un abrigo azul marino de corte impecable, y pareció alegrarse de verla. Se quedaron charlando fuera del banco unos minutos, mientras esperaban a que se abrieran las puertas. Los dos habían llegado cinco minutos antes de tiempo.

—Parece que todo sigue su curso para la subasta en Christie's —dijo Jane con una sonrisa.

Llevaba una falda corta gris y un chaquetón de estilo marinero, y presentaba un aspecto fresco y resplandeciente bajo el sol matinal, con el cabello bien peinado cayendo por debajo de los hombros. Phillip se fijó en que llevaba unos pequeños pendientes de oro.

Las puertas del banco se abrieron e hizo un gesto al guardia de seguridad de Christie's para que se uniera a ellos. Portaban dos grandes maletas de piel para depositar las joyas en ellas y el guardia de Christie's los siguió al interior y, de ahí, a las cajas de seguridad.

Jane tuvo que firmar varias copias de documentos para asumir la responsabilidad de vaciar la caja en representación del Tribunal Testamentario. A continuación, Phillip firmó otra copia, en la que reconocía haber recibido veintidós piezas de joyería que se llevaría consigo para consignarlas a Christie's. Tardaron varios minutos en poner en orden todos los documentos; después Jane sacó los estuches de joyas y se los entregó a Phillip uno por uno. Él había firmado también una copia del inventario. Jane colocó acto seguido todos los documentos en un sobre grande de color marrón que había llevado consigo, con el sello impreso del Tribunal Testamentario. Introdujo en él las cartas, los pasaportes y los extractos bancarios. Y luego Phillip y ella revisaron las fotografías. Él seleccionó media docena que pensó que podría quedar bien. Una del conde y la condesa frente al palacete. Otra de ellos con traje de noche, en la que ella lucía el collar y los pendientes de zafiros. Una preciosa de Marguerite sola, también con vestido de noche. Otra de ambos montados a caballo y una esquiando. Y una muy tierna de ella con la tiara, en la que parecía muy joven. Las fotos los consagraban como la pareja de oro; poseían la elegancia y el glamour de una época pasada. Y entonces Jane se quedó mirando las fotos de la niña pequeña.

—Me pregunto quién sería —dijo en voz queda.

—Puede que la hermana menor —sugirió Phillip.

—O una hija que falleció. Tal vez por eso ella parecía tan triste —aventuró Jane, frustrada, porque jamás lo sabrían.

Eran muchas las cosas que no sabían sobre la mujer a la que habían pertenecido las joyas. ¿Por qué se marchó de Estados Unidos y se fue a Italia durante la guerra? ¿Cómo llegó allí, teniendo en cuenta que su punto de entrada en Europa fue Inglaterra vía Lisboa, según el sello del pasaporte? ¿Cómo conoció al conde, cuándo se enamoraron y qué hizo entre 1965, cuando él falleció, y 1994, cuando se mudó otra vez a Nueva

York? ¿Y qué le hizo volver? La dirección que figuraba en sus documentos después de 1974 era de Roma, así pues, ¿qué ocurrió con el palacete? Jane deseó que hubiera alguien que pudiera contárselo y explicarles todo. Marguerite no había dejado rastro de su pasado, exceptuando las fotografías, dos fajos de cartas, sus direcciones en distintas épocas y las joyas.

—Imagino que hay preguntas que nunca obtienen respuesta, y misterios que nunca se resuelven —repuso Phillip con tono pensativo, observando a Jane mientras metía las fotos de la niña en el sobre que no iba a llevarse él.

Para que no se cayera nada, Jane cerró con cuidado el sobre en el que había escrito el nombre completo de Marguerite con el fin de entregárselo a Harriet a su regreso, puesto que había que preservar los documentos durante siete años, por si acababa apareciendo algún pariente. No sabía qué ocurriría con ellos después, si se archivarían o los destruirían. Le entristeció de nuevo pensar en ello. También tenía que llevarle a Harriet todos los documentos de acuse que había firmado Phillip. Y mientras estaban en el cubículo que ya les era familiar, el guardia de seguridad de Christie's cogió una de las maletas. Phillip cogió la otra y Jane salió con ellos. En la mesa quedó la caja de seguridad vacía. Hal se acercó para despedirse de ellos cuando se marchaban. Ya casi parecía un amigo en aquella atípica aventura en la que se habían embarcado, la de subastar las joyas de la señora Di San Pignelli.

Phillip se ofreció a acompañar a Jane otra vez y ella rehusó. Prometió llamarla cuando hubiera duplicado las fotografías y devolvérselas en el juzgado. El coche se alejó un momento después, mientras Jane se dirigía al metro, con el grueso sobre entre sus brazos. Se quedó abstraída mientras reflexionaba acerca de los documentos que tenía en su posesión y las joyas que acababa de llevarse Phillip. Estaban a punto de vender los últimos vestigios de la vida de Marguerite di San Pignelli. Aquella deprimente idea la acompañaba mientras bajaba a toda prisa las escaleras del metro para volver al juzgado.

## 7

El jueves, la madre de Phillip llamó para preguntarle si esa noche le apetecía asistir con ella a un evento de etiqueta en el Metropolitan Museum. Era una cena elegante que celebraba cada año el Costume Institute, el instituto dedicado al vestido del Met, de cuya junta formaba parte. Se suponía que iba a acompañarla su hermana, pero lo había cancelado en el último momento por un resfriado tremendo. Winnie era una hipocondríaca, siempre padecía algún achaque que otro, y no le gustaba salir estando enferma.

—Siento pedírtelo tan tarde —se disculpó su madre—. Pero ya tengo las entradas y odio ir sola.

Phillip lo pensó un momento y luego accedió. Resultaba agradable hacer algo por ella. Valerie era muy independiente, tenía una vida ajetreada y raras veces le pedía nada. Y le dijo que creía que iba a pasarlo bien. Hacía algunos años, justo después de la muerte de su padre, Phillip había asistido a la misma cena con ella. Era un evento impresionante y sabía que las entradas costaban una fortuna. Era una de las cosas agradables que podía hacer Valerie con el dinero que había recibido del seguro de su marido. Asistía cada año y le regalaba la entrada a su hermana. La tía Winnie jamás se habría gastado el dinero para ir, pese a que podía permitírselo mucho más que su madre.

Recogió a Valerie en su apartamento esa noche. Llevaba

un sencillo vestido negro, que realzaba su todavía esbelta figura y un chaquetón de zorro plateado que tenía desde hacía años y que aún parecía glamuroso cuando se lo ponía. Al verla recordó de repente las fotos de la condesa que había recogido del fotógrafo esa tarde. Su madre no se parecía a ella, pero poseían esa misma elegancia aristocrática de otra época. Se sintió orgulloso de estar con ella cuando lo asió del brazo y le siguió hasta la limusina que había alquilado para la velada.

—¡Me mimas demasiado, cielo! —exclamó, sonriéndole como una niña encantada—. Creía que cogeríamos un taxi.

—Desde luego que no —repuso él, y se sentó atrás junto a su madre.

Se había puesto un esmoquin impecable que le habían confeccionado en Savile Row, en Londres, la última vez que visitó la ciudad por una subasta.

—Estás muy guapo —comentó mientras se dirigían hacia al Metropolitan, en la parte alta de la ciudad.

Cuando llegaron, Phillip vio reunida con sus mejores galas a la flor y nata de Nueva York, incluidos el gobernador y el alcalde. En efecto, se trataba del deslumbrante evento que ella había prometido.

Los sentaron a una mesa junto a uno de los conservadores del Costume Institute, un conocido diseñador de moda y un artista famoso, y la conversación fue animada. Phillip se sentó junto a una joven que había producido un exitoso espectáculo de Broadway y hablaron de teatro y de arte durante toda la noche. Habría sentido interés por ella, y era muy atractiva, pero se llevó una decepción al descubrir que estaba allí con su esposo, que era escritor y acababa de publicar su primer libro. Aquello le recordó lo activa que era su madre y la gente con la que se relacionaba. Pese a su falta de pretensiones, poseía una elegancia natural atemporal, eterna, y Phillip se había fijado en que esa noche la admiraba más de un hombre. Fueron de los últimos en marcharse y, de camino a casa, hablaron de la fiesta animadamente.

—Me lo he pasado genial —dijo él con sinceridad—. La mujer que tenía a mi lado era estupenda y creo que el hombre sentado al tuyo era muy simpático.

—Siempre es una noche divertida —contestó, todavía llena de energía—. Ni siquiera he podido preguntarte qué tal os ha ido. ¿Cómo va la subasta de las joyas de aquella mujer? La que se casó con el conde italiano —le preguntó con una sonrisa afectuosa.

—El Tribunal Testamentario nos consignó las piezas el martes. Llevamos toda la semana con las fotos. No sé qué es, pero esa mujer tiene algo que te atrapa. Puede que se sea porque sabemos muy poco de ella. Es terreno fértil para la imaginación. ¿Seguro que no estamos emparentados con ella? Es muy extraño que las dos tengáis el mismo apellido de soltera.

—Junto con los otros diez millones de personas de origen anglosajón. Estoy convencida de que la guía telefónica de Nueva York tiene diez páginas de Pearsons, por no mencionar la de Boston. Pero si declaro que somos familia, ¿me quedo con sus joyas? —Esbozó una sonrisa pícara.

—Con todas —respondió tan contento.

—¿Cuál era su nombre de pila? —preguntó Valerie sin darle importancia.

Ni se le pasaba por la cabeza que estuvieran emparentadas. Como había dicho, era un apellido muy común, y en su familia no había nadie que hubiera viajado a Italia y se hubiera casado con un conde por aquella época. Era el tipo de cosa que habría sabido. Nadie de su familia había vivido nunca en Europa. Hacía generaciones que se habían establecido en Nueva York.

—Era Marguerite —contestó Phillip mientras iban hacia el centro.

Valerie pareció sorprendida.

—Vaya coincidencia —adujo con tono alegre, pero sin convencerse aún—. Ha habido docenas de Marguerite en nuestra familia. Mi hermana mayor se llamaba así, y mi abuela y mi bisabuela. Era un nombre muy popular en aquellos tiempos, a principios del siglo xx. Y creo que el apellido Pearson es casi tan común como Smith. Qué pena. —Rio al mirar a Phillip, que también estaba sorprendido. Solo había oído hablar de su bisabuela como Maggie, y siempre había desconocido el nombre de pila de su tatarabuela—. Tendrás que enseñarme el catálogo cuando lo recibas. Me encantaría ver sus joyas —añadió su madre con melancolía.

—Te daré uno cuando lo tenga. Era muy hermosa, y el conde era muy apuesto. Ojalá supiéramos más de ellos. Ahora debo investigar las joyas. Cartier guarda registros de cada pieza que ha creado. Voy a pedirles que consulten sus archivos por si tienen alguna información que pueda ayudar con la subasta. Tengo que ir a París el mes que viene y estaba pensando en pasar a visitarlos para buscar los bocetos en sus archivos.

—Eso sí que suena emocionante —comentó su madre cuando el coche se detuvo frente a su edificio.

El portero le abrió y ella le dio un beso a Phillip, le agradeció que la hubiera acompañado y desapareció dentro del edificio. De camino a la parte alta de la ciudad, Phillip pensó de nuevo en Marguerite y en el e-mail que quería enviar a Cartier, y entonces su mente vagó hasta Jane. Iba a devolverle las fotos originales al día siguiente. Se preguntó si sería una excusa adecuada para invitarla a comer. Quería volver a verla. Todavía no se la había mencionado a su madre, aunque no tenía mucho que contar, salvo que era una secretaria temporal del Tribunal Testamentario. No sabía nada más de ella, excepto que iba a licenciarse en Derecho. Pero parecía inteligente, era agradable hablar con ella y quería saber más.


Al día siguiente, estaba sentado a su mesa, pensando en Jane, con las fotos de Marguerite delante, cuando decidió llamarla y utilizarlo como excusa. No tenía nada que perder y a lo mejor sí algo que ganar si aceptaba comer con él.

Marcó el número que tenía de ella en el Tribunal Testamentario y Jane descolgó al primer tono.

—Jane Willoughby —dijo con voz suave y firme.

Durante una fracción de segundo, Phillip no supo qué decir, pero enseguida le explicó que la llamaba para informarle de que ya podía devolverle las fotos.

—Podría enviártelas por mensajero hoy. O si quieres —procuró parecer calmado—, podría dártelas mientras comemos. —De repente se sintió como un idiota por preguntar, convencido de que iba a rechazarle—. ¿O suena ridículo? —inquirió, con la extraña sensación de tener catorce años.

Hacía tres meses que no tenía una cita y resultaba incómodo. ¿Por qué iba a aceptar?

—Me parece genial. —Jane parecía sorprendida—. Podría recoger las fotos —dijo, sintiéndose rara también. Pero estaba segura de que era algo inocente y estrictamente profesional. Phillip solo estaba mostrándose cordial debido a su interés común por Marguerite.

—Te las daré cuando comamos —propuso, ya que no le había rechazado, no había colgado ni se había reído, lo cual casi había esperado que hiciera. Ojalá estuviera libre ese día, pero a la una tenía que asistir a una reunión del departamento para hablar de las siguientes subastas—. ¿Qué te parece el lunes? ¿Te va bien?

—Sí, me viene bien —señaló ella con amabilidad, recordándose que no debía presuponer que él pretendía nada. Solo iban a comer juntos.

—Si te reúnes conmigo en la oficina, cerca hay un pequeño restaurante muy agradable. Guardaré las fotos en la caja fuerte hasta entonces.

—Me parece bien —respondió Jane con tono alegre—. Que pases un buen fin de semana —añadió después de que él le dijera que fuera a Christie's al mediodía.

—Gracias... Tú también.

Colgaron al cabo de un momento, y Phillip se quedó mirando por la ventana, pensando en ella, preguntándose qué iba a hacer hasta que la viera el lunes y si ella tenía novio o estaba libre.

Al día siguiente, Jane seguía sintiéndose un poco incómoda por haber quedado con Phillip y se lo mencionó a Alex de pasada, cuando se vieron para comer en Balthazar e ir al cine después. John se había ido de fin de semana con su grupo de estudio a los Hamptons. A Jane no le parecía bien, pero no se había quejado, pues sabía que con eso solo aumentaría la tensión entre ellos. John iba a pagar su parte por compartir la casa, pero no había invitado a Jane para que lo acompañara. Decía que era de uso exclusivo para el grupo de estudio.

—Puede que ayer cometiera una estupidez —confesó Jane cuando se terminaron la hamburguesa, que estaba de vicio.

—¿Como qué? ¿Te has acostado con tu jefe? —Alex parecía divertida.

—Mi jefe es una mujer y es un demonio. A veces creo que me odia —dijo refiriéndose a Harriet. Estaba pensando en la invitación a comer de Phillip—. No, he conocido a un tío por este caso en el que estoy trabajando. Trabaja en Christie's, en el departamento de joyería, y le hemos confiado unas joyas para que las subaste para el estado. Solo nos hemos visto dos veces, pero me invitó a comer.

—¿Y le rechazaste? —Alex se sintió decepcionada de inmediato.

—No, acepté. Voy a comer con él el lunes. Pero no es un viejales de una casa de subastas. Espero que no lo haya planteado como una cita.

—¿Estás de coña? ¿Es joven, soltero y atractivo?

Jane asintió con una sonrisa en la cara.

—Es joven y atractivo. No sé si está soltero, pero supongo que sí. Se comporta como tal.

—Entonces ¿por qué demonios no ibas comer con él?

¿Por qué no? Ve —le dijo con expresión resuelta—. No vas a acostarte con él en un restaurante. Como mínimo, necesitas distraerte, y algo de atención masculina. ¿Cómo es?

Alex sentía curiosidad y se alegraba por su amiga. Su relación con John era terreno baldío en esos momentos. Sentía que ya era hora de que se le presentase una oportunidad así. En su opinión, Jane necesitaba conocer a otros hombres, y John le había amargado los últimos meses.

—Es guapo, inteligente y viste bien. Estudió arte, pero ha acabado en el departamento de joyería de Christie's y no le gusta, aunque parece saber mucho. Es solo un buen tío. —Jane parecía incómoda al decirlo; todavía le preocupaba haber hecho algo malo al aceptar su invitación. A fin de cuentas, estaba viviendo con John. Pero Phillip no la había invitado a cenar, solo a comer.

—¿Puedo ir yo también? —bromeó Alex—. Y si este tío está interesado en ti, no se lo cuentes a John cuando llegue a casa el domingo por la noche solo porque te sientas culpable. No tienes nada por lo que debas sentirte culpable. Que tú sepas, no es más que una comida de trabajo.

Fuera lo que fuese, Jane estaba deseando que llegase, aunque estuviera nerviosa.

—A lo mejor debería cancelarlo —insistió cuando dejaron el restaurante, inquieta todavía—. A lo mejor a mi jefa no le hace gracia que coma con un tío de Christie's.

—Como lo canceles, te mato. Ve. Parece buen tío. Y a tu jefa no le incumbe con quién vayas a comer. Será bueno para tu ego. —John no lo era ni de lejos, pensó Alex, pero se lo calló. Hacía meses que ignoraba a Jane casi todo el tiempo y la daba por sentado; eso no era ninguna novedad. A Alex no le gustaba cómo le hablaba a veces a Jane, aunque ella nunca parecía notarlo. Lo consideraba arrogante, despectivo y engreído. Y Jane parecía pensar que eso estaba bien—. No vas a hacer nada malo —le recordó de nuevo—. Diviértete para variar.

—Sí, puede —contestó, poco convencida, aunque pensaba hacerlo. Phillip le caía bien y la invitación, fueran cuales fuesen sus motivos, resultaba halagadora—. Es muy posible que solo quiera hablar de la subasta —apostilló para tranquilizarse.

—Exacto —convino su amiga, tratando de animarla para que no se sintiera tan culpable—. Tú recuerda que es una comida de trabajo. Así no te asustará tanto.

—Si no, no me lo habría pedido —aseveró ella, ya convencida. Lo más seguro era que solo quisiera discutir algún detalle de la subasta.

—Pues claro. Eres fea, tonta y aburrida. Seguro que siente lástima por ti —bromeó Alex, y ambas rieron.

Fueron al cine, compraron las entradas y luego palomitas y unas Coca-Cola. Era un modo agradable de pasar un sábado por la tarde, y después de haber comentado aquello con Alex, se sentía mejor. Alex no le dijo que empezaba a sospechar que, por lo que Jane le había contado, John se estaba acostando con Cara. Pasaba demasiado tiempo con ella y con el grupo, en la biblioteca, volvía a casa a las cuatro de la madrugada o más tarde incluso, y pasaba los fines de semana en los Hamptons sin Jane. No quería que a su amiga le entrara el pánico, pero se alegraba de que fuera a comer con Phillip. Era justo lo que necesitaba. Un poco de atención en su vida de alguien nuevo, aunque solo fuera por trabajo. Y ambas lo olvidaron mientras veían la película. Alex estaba deseando saber qué tal iba el lunes y Jane prometió llamarla por la tarde.

Mientras Alex y Jane veían la película, Valerie fue a visitar a su hermana. El resfriado de Winnie se había convertido en sinusitis y bronquitis, así que estaba hecha polvo. Valerie había prometido comprarle algunas provisiones y se presentó con sopa de pollo de un deli cercano y una bolsa llena de fruta fresca; le exprimiría unas naranjas.

Winnie vivía en la calle Setenta y Nueve con Park Avenue, muy lejos del acogedor apartamento de Valerie, en el SoHo. Winnie llevaba treinta años viviendo en el mismo apartamento. Era lúgubre, estaba lleno de oscuras antigüedades inglesas, y a Valerie siempre le daban ganas de descorrer las cortinas para dejar entrar el sol, pero a su hermana le pegaba aquella atmósfera fúnebre. Se sentía fatal y Valerie fue a la cocina a exprimirle las naranjas y, unos minutos más tarde, le sirvió un vaso de zumo. Winnie tenía una asistenta durante la semana, pero los fines de semana no contaba con ayuda, y era del todo incapaz de valerse por sí misma. Valerie guardó la compra en la nevera y le dijo que calentara la sopa en el microondas más tarde, mientras su hermana la miraba con cara de pena. El médico le había recetado antibióticos, pero decía que no le estaban haciendo nada.

—Puede que sea neumonía. Deberían hacerme una radiografía la semana que viene —dijo con nerviosismo.

—Te pondrás bien —repuso Valerie con calma y le pasó unas revistas que había comprado para que se distrajera.

—Me vacuné contra la gripe y la neumonía antes de Navidad. Creo que no ha funcionado —aseveró su hermana, con expresión de pánico.

Iba a cumplir setenta y nueve, casi ochenta, como solía decir, lo cual la asustaba. La aterraba la muerte y acudía al médico a todas horas.

Se bebió el zumo de naranja y luego un trago de antiácido, por si le producía acidez de estómago. Tomaba una docena de vitaminas diferentes todos los días y aun así se ponía enferma. Valerie trataba de no burlarse de ella ni tomarle el pelo con eso. Winnie se tomaba su salud muy en serio, aunque su hija Penny decía que era fuerte como un roble y que los sobreviviría a todos.

—Bueno, ¿qué has hecho esta semana? —le preguntó Valerie, tratando apartar el tema de la salud de su mente.

—Nada. He estado enferma —respondió.

Estaban sentadas en la pequeña sala en la que Winnie veía la tele por la noche sola. No salía tan a menudo como su hermana, tenía pocos amigos y no le interesaba ninguna actividad, salvo jugar al bridge, dos veces a la semana. Se le daba bien. Valerie lo consideraba aburridísimo, pero no lo decía. Al menos así hacía algo que implicase a otras personas.

—Te echamos de menos el jueves por la noche, en la fiesta del museo. Nos sentaron a una buena mesa. Me llevé a Phillip. —Valerie sabía que si hubiera ido con ella, su hermana habría insistido en marcharse nada más terminar de cenar. Detestaba quedarse hasta tarde y decía que necesitaba dormir—. ¿Has hablado con Penny?

—No me llama nunca —dijo la otra con amargura.

La relación de Winnie con su hija había sido tirante durante años y se quejaba de que sus nietos nunca iban a verla. Les encantaba visitar a Valerie y explorar su estudio, pero ella no se lo decía a su hermana mayor, como tampoco le decía que Penny y ella comían de vez en cuando para que pudiera desahogarse hablando de su madre. Las quejas de Penny con respecto a ella eran parecidas a las que Valerie había tenido de la suya. Winnie y su madre eran mujeres frías; siempre veían el vaso medio vacío, nunca medio lleno.

—Phillip está trabajando en una subasta —le contó para distraerla. Le costaba dar con temas sobre los que Winnie no tuviera algo desagradable que decir. Siempre estaba molesta por algo: los impuestos, las comisiones que le cobraba el banco, sus pérdidas en la bolsa, sus maleducados nietos, un vecino con quien estaba enemistada...—. El Tribunal Testamentario le encargó que tasara el contenido de una caja de seguridad abandonada y encontraron joyas por valor de millones. La mujer a la que pertenecían murió sin hacer testamento y no ha aparecido ningún heredero, así que van a subastarlas en Christie's a beneficio del estado.

—Con lo elevados que son nuestros impuestos, el estado no necesita millones en joyas —repuso con tono amargo—.

Si tenía tantas joyas, ¿por qué no dejó testamento? —Lo veía como una estupidez.

—¿Quién sabe? Quizá no tuviera a nadie a quien dejárselas. O puede que estuviera enferma o confusa. Era estadounidense y se había casado con un conde italiano durante la guerra. Es una historia bastante romántica y, qué casualidad, su apellido de soltera era Pearson, como el nuestro. Y aún hay más, su nombre de pila era Marguerite. Phillip me preguntó si era posible que estuviéramos emparentados con ella, si sería una prima o algo así, pero no conozco a nadie de la familia que viviera en Italia o se casara con un conde italiano. Falleció hace siete meses, a los noventa y un años. De hecho, es la edad que habría tenido nuestra hermana —prosiguió, pensativa de repente—. Eso es aún más raro. —Y mientras lo decía tuvo la sensación de que empezaban a encajar piezas de un rompecabezas o engranajes de una máquina—. Nunca he pensado en ello, pero ¿y si Marguerite no murió cuando éramos niñas, sino que se mudó a Italia y se casó con un conde italiano? Es posible que nuestros padres lo desaprobaran y fingieran que había muerto. ¿No sería asombroso?   Valerie iba dándole vueltas a la idea en su cabeza mientras su hermana mayor la miraba horrorizada por sus palabras.

—¿Estás loca? Mamá nunca superó su muerte. Lloró a Marguerite, a nuestra Marguerite, a nuestra hermana muerta, durante el resto de su vida. Estaba tan desolada que no soportaba ni ver una foto suya, y papá nos prohibió que habláramos de ella.

Valerie también lo recordaba.

—Puede que estuviera igual de desolada porque se casó con un conde italiano. ¿Crees que nuestros padres habrían sido capaces de aceptarlo?

A Valerie le resultó extraño que no hubieran encontrado una sola fotografía de su hermana mayor entre las cosas de su madre cuanto esta falleció. Siempre dio por sentado que habían guardado sus fotos, pero, de ser así, jamás las encontraron. No tenían fotografías de su hermana mayor, ni siquiera de niña, aunque Winnie afirmaba que se acordaba de su aspecto, algo que Valerie dudaba mucho. Y consideraba fascinante la idea que se le acababa de ocurrir, aunque su hermana la mirara como rotunda desaprobación.

—¿Intentas convencerme a mí o a ti misma de que eres la heredera de unas joyas que valen millones y que van a subastar en Christie's? ¿Tan desesperada estás por conseguir dinero? Creí que todavía te quedaba la mayor parte del seguro de Lawrence. —Aunque sin duda ni se acercaba al valor de las joyas que iban a subastar.

Valerie la miró como si estuviera comportándose de forma no solo grosera, sino también ridícula.

—Pues claro que no. No me interesa el dinero. Pero la historia es fascinante. ¿Cuál era el segundo nombre de Marguerite?

—No estoy segura —respondió Winnie de forma acalorada—. Mamá y papá nunca hablaban de ello.

—¿Era Wallace? Creo que es el nombre que Phillip mencionó cuando me preguntó.

—No he oído ese nombre en la vida, y creo que te estás volviendo senil —arguyó, enfadada.

De repente, Winnie le recordó a su madre más que nunca. Siempre había habido temas sobre los que no les estaba permitido preguntar, y su hermana mayor era uno de ellos. Siempre les habían dicho que la muerte de su hermana mayor a los diecinueve años era una tragedia de la que su madre jamás se había repuesto, y no se les permitía sacar a colación eso ni nada relacionado con ella. Con el tiempo, fue como si jamás hubiera existido. Y la diferencia de edad era tanta que no habían llegado a conocerla. Parecía que Marguerite hubiera sido su auténtica hija y que Winnie y ella fueran las intrusas, visitas inoportunas en casa de sus padres; Valerie más incluso que Winnie, ya que toda su vida había sido muy diferente de ellos, igual que de Winnie en ese momento.

—¿Cómo se te ocurre inventarte semejante teoría para mancillar la memoria de nuestra hermana mayor y deshonrar a nuestros padres? Eran personas amables, buenas y cariñosas, a pesar de lo que tú quieras decir de ellos ahora.

—No sé quiénes fueron tus padres —replicó Valerie con frialdad, mirándola a los ojos—. Los míos tenían hielo en las venas y una piedra por corazón; papá y sobre todo nuestra madre, y lo sabes. Tú les caías mejor porque compartías más cosas con ellos. Hasta te parecías físicamente a ella. Pero a mí mamá no me soportaba y eso también lo sabes. Papá hasta me pidió disculpas antes de morir y me dijo que a ella le costó mucho «aceptarme» porque era mucho mayor cuando nací, lo cual no justificaba cómo me trató. Yo tenía cuarenta cuando nació Phillip y fue el día más feliz de mi vida, todavía lo es.

—Mamá era mayor y pasó por un cambio difícil en su vida. Es muy probable que padeciera algún tipo de depresión —alegó Winnie, siempre dispuesta a excusarla, cosa que Valerie había dejado de hacer años atrás.

Su madre fue una mujer mezquina y no cabía duda de que con Valerie había sido una madre espantosa; con Winnie fue tan solo un poco menos fría, y esta había decidido que le parecía aceptable. Pero de ningún modo lo era para su hermana menor. De hecho, si bien se había mostrado fría con Winnie, lo cual era propio de ella, con Valerie había sido directamente cruel.

—¿Se pasó toda la vida deprimida? —preguntó Valerie con cinismo—. No lo creo, aunque es una buena historia. Y me parece que hay algunas coincidencias muy raras. La edad de la mujer que dejó las joyas, el hecho de que nuestra hermana fuera un tema tabú y que esa mujer que se convirtió en condesa llegara a Italia más o menos en la época en que se marchó nuestra hermana, que falleció un año después. ¿Y qué estaba haciendo en Italia durante la guerra? Nunca nos lo contaron y nunca nos dejaron preguntar. ¿No quieres saber más? ¿Y si hubiera estado viva todos estos años y hubiera muerto hace poco? ¿Cuántas Marguerite Pearson de esa edad puede haber en el mundo? ¿Y si está emparentada con nosotras, Winnie? ¿No quieres saberlo?

Valerie no lograba apartar de su mente las posibilidades y quería respuestas, pero lo único que podía hacer eran conjeturas.

—Tú quieres las joyas y el dinero —la acusó Winnie.

Valerie se puso en pie, indignada.

—Si de verdad piensas eso, es que no me conoces en absoluto. Pero me conoces bien. Lo que pasa es que te da miedo descubrir lo que es posible que nos hayan ocultado. ¿Por qué? ¿De qué sirven ya todos esos tabús? ¿A quién estás protegiendo? ¿A ellos o a ti misma? ¿Tanto miedo tienes que no quieres saber la verdad?

—Sabemos la verdad. Nuestra hermana murió de gripe con diecinueve años mientras viajaba por Italia, y eso le rompió el corazón a nuestra madre. ¿Qué más necesitas saber?

—Había una guerra en curso por aquel entonces, Winnie. ¿Qué estaba haciendo ella allí? ¿Visitar a Mussolini?

En los últimos años, siempre le había resultado extraño que su hermana estuviera en Italia durante la guerra, de manera inexplicable. Pero no había nadie a quién preguntar.

—Ni lo sé ni me importa. Lleva muerta setenta y tres años. ¿Por qué te planteas siquiera desenterrar todo eso ahora? ¿Y deshonrar a tus padres? La única razón que se me ocurre es que quieras proclamar que eres la heredera de las joyas que van a subastarse en Christie's. ¿Te ha convencido Phillip? ¿Está metido también él en esto? —dijo Winnie con tono acusador.

—Por supuesto que no. Le dije que no estábamos emparentados. Pero de repente me pregunto si es cierto. A lo mejor sí que lo estamos. Puede que ni siquiera fuera nuestra prima. Quizá fuera nuestra hermana la que se casó con el conde italiano. Puede que nunca sepamos la verdad, pero al menos a nuestra edad se nos permite preguntar.

—¿Y quién va a contarte la verdad? Mamá y papá ya no

están. No tenemos fotos de ella. Nadie más lo sabe. Y yo no quiero saberlo. Tenemos una hermana que nuestros padres nos aseguraron que murió en 1943. Es más que suficiente para mí. Y si no buscas ni el dinero ni las joyas que no nos pertenecen, olvídalo.

—No se trata ni de dinero ni de joyas. Se trata de la verdad. Tenemos derecho a eso. Siempre lo hemos tenido. Nuestros padres nos negaron el amor, el afecto y la bondad mientras crecíamos. Y a lo mejor nos negaron también a nuestra hermana. Si estaba viva, podríamos haberla buscado y haberla conocido. Quizá siempre estuvo viva. Y de ser así, yo quiero saberlo.

—Siempre has demonizado a nuestros padres, y no se lo merecen. Deja que su recuerdo descanse en paz. ¿Qué te hicieron para merecer esta falta de respeto? Ya no pueden defenderse —adujo Winnie con furia.

—No me querían, Winnie, y lo sabes. Ni siquiera estoy segura de que te quisieran a ti o de que fueran capaces de querer. Lo que sé es que a mí no me querían. Lo sentí cada día de mi vida, hasta que me marché y me casé con Lawrence —declaró con voz serena y una fortaleza enorme. Era la verdad de su vida.

—Lo que dices es mentira —replicó Winnie, que se puso de pie para encararse con ella, temblando de ira—. ¡Vete de mi casa! —gritó.

Lo que Valerie pudo ver en sus ojos era miedo, un terror absoluto, de un fantasma al que no podía enfrentarse y a todo lo que no quería saber. De modo que asintió, cogió su abrigo y su bolso, y se marchó si pronunciar palabra. Sin embargo, la voz de la verdad que estaba buscando ya no podría silenciarse.

## 8

Phillip pasó el fin de semana en el barco, como de costumbre. Valerie tenía planes para el domingo por la noche. Le había dicho que iba a cenar con unos amigos y sabía que tenía algún que otro pretendiente, hombres de su edad, normalmente viudos, que la admiraban. Pero jamás se había interesado por ellos en el plano romántico, los trataba como amigos. Le había dejado claro en varias ocasiones que el único hombre al que había amado, o amaría, era a su padre, y no costaba creerlo, visto lo felices que habían sido juntos. Valerie salía con amigos, pero no tenía citas.

Phillip quería trabajar un poco en casa, pero se pasó a verla de camino a su apartamento. Llamó antes de hacerlo y su madre ya había vuelto de cenar. Preparó té para los dos después de que él rechazara una copa. Le pareció que estaba un poco callada, de modo que le preguntó si ocurría alguna cosa.

—No, no, estoy bien —se apresuró a responder, aunque a Phillip no le convenció.

—¿Qué has hecho este fin de semana?

Siempre se preocupaba por ella y en sus ojos había un velo de tristeza.

—Ayer fui a ver a Winnie.

—¿Qué tal fue?

Sabía lo difícil y enervante que podía ser su tía. Él también era el confidente de su prima Penny. Su madre esbozó una sonrisa con una leve expresión sombría antes de responder.

—Es Winnie. Estaba enferma y no de muy buen humor.

—Y empeoró todavía más cuando Valerie le sugirió que su madre nunca las había querido y era posible que les mintiera acerca de Marguerite.

—Eres una santa —repuso Phillip con sentimiento.

Evitaba a su tía siempre que podía. Hacía años que había renunciado a intentar tener una relación real o decente con ella.

Hablaron sobre una exposición de artistas sudamericanos a la que Valerie había asistido durante el fin de semana y que le había agradado, y de otra que inaugurarían pronto en el Metropolitan y le gustaría ver. Después volvió a lo que tenía en mente. No quería contarle demasiado al respecto, así que procuró mostrarse despreocupada cuando lo sacó a colación.

—Estaba pensando otra vez en tu gran subasta de joyas, la del contenido de la caja de seguridad abandonada. Seguramente suene ridículo, pero me encantaría ver las fotos que tienes de Marguerite; todas, en realidad. Dijiste que ibas a utilizar algunas para el catálogo, pero me gustaría mucho verlas. Nunca se sabe qué podrían inspirarme; a lo mejor saco un cuadro de esto. La historia es difícil de olvidar, y también el hecho de que acabara sola después de lo que debió de ser una vida muy glamurosa, cuando era joven y se casó con un conde.

Trató de darle un tinte artístico e histórico, en lugar de personal, y Phillip pareció meditarlo.

—Solo tengo unas pocas y pensaba devolvérselas a la secretaria del juzgado, con quien comeré mañana. Estoy seguro de que no puede prestarlas, ya que es responsable el Tribunal Testamentario, y tampoco ningún papel, correspondencia o documento. Pero la secretaria con la que he estado tratando es una estudiante de Derecho muy agradable, y a lo mejor estaría dispuesta a hacerte copias si se lo pidiera. Se lo comentaré mañana, cuando le devuelva las que tengo.

La forma en que dijo aquello llamó la atención de Valerie

de inmediato, pese a que Phillip creía que se había mostrado bastante neutral. Lo conocía bien.

—¿Percibo cierto interés, aparte del de devolver las fotos al juzgado?

Phillip se quedó atónito. Daba la impresión de que Valerie siempre era capaz de llegar al fondo de su alma. Cuando era un crío, le resultaba casi inquietante. Siempre sabía qué estaba tramando, como si le leyera el pensamiento.

—Desde luego que no. Ha sido de gran ayuda. Solo la he visto un par de veces en el banco —repuso, para quitarse a su madre de encima, pero ella tenía la extraña sensación de que había dado con algo.

—A veces basta con eso. —Le sonrió. No quería contarle sus sospechas de que sus padres habían mentido acerca de Marguerite—. En fin, a ver qué está dispuesta a dejarte. Me gustaría ver todas las fotografías si pudiera.

Valerie habló con determinación, cosa que despertó su curiosidad. Él también la conocía bien.

—¿Hay alguna razón más profunda? —preguntó con franqueza.

—No. Lo que ocurre es que esta mujer me inspira fuertes sentimientos de simpatía y compasión. Debió de estar muy sola y es sorprendente que conservara las joyas tanto tiempo. Debían de significar mucho para ella o para el hombre que se las regaló. En cierto modo, de la impresión de haber sido una historia de amor poderosa.

—No lo había pensado de ese modo. Las joyas son muy bellas y valen mucho dinero —comentó con honestidad.

—Seguro que no se aferró a ellas por eso o las habría vendido hace ya mucho tiempo, sobre todo si necesitaba dinero.

Sus circunstancias le parecieron muy tristes cuando Phillip le habló de ella. Y había empezado a atraparla, igual que a Jane y a él. Eso tenía sentido para Phillip.

—¿No te intriga la coincidencia de apellido de soltera? —No era una pregunta capciosa, sino directa.

—En realidad no, aunque supongo que podría haber alguna clase de vínculo. —Su madre se mostró un tanto vaga al responder.

Acto seguido, se levantó para llevar las tazas de té a la cocina y dirigió la conversación por otros derroteros. Esperaba que su petición fuera fructífera y que la joven secretaria que Phillip había mencionado le diera copias de las fotos. No se atrevió a sacar de nuevo el tema ni a ponerle sobre aviso de qué era lo que quería saber. Ni siquiera estaba segura de qué estaba buscando, ya que no había visto ninguna foto de su hermana mayor, pero tenía la esperanza de que pudiera haber algún tipo de pista que indicara si estaban o no emparentadas. Nunca se sabía. Y se había sentido impulsada a preguntar. No había pensado en otra cosa desde el día anterior. Y que Winnie hubiera rechazado con vehemencia las posibilidades que había propuesto solo había conseguido que quisiera saber más. De hecho, quería ver a Marguerite di San Pignelli del único modo posible: en el contenido de la caja de seguridad.

A la mañana siguiente, antes de reunirse con Jane para comer, Phillip envió un e-mail a Cartier en París para preguntar por sus archivos. Sabía que guardaban bocetos de todas las piezas que elaboraban, sobre todo de las que eran para gente importante, o de los encargos más bellos e inusuales que les habían hecho. Cartier se enorgullecía de sus archivos. Explicó que Christie's se disponía a subastar varias de sus piezas más importantes pertenecientes a los años cuarenta y cincuenta, que habían pertenecido a la condesa Di San Pignelli. Les dio también el nombre de Umberto y dijo que creía que habían vivido en Nápoles y en Roma entre 1942 y 1965, desde que Marguerite llegó a Europa hasta que falleció su marido. Dudaba que les hubieran encargado alguna pieza después de eso. Y les expresó que quería saberlo todo: a quién se las habían encargado, cuándo y por qué. Además, resultaría interesante conocer los precios originales, si bien no guardarían relación alguna con su valor actual. Y el origen de las piedras también sería de utilidad. Cualquier cosa que pudiera proporcionarles Cartier mejoraría el catálogo y suscitaría un interés mayor por la subasta. Les pidió que le enviaran por e-mail toda la información disponible e indicó que además viajaría a París a finales de marzo por motivo de una importante subasta de joyas que iba tener lugar en la sede de Christie's en París. Dijo que le encantaría conocer al director de los archivos en persona.

Envió un e-mail similar a Van Cleef & Arpels y tuvo tiempo suficiente para devolver algunas llamadas antes de que llegara Jane. Estaba terminando con la última para fijar una cita para una tasación justo cuando Jane cruzó el impresionante vestíbulo, con sus altísimos techos y su enorme mural, y cogió el ascensor para reunirse con él en el departamento de joyería, en la sexta planta. Estaba algo deslumbrada cuando llegó. Esperaba que fuera un edificio de oficinas normal y corriente, pero el Rockefeller Center no se parecía en nada a eso. Era la sede de Christie's desde hacía dieciocho años. Una mujer joven, vestida con un sencillo traje negro y una sarta de perlas, llamó al despacho de Phillip y le dijo que la señorita Willoughby le estaba esperando en recepción. Phillip sonrió y abandonó su mesa al instante.

Salió a recibirla, encantado de verla, y la acompañó hasta su despacho, que era muy bonito y tenía una mesa enorme.

—Conque es aquí donde organizas todas esas importantes subastas de joyas —señaló Jane con una leve sonrisa. Estar en aquel lugar hacía que de repente todo aquello pareciera muy real.

—Algunas. Las decisiones no las tomo aquí, solo las llevo a la práctica. Y tenemos filiales por todo el mundo.

Entonces le habló de la próxima subasta en París. Una familia poseía algunas de las joyas de María Antonieta desde la

Revolución. Se habían ofrecido a venderlas a un museo, pero no les pagaban lo suficiente, de modo que las venderían en pública subasta, junto con otras piezas importantes, muchas históricas. París parecía el lugar perfecto para aquella subasta. A menudo había subastas de igual relevancia en Londres, y algunas en Ginebra, pero era en Nueva York donde se realizaban las más importantes. Le explicó a Jane que, independientemente de la localización, había gente de todo el mundo pujando por teléfono y en la sala.

—Es muy emocionante, sobre todo cuando la subasta se calienta y hay varios pujadores activos empeñados en conseguir el mismo objeto. Es entonces cuando se dispara el precio. Todo depende de cuánto quieran la pieza. Las joyas son muy emocionales, pero los precios más altos se dan en el arte. Ahí se trata no solo de pasión, sino además de negocios y de inversión. El arte se percibe como mejor inversión que las joyas. Pero las cosas también pueden ponerse muy candentes con las joyas. La subasta de Elizabeth Taylor de 2011 subió como la espuma. El monto total fue el más alto alcanzado por una colección que hayamos conseguido nunca, antes o después. Tanto la mujer como las joyas estaban envueltas en un halo de misterio. Solo hay un puñado de personas que susciten esa clase de entusiasmo y de demanda, como la duquesa de Windsor. Podrías vender uno de sus pañuelos y ganar una fortuna. —Sonrió a Jane mientras se explicaba—: Yo acababa de empezar aquí, aún estaba en el departamento de arte cuando se realizó la subasta de Elizabeth Taylor. También vendimos una serie de cuadros suyos. Poseía algunas obras fabulosas, casi todas eran regalos de Richard Burton. Su relación fue tumultuosa, pero era muy generoso con ella. Era la clase de mujer que inspira eso. Hasta la subasta de su ropa proporcionó una enorme suma, como si las mujeres sintieran que llevando alguna cosa de su guardarropa podrían «ser» ella o inspirar la misma clase de amor y pasión. Todo forma parte de la magia de una subasta, y por esa razón queremos hacer la de

Marguerite di San Pignelli tan personal como sea posible. La procedencia, y quién fuera el anterior propietario, es muy importante para muchos compradores.

Jane se sentía cautivada por lo que decía. Phillip hacía que las subastas parecieran casi mágicas. Todo aquello era nuevo para ella.

—Me encantaría asistir a la subasta —dijo en voz queda mientras él la conducía fuera de su oficina.

—Te lo dije, puedes sentarte en la sala si quieres o conmigo en los teléfonos y escuchar lo que está pasando con las pujas. Tal vez se convierta en una locura, sobre todo con precios tan altos.

Todavía estaban calculando el valor de las piezas, pero siempre resultaba difícil predecir el resultado final; generar una guerra de pujas dependía de cuánto deseara una pieza un comprador o, mejor aún, dos o más, de si estaban decididos a conseguir el objeto a cualquier precio. A Phillip le encantaría que las piezas de Marguerite suscitaran esa clase de interés, y cuantas más cosas pudieran incluir en el catálogo para aumentar el entusiasmo, el misterio y el bombo publicitario, mejor sería para la subasta. Aunque fuera solo a beneficio del estado de Nueva York, la profesionalidad innata de Phillip hacía que quisiera obtener unos resultados excepcionales. Las piezas que iban a vender bien lo merecían.

Le explicó todo a Jane mientras cruzaban el vestíbulo, abandonaban el edificio y recorrían dos manzanas a pie hasta el restaurante. Era un lugar minúsculo, pero bonito y acogedor. Pidió una mesa tranquila y Jane se recostó contra el banco y le dedicó una sonrisa. Todo lo que le había contado le había parecido interesante y le había ayudado a tranquilizarse con respecto a él. Era evidente que no se trataba de una cita y que Alex tenía razón, no tenía nada por lo que sentirse culpable. Se trataba de una subasta inminente con la que ambos estaban relacionados. Se sintió tonta por haberse preocupado por aquello.

—Bueno, ¿cómo has pasado el fin de semana? —preguntó Phillip.

—Fui al cine con una amiga —dijo ella con suavidad—. También he repasado un poco para el examen de acceso a la abogacía y he trabajado en la tesina.

—Eso no suena nada divertido —repuso, con aire compasivo. Jane parecía una persona seria y la admiraba por lo que estaba haciendo, y lo que ya había hecho, con la herencia Pignelli—. ¿En qué rama quieres ejercer? —preguntó con interés.

—Derecho de Familia. Defensa del menor. Mientras los padres se pelean por el divorcio, suelen olvidar qué es lo mejor para sus hijos. Todos estos acuerdos, el tira y afloja, la custodia compartida en la que los niños cambian de casa las noches alternas o cada pocos días, o hay cambios repentinos semana sí, semana también para que los padres sientan que están «ganando», pueden acabar destrozando a los niños. Quiero empezar por ahí, en un bufete dedicado al Derecho de Familia, y ver adónde me lleva después. Acogida temporal, trabajar con niños indigentes. Hay un montón de posibilidades.

—Entonces ¿no te interesa el Derecho Inmobiliario o el Fiscal? —inquirió él con una sonrisa.

—¡No, por favor! —exclamó y se echó a reír—. No se me ocurre nada peor. Este caso ha sido muy interesante, pero todo lo que he hecho en el Tribunal Testamentario ha sido tedioso y deprimente. —Jane pidió suflé de queso, y él, confit de pato. Luego preguntó—: ¿Qué hay de ti? ¿Qué has hecho este fin de semana?

—Lo he pasado con mi amante —dijo con toda naturalidad, y Jane pareció sorprendida.

—Qué bien —respondió, intentando mantener la mente abierta, aunque aquello confirmaba que desde luego no se trataba de una cita. Al cuerno con Alex y con lo que había pensando.

Él mostraba una expresión inocente cuando le sonrió desde el otro lado de la mesa.

—Es una embarcación de vela clásica de poco más de nueve metros y cuarenta años de antigüedad que tengo atracada en Long Island. Se traga todo mi dinero y consume toda mi energía y mi concentración. Me paso todos los fines de semana cuidando de ella. Creo que eso es lo que hace una amante. Y estar con ella es la felicidad absoluta. No puedo estar lejos de ella, para consternación de cualquier mujer con la que he salido. Se llama *Sallie*. A lo mejor te apetece conocerla en algún momento, cuando haga mejor tiempo. Ahora mismo hace un poco de frío en el estrecho de Long Island.

Aunque a él tampoco le importaba. Salía con ella hiciera el tiempo que hiciese, en invierno o en verano. Jane podía ver el amor en sus ojos y se echó a reír.

—Un barco es un serio rival para la mayoría de las mujeres, más que cualquier amante. Mi padre tiene uno de vela en el lago Michigan. Mi madre dice que es la única rival que ha tenido. Yo solía ir con él todos los fines de semana cuando era una cría. —No le dijo que el barco de su padre tenía tres veces el tamaño del suyo—. Es el amor de su vida.

—*Dulce Sallie* es el mío —confesó Phillip con orgullo, sin disculparse ni avergonzarse. Creía que era mejor ser sincero desde el principio.

—Me encantaría conocerla —añadió ella con tranquilidad—. De niña fui al campamento náutico de Maine durante tres veranos. Como no tenía hermanos y mi padre me enseñó a navegar, era algo marimacho. Luego, en el instituto, descubrí los tacones y el maquillaje, y perdí el interés por navegar. Pero a veces, cuando estoy en casa, sigo saliendo en el barco con él. Mi madre lo detesta, así que mi padre siempre quiere que le acompañe.

—*Sallie* ha roto la mayoría de mis relaciones —dijo Phillip con una expresión un tanto contrita—. ¿Cómo ha sobrevivido el matrimonio de tus padres? ¿O están divorciados?

Estaba descubriendo cosas sobre ella y, hasta el momento, le gustaba lo que oía.

—No, están juntos. Creo que llegaron a un compromiso hace años. Mi padre ya no le pide que navegue con él, y mi madre no espera que él vaya a esquiar con ella. Mi madre fue campeona de esquí en la universidad y ganó una medalla de bronce en las Olimpiadas, en la modalidad de descenso. Le sigue encantando y él detesta esquiar, así que cada uno hace lo que le gusta. Esperaban que yo aprendiera ambas cosas, pero no estoy a la altura de mi madre en las pistas. Todos los años esquía en los Alpes franceses y practica esquí con descenso en helicóptero en Canadá.

—Mi madre es artista y es bastante buena; muy buena, en realidad. Yo no sé ni dibujar una línea recta. Mi padre era profesor de historia del arte, así que he salido a él. Siempre he sido un apasionado del arte, y de los barcos. —Esbozó una sonrisa.

—A mí me pasa lo mismo con el Derecho y con defender a los que están indefensos —adujo ella mientras comían—. Y me apasiona proteger a los niños. Cuando estaba en la universidad trabajé para una coalición legal para chicos de ciudad en Detroit durante los veranos y fui asistente legal para la Unión por las Libertades Civiles antes de ir a la facultad de Derecho. Al final decidí dejar de hacer el tonto y sacarme la carrera. Han sido tres años duros. Comparado con todo eso, el Tribunal Testamentario ha sido bastante tranquilo hasta ahora. Solo hay que ocuparse de las pertenencias de la gente que no tenía a nadie a quien dejárselas, no pensar nunca en ello, o que no te importe, y solucionar las disputas entre parientes codiciosos que no se interesaban por esa persona cuando estaba viva. No es un trabajo demasiado alegre. No podría hacerlo de por vida. A duras penas he aguantado los últimos tres meses. Además, mi jefa no es muy simpática. Supongo que tener que ocuparte de este tipo de cosas todo el tiempo te vuelve cínica y amargada; creo que es infeliz. No se ha casado y vive con su madre enferma. Creo que es una mujer muy solitaria. Últimamente ha sido más agradable conmigo, pero empezamos con mal pie.

Harriet parecía tener más confianza en ella desde la herencia Pignelli, pero Jane no conseguía imaginarse que llegaran a ser amigas, ni a comer juntas en el trabajo siquiera. Harriet guardaba las distancias en todo momento y se mostraba distante. Jane tenía la sensación de que no tenía vida, aparte del trabajo y de cuidar de su madre por la noche y los fines de semana.

—Como te he dicho, no estoy contento en el departamento de joyería —dijo Phillip—. Solo quería volver al de arte. Pero he de reconocerlo, esta subasta lo ha vuelto más interesante. Hay algo en ella que me ha calado hondo. —Igual que conocerla a ella, cosa que no dijo. No quería parecer un idiota o un blando, y tampoco quería asustarla. Pero Jane era muy real y auténtica, lo cual le atraía casi tanto como la herencia de Marguerite y la mujer a la que habían pertenecido las joyas; además, le gustaba hablar con ella.

Charlaron tranquilamente durante la comida, intercambiando experiencias en sus respectivos campos y opiniones personales sobre diversos temas, entre ellos las relaciones, los viajes y los deportes. Phillip le dijo cuánto había disfrutado de los viajes a Hong Kong por trabajo y que en esos momentos, aunque en un principio considerara superficiales las joyas y a la gente que las vendía, le fascinaban todo lo relacionado con el jade. Era un verdadero misterio para él, un área de especialización que pocas personas comprendían y realizaban bien, en su opinión. Y entonces se acordó de lo que le había pedido su madre.

—Es probable que te parezca una tontería, pero mi madre está completamente fascinada por que le he contado sobre Marguerite y la subasta. Puede que sienta algún vínculo con ella porque tenían el mismo apellido de soltera, aunque no estén emparentadas. Pero, como artista, es muy creativa y siempre se interesa por los aspectos ocultos de las cosas. Tiene una imaginación prodigiosa y un gran corazón. Me ha preguntado si podría ver copias de todas las fotografías de la caja, solo para formarse una impresión de ella. Piensa que tal vez la inspire para un cuadro, no necesariamente de la propia Marguerite, quizá de alguien como ella. A veces cuesta entender cómo trabajan los artistas. Quería ver no solo sus fotos, sino también las de Umberto, e incluso las de las fiestas; todas las que vimos.

A Jane no le parecía ninguna excentricidad y pensó que la madre de Phillip debía de ser una mujer interesante.

—¿Crees que querrá ver las fotos de la niña?

Seguían sin saber quién era o cuál había sido su relación con Marguerite, si es que había habido alguna, y desconocían su nombre.

—¿Por qué no? Forma parte del misterio que la envuelve —contestó él sin más, y Jane asintió, planteándose cómo satisfacer aquella petición—. ¿Quieres que te dé las que tengo para que me envíes el expediente completo, o me quedo estas copias y te las devuelvo en otro momento?

—¿Por qué no me llevo estas ahora? Tengo que consultar con mi jefa lo de darte copias —dijo, pensando durante un momento—. ¿Te parece bien que le cuente que quieres volver a verlas todas con motivo de la subasta, para echarles un último vistazo? Eso es perfectamente comprensible. Creo que si le digo que son para tu madre, se negará, pero si son para ti, para la subasta o el catálogo, no dudará y entonces podré enviarte el expediente entero y así las copias para tu madre. No veo que tenga nada de malo. —Él asintió satisfecho—. Se lo preguntaré cuando vuelva a la oficina. Las tengo todas en mi ordenador; solo quiero pedirle permiso para enviártelas y así no tener problemas después. Me ha dado libertad con este asunto. Pero lo he hecho todo siguiendo las normas.

—Si me las envías por e-mail, puedo imprimirlas. A mi madre no le van los ordenadores. Seguro que tardaría un año en abrir los archivos. —Los dos sonrieron y, mientras él le devolvía las fotos que tenía, Jane le dijo que a la suya tampoco se le daba bien la informática. Esos conocimientos no eran habituales en la generación de sus padres, sobre todo en la de Valerie, que era bastante mayor que los padres de Jane, tanto como para ser su abuela o incluso casi la suya, ya que era mayor cuando nació Phillip. Pero dijo que era más joven de espíritu y poseía más energía que nadie de su edad que conociera—. Tiene una hermana que es solo cuatro años mayor y actúa como si tuviera cien. Cuesta creer que tenga prácticamente la misma edad que mi madre; parece que las separen generaciones. Imagino que todo depende de tu actitud ante la vida y de lo conectado con el mundo que te mantengas. No creo que mi tía Winnie lo haya estado nunca. Mi madre dice que sus padres también eran así, muy conservadores, chapados a la antigua; se aferraban a sus costumbres y opiniones. Por suerte, ella es todo lo contrario. No conocí a mis abuelos, pero, si se parecían en algo a mi tía, la creo. Mi abuela materna murió antes de que yo naciera, y mi abuelo, cuando tenía un año.

Entonces Phillip sorprendió a Jane al decirle que le gustaría verla de nuevo, tal vez para cenar. Dijo que lo había pasado muy bien comiendo con ella, y Jane le dijo que ella también.

—Puede que una cena no sea muy buena idea —respondió con pesar, mirándole y deseando poder cenar con él—. Llevo varios años viviendo con alguien. Últimamente estamos pasando por un bache. En junio termina el máster en Administración de Empresas. No piensa en otra cosa. Apenas le veo y, ahora mismo, el tiempo que pasamos juntos es un desastre. —No le dijo que la relación también lo era, pues habría sido desleal con John. No quería darle a Phillip la impresión de que estaba más disponible de lo que estaba en realidad. Todavía vivía con John—. Tengo mucho tiempo libre, ya que siempre está en la biblioteca o con el grupo de estudio, pero imagino que las cosas volverán a la normalidad cuando nos graduemos. No creo que sea justo que vaya a cenar con otra persona ahora mismo.

Phillip la admiró por su sinceridad y porque no quisiera actuar a espaldas de John, lo cual sin duda no era su estilo. Era inteligente, atractiva y sincera. Parecía tenerlo todo y se dijo que era mala suerte que estuviera con otro. Las buenas siempre lo estaban.

—Quizá al cine, solo como amigos —dijo, esperanzado—. O podrías venirte al barco algún fin de semana, cuando haga mejor tiempo y él esté estudiando.

—Me encantaría —contestó con cierto brillo en la mirada.

Agradecía que él lo entendiera y se sintió un poco decepcionada también por no estar libre, pero se alegraba de haber sido sincera con él. Ya lo sabía. Y no parecía impedir que quisiera verla fuera del trabajo. A lo mejor podían ser amigos. Se lo había pasado genial con él durante la comida.

Se marcharon del restaurante y Phillip la acompañó hasta el metro. Jane prometió preguntarle a Harriet si podía enviarle copias de todas las fotografías y él sabía que lo haría. Era una mujer que cumplía con su palabra; hasta el momento había hecho todo lo que había prometido.

—Gracias de nuevo por la comida —dijo con cariño cuando se encontraban de pie junto a las escaleras del metro.

Él le brindó una sonrisa.

—Tenemos que ir al cine pronto. Y quiero que conozcas a *Sallie*, en cuanto esté presentable. Dentro de unas semanas, le pintaré el casco.

Siempre estaba trabajando en alguna parte del barco, igual que el padre de Jane con su velero. De joven, Jane había pasado muchos fines de semana ayudándole a decapar, lijar, barnizar y pintar. Lo sabía todo sobre los hombres con sus barcos y esbozó una sonrisa al escuchar sus palabras.

Bajó las escaleras y desapareció en el metro mientras Phillip volvía a pie al trabajo, pensando en ella y con ganas de verla de nuevo. Se sentía decepcionado porque tuviera novio, pero siempre cabía la posibilidad, por remota que fuera, de que las cosas no funcionaran entre ellos, incluso después de que se graduaran, en junio. Estaba deseando ver qué pasaba.

Alex llamó a Jane en cuanto esta salió del metro para regresar a la oficina.

—Bueno, ¿qué tal la comida?

Llevaba las dos últimas horas muriéndose de ganas de preguntar y no había podido esperar a que Jane la llamara.

—Ha sido genial. Es un tío muy majo. Le he hablado de John y lo ha entendido.

—¿Por qué lo has hecho? —Alex se enfadó. Era evidente que Jane no estaba destinada a ser una mujer fatal.

—Tenía que hacerlo. Me ha invitado a cenar y le he dicho que no podía. Pero ha sugerido que vayamos al cine algún día, y tiene un barco. Me ha invitado a salir a navegar con él en primavera.

A Jane le encantaba la idea, y Alex consideró aquello esperanzador. Se alegraba por su amiga.

—Es perfecto. No le des calabazas todavía. No sabes qué pasará con John, y ese parece buen hombre.

—Lo es. Su madre es artista, su padre era profesor y él es experto en arte. Quizá vaya con él a la subasta de Christie's.

—Parece interesado en volver a verte. Hoy ha sido un primer movimiento perfecto.

Alex lo estaba abordando como una partida de ajedrez o una estrategia militar para atraparle, algo que tampoco era del estilo de Jane. Nunca había hecho nada premeditado ni intrigante para atrapar a un hombre. Las cosas sucedían o no, y Phillip también parecía ser así. A Alex le gustaba echar una mano al destino para conseguir lo que quería y no siempre le daba resultado. Algunos hombres lo descubrían y salían corriendo como alma que llevaba el diablo, y los que caían en sus bien tendidas redes a menudo resultaban ser idiotas y la aburrían.

Cuando Jane llegó al trabajo, tenía un montón de mensajes sobre su mesa de gente a la que tenía que llamar y dos nuevos expedientes de casos que habían remitido al juzgado, todos de pequeñas herencias. No vio a Harriet hasta las cuatro, cuando le devolvió uno de los expedientes después de determinar que la persona en cuestión había fallecido de verdad, tal y como había hecho con Marguerite al principio. Se lo entregó por encima de la mesa, y Harriet le dio las gracias. Parecía cansada y desanimada, y Jane casi sintió pena por ella.

—¿Va todo bien? —preguntó con vacilación.

Parecía que hubiera estado llorando, lo cual era poco habitual en Harriet. Reflejaba una vulnerabilidad que Jane no había visto, ni siquiera intuido, con anterioridad.

—Más o menos. Gracias por preguntar —dijo, con lágrimas en los ojos—. Anoche tuve que ingresar a mi madre en el hospital. Tiene esclerosis múltiple en estado avanzado y está empeorando. Le costaba tragar y respirar. Es probable que tenga que ingresarla en un centro de cuidado especial, y si eso pasa, lo odiará. —No había forma de revertir la enfermedad, y Harriet llevaba siete años cuidando de ella en casa con la ayuda de enfermeras a domicilio—. Sabíamos que esto llegaría tarde o temprano. Lo que ocurre es que no está preparada para enfrentarse a ello, y tampoco estoy segura de que yo lo esté. Es complicado, pero preferiría tenerla en casa conmigo.

—Lo siento —dijo Jane con delicadeza. Siempre había sospechado que la vida de Harriet era triste, y había oído que su madre estaba enferma, pero no sabía que fuera tan grave. El dolor y la tristeza impresos en el rostro de la mujer le partieron el corazón. Algunas personas tenían una vida dura, y Harriet Fine era una de ellas, al igual que su madre. Había renunciado a su propia vida para cuidar de su madre inválida, y era lo único que tenía. Parecía que era demasiado tarde para casarse y tener hijos. Y cuando su madre muriera, estaría sola. Aquello casi hizo llorar a Jane cuando le preguntó—: ¿Hay algo que pueda hacer?

—No, pero eres muy amable por preguntar.

No le dijo a Jane lo celosa que se había sentido de ella al principio. Era joven, estaba libre y tenía toda la vida y una carrera por delante. Harriet ya había vivido más de la mitad de la suya y lo único que veía ante sí era un callejón sin salida. Para bien o para mal, sin embargo, había tomado sus propias decisiones a lo largo del camino. Lo que uno olvidaba mientras lo hacía, sin importar lo buenos que fueran los motivos, era que el tiempo al final no se recuperaba. Y un buen día todo terminaba. La juventud y las oportunidades de Jane eran lo que provocaba los celos de Harriet, aunque ella no tuviera la culpa. Y, a pesar de todo, había acabado cayéndole bien. Harriet pensaba que sería una buena abogada algún día. No tenía nada malo que decir de ella; le agradaba Jane, con su forma de ser amable y alegre.

—Por cierto —Jane se acordó de la madre de Phillip en ese momento—, el representante de joyería de Christie's ha preguntado si puedo enviarle copias digitales de todas las fotos que tenemos de la caja de seguridad del caso Pignelli. Creo que quiere revisarlas de nuevo para el catálogo. ¿Te parece bien que se las envíe? —Parecía tan inocente como era, y Harriet no tenía por qué saber que eran para la madre de Phillip.

—Por supuesto —respondió Harriet, sin hacer preguntas.

Jane volvió a su despacho y escribió un breve e-mail a Phillip en el que le daba las gracias por la deliciosa comida y le decía que había obtenido permiso para enviarle las imágenes. Un minuto después, se las envió todas en otro e-mail, incluidas las de la niña sin identificar, para que la colección estuviera completa.

Phillip vio entrar el e-mail, sonrió al leer la breve nota e imprimió una copia para su madre y otra para él, para tenerlas en caso de que quisiera consultarlas otra vez. Introdujo ambos juegos en sendos sobres confidenciales y envió uno a su madre por mensajero. Jane le había facilitado que cumpliera con la petición de su madre. A continuación, volvió al trabajo. Tras comer con Jane, había pasado toda la tarde de buen humor. Eso hizo que lamentara todavía más que tuviera novio, pero estaba decidido a verla de todas formas, aunque fuera con el pretexto de entablar amistad.

Jane también pensaba en Phillip mientras cogía el metro de vuelta a casa aquella noche. Esperaba ver a John, que le había enviado un mensaje de texto para decirle que volvería pronto de la biblioteca. No se sentía culpable por lo de Phillip, pues había sido sincera con él, y había decidido seguir el consejo de Alex y no contarle nada a John. Las cosas ya estaban lo bastante tirantes entre ellos en esos momentos; no había necesidad de añadir más leña al fuego.

La alegró que John estuviera en casa cuando entró en el apartamento. Estaba despatarrado en el sillón, rodeado de papeles, con el ordenador en la mesa, y leyendo algo. Pareció contento de verla y ella se acercó para darle un beso sin que él se levantara.

—Qué bien que estés aquí para variar —dijo con afecto.

—¿Qué se supone que significa eso? —preguntó él, irritado al instante.

Tenía ojeras desde hacía meses. Aprender a ser un empresario de éxito no era fácil; a Jane le parecía mucho más duro que convertirse en abogado.

—Significa que me alegro de que estés en casa —respondió sin más. En los últimos tiempos, estaba a la que saltaba, tenía falta de sueño y era evidente que se sentía culpable por no pasar tiempo con ella—. ¿Te preparo algo de cena? —se ofreció—. ¿Has comido?

—No tengo tiempo. Hemos quedado en casa de Cara dentro de una hora. Tengo que ponerme en marcha.

Se levantó del sillón y Jane pareció decepcionada. Y no le pasó por alto que la casa donde siempre parecía quedar el grupo era la de Cara.

—¿Te vas a los Hamptons este fin de semana? —le dijo con expresión preocupada, al tiempo que se sentaba en el sillón donde había estado tumbado él. Se preguntó si tendría que pasar sola otro fin de semana.

Los Hamptons estaba desierto en invierno. En los descansos, paseaban por la playa, incluso con el suelo cubierto de nieve. Los paseos eran saludables y vigorizantes, y John aseguraba que el aire les despejaba la mente. Todos echaban una mano en la cocina y nadie llevaba a su pareja, por eso nunca había invitado a Jane.

—Tengo que hacerlo —dijo para justificarse—. Creo que voy a estar fuera todos los fines de semana hasta junio. —Sus palabras, fruto de la culpa, sonaron desafiantes.

Estaba preparado para discutir, pero Jane no le dio ese gusto. Intentó mostrarse comprensiva y no agitar las aguas sin necesidad. Últimamente caminaba sobre hielo quebradizo.

—¿Cómo consigue graduarse la gente que no tiene una casa en los Hamptons? —preguntó con un tono más mordaz del que acostumbraba emplear cuando hablaban de ello. Pero oír que iba a estar en casa de Cara con los demás cada fin de semana durante los cuatro meses siguientes no era una buena noticia para ella. Ya ni siquiera se trataba de celos, aunque en parte sí lo era; se trataba de respetar su relación e intentar superar ese período de sequía, y él no estaba haciendo ningún esfuerzo. Estaba haciendo lo que le venía en gana y se estaba olvidando de ella. Costaba vivir con eso.

—No tienes por qué portarte como una bruja por eso, Jane.

Su comentario fue especialmente injusto, porque ella se había esforzado de verdad para no presionarle ni quejarse.

—No lo hago, pero nunca estás en casa. ¿Cuántas noches crees que has dormido aquí en el último mes? ¿Diez? ¿Cinco? Y ahora te vas todos los fines de semana. ¿Qué se supone que tengo que pensar de lo nuestro?

—Se supone que tienes que pensar que es lo que te toca si

vives con un tío que se va a graduar en Administración de Empresas dentro de cuatro meses —replicó con un tono nada agradable.

—Me cuesta creer que los demás estudiantes de la carrera duerman siempre con sus grupos de estudio y pasen todos los fines de semana en los Hamptons. Algunas personas incluso mantienen relaciones y están casadas. —Entonces guardó silencio unos instantes y de repente decidió enfrentarse a él—. ¿Te estás acostando con Cara, John? A lo mejor deberíamos ser sinceros el uno con el otro. ¿Se ha terminado todo entre nosotros? Si es así, me iré.

—¿Es eso lo que quieres? ¿Quieres irte? —Acercó su cara a la de ella.

Aquello ni la asustó ni la intimidó; solo le rompió el corazón. Podía oír el ruido que producía su relación al colarse por el desagüe como si fuera gelatina. Él ya no era el hombre amable, divertido y de trato fácil del que se había enamorado hacía tres años y con el que le encantaba estar. Era un desconocido, con o sin título.

—No quiero irme. Pero quiero que estés en esta relación conmigo si aún lo deseas. Yo estoy aquí sola. —Y él no había respondido a su pregunta. Tal vez Jane hubiera decidido presionar porque ese día había comido con otro hombre, se lo había pasado estupendamente y la habían tratado bien—. ¿Qué pasa con Cara? —No apartó los ojos de los suyos, pero él se dio la vuelta y se alejó.

—¿Qué pasa con ella? —replicó con tono airado.

—¿Estás liado con ella?

—Claro que no —respondió, sin embargo no sonó convincente—. No tengo tiempo para acostarme ni con ella ni con nadie.

—Pues oportunidades no te faltan. Pasas mucho más tiempo con ella que conmigo.

—Paso más tiempo con Jake, con Bob y también con Tom, y tampoco me los follo a ellos; ¿o también me estás acusando de eso? —Trató de hacer que sonara ridícula por preocuparse por Cara, pero solo consiguió parecer más culpable. Jane tenía serias dudas sobre su relación y sobre la cantidad de tiempo que estaba pasando con Cara en lugar de con ella—. Mira, así son ahora las cosas. Sabes lo mucho que he estado trabajando. —Intentó adoptar un tono más tranquilo, pero apenas lo logró—. Si eres capaz de aguantar hasta junio sin volverte loca tú ni volverme loco a mí con tus estúpidos celos, podemos conseguirlo. Si vas a estar dándome la brasa con esto todo el rato, no podré soportarlo. Así que decide qué quieres hacer. Tienes que mantenerte ocupada hasta que yo haya terminado. Hasta entonces, no tengo tiempo que dedicarte y no quiero oír hablar de lo mismo cada vez que te vea.

Al escucharlo, Jane se preguntó si debería mudarse. A John no le interesaban lo más mínimo sus necesidades ni sus sentimientos, solo se preocupaba por los suyos. Eso era lo que a Alex jamás le había gustado de él. Incluso en los mejores momentos, pensaba que era un hombre muy egoísta, y estaba demostrando que tenía razón.

Mientras John iba de un lado a otro del apartamento, recogiendo cosas para meterlas en su mochila y en el maletín del ordenador, Jane no le dirigió una sola palabra. Le vio guardar un jersey limpio, calcetines y ropa interior en la mochila, y supo que aquello significaba que no pensaba volver a casa.

—¿Doy por hecho que esta noche dormirás fuera? —preguntó con voz tirante.

—No eres mi madre, Jane. Volveré a casa cuando pueda y me dé la gana.

Jane no sabía exactamente cuándo había ocurrido, pero no cabía duda de que le había perdido el respeto. Por completo. No le respondió. No pensaba dignarse contestar a sus insultos o perdería los estribos con él. Tenía que sacar sus propias conclusiones y estaba empezando a darse cuenta de cuáles eran. En el fondo, sabía que aquella relación jamás volvería a ser sana.

John no se despidió cuando se marchó del apartamento, y ella tampoco. Estaba demasiado avergonzada para llamar a Alex y contarle lo que había ocurrido ni lo que él le había dicho. Se limitó a quedarse sentada en el sillón, pensando, con el corazón destrozado, y rompió a llorar. Daba igual cuánto tardara en enfrentarse a ello, se había acabado y lo sabía. A partir de ahí era una cuestión de amor propio. No importaba lo que John hubiera sido en un principio, ya no lo era. Y lo único que él podía ver en su futuro era a Cara, no a ella. Era hora de seguir adelante.

## 9

Cuando Valerie recibió las copias de las fotos que le había impreso Phillip, las desplegó cuidadosamente sobre la mesa del comedor para mirarlas con atención. Le pareció que había un ligero parecido familiar en los ojos de Marguerite, aunque no estaba segura de con quién. Quizá con su madre o con ella misma, pero era tan leve que podría ser cosa de su imaginación, algo que quería ver pero no estaba ahí. Se quedó impresionada con varias fotografías por la expresión desgarradora que se apreciaba en los ojos de Marguerite a pesar de la amplia sonrisa que lucía. Le impresionaron las imágenes de Umberto y de ella, y el amor tangible que saltaba de las fotos y que no cabía duda de que compartían. Daba la sensación de que él la adoraba, y ella parecía feliz a su lado. Marguerite era tan joven en las fotos más antiguas que conmovió a Valerie.

Sin embargo, no podía afirmar con total sinceridad que estuviera segura de su parentesco con ella. Marguerite tenía un aspecto y un estilo muy diferentes, era muy singular. Era una joven muy guapa, con una apariencia característica. Y aunque Valerie no había salido a Winnie ni a sus padres, tampoco guardaba gran parecido con Marguerite. No había razones para pensar que compartieran algo más que un apellido bastante común. La propia Valerie no sabía por qué estaba tan empeñada en establecer un vínculo entre ellas. No se trataba de las joyas; era algo más. Si resultaba ser el caso, se trataba de historia y de sangre.

Se sentía aún más cerca de la mujer después de contemplar las fotos durante dos días. Al final, a altas horas de la segunda noche, sacó las fotos de la niña desconocida. Parecía muy dulce, y había fotos de ella dos o tres veces al año. Al principio era solo un bebé; más tarde, una pequeña que empezaba a dar sus primeros pasos, y luego una niña.

Pero lo que hizo que a Valerie casi se le parara el corazón fue una foto de la niña en torno a los cinco años. La cogió y la miró, la examinó a la luz y clavó los ojos en los de la niña. Valerie tenía vestidos como aquellos de pequeña y llevaba el mismo corte de pelo. Igual que la mitad de las niñas de la época que conocía. Pero el rostro y los ojos le resultaban familiares. Estaba segura. Se quedó sentada, contemplándola durante horas, se alejó y volvió. Examinó todas las fotos con más detenimiento y estuvo casi segura de dos o tres. No completamente, porque la mayoría las habían tomado a cierta distancia y no estaban bien enfocadas, pero cada hora que pasaba se sentía más hipnotizada.

A la mañana siguiente, las miró a la luz del día, las recogió, las metió en su bolso y llamó a Winnie, que por fin estaba recuperándose del resfriado.

—¿Puedo ir a verte?

—Tendrás que venir ahora —dijo con tono tirante—. Tengo partida de bridge a mediodía.

—No me quedaré mucho rato.

Valerie cogió un taxi delante de su edificio y llegó al apartamento de Winnie en veinte minutos, un tiempo récord desde el centro de la ciudad. Winnie estaba desayunando todavía cuando llegó, con las pastillas colocadas en fila ante sí. Casi gruñó al ver la cara de Valerie. Se dio cuenta de que había emprendido otra cruzada.

—¿Qué pasa ahora? —inquirió, y sorbió su café mientras la criada le preguntaba a Valerie si le apetecía una taza de té.

Valerie dedicó una sonrisa a la mujer y declinó la oferta para centrarse en Winnie. A continuación, sacó las fotos del bolso y las sostuvo en una mano. Casi podía sentir una conexión con la niña a través de las imágenes impresas.

—No sé si Marguerite di San Pignelli estaba emparentada con nosotras, es probable que no. Y no tengo ni idea de qué relación tenía con ella esta niña... pero estoy completamente segura de que esta niña soy yo —dijo mientras le entregaba las fotos a su hermana—. No sé por qué había fotos mías en esa caja de seguridad, pero mírala, Winnie. —Valerie parecía atónita al hablar; llevaba así desde la noche anterior.

Su hermana no estaba impresionada. Echó un vistazo a las fotos y se encogió de hombros.

—Todos los críos se parecen —arguyó, reacia a darle la razón.

—Ese comentario es absurdo. No tenemos ninguna foto de nuestra hermana debido a que nuestros padres las tiraron todas, Dios sabe por qué.

—Porque ponían triste a nuestra madre —repuso Winnie, acalorada, defendiéndolos de nuevo.

—No tenemos ninguna de ella, a ninguna edad, así que no sabemos cómo era. Pero sí tenemos algunas mías. No puedes negarlo. Esta niña es idéntica a mí cuando era pequeña. Si hasta tenía un vestido como ese.

—Igual que todas las niñas que yo conocía. En aquella época todo el mundo vestía igual a sus hijos. Todas llevábamos el mismo pelo, o a tazón o con trenzas. Todas llevábamos canesú. Ni siquiera puedo diferenciarte de mí en la mitad de las fotos que tenemos, y eso que no nos parecemos en nada.

—No, no nos parecemos —convino con ella Valerie—, pero soy clavada a esta niña —insistió.

—Así que ¿deberías quedarte el dinero y las joyas porque crees que te pareces a esta cría? Lo más seguro es que ni siquiera estuviera emparentada con Marguerite, la que era dueña de las joyas, no nuestra hermana.

—Entonces ¿por qué guardaba fotos suyas en la caja de seguridad y se aferró a ellas durante más de setenta años?

—¿Por qué te estás volviendo loca? El tema está zanjado. Se trata del dinero, ¿verdad? Estás obsesionada —dijo Winnie, de nuevo angustiada.

Valerie estaba perturbando su paz mental. A Winnie le gustaba llevar una vida ordenada, con todos los cabos bien atados, como siempre lo habían estado. Y Valerie estaba intentando poner patas arriba la vida de todos, la pasada y la presente.

—No tiene nada que ver con el dinero —insistió Valerie; tomó aire y trató de explicarse—: Winnie, durante toda mi vida me he sentido una marginada en mi propia familia, una extraña entre todos vosotros. Mamá y tú os parecíais y congeniabais. Papá os protegía a las dos. Yo era el patito feo, la rara, la que siempre era distinta, la que no se parecía ni pensaba como ninguno de vosotros. Jamás encajé y me odiaban por ello. Lo único que quiero ahora es averiguar quién soy, quién era y por qué no encajaba. Creo que la respuesta está aquí, en algún lugar de estas fotos, y no sé por qué, pero pienso que esta mujer lo sabía. Tal vez no fuera nuestra hermana mayor, tal vez sí. Puede que también fuera una marginada. Borraron a Marguerite de nuestras vidas, como si nunca hubiera existido. Desapareció de la historia familiar y, si hubieran podido, habrían hecho lo mismo conmigo. Ahora quiero saber por qué. Si era nuestra hermana, ¿qué hizo? ¿Qué le ocurrió? ¿Y me parecía demasiado a ella? ¿En nuestra familia solo se aceptaba que fuéramos duplicados de ellos? ¿Era un delito ser diferente? ¿Estaba eso castigado con la muerte o con el rechazo? No la lloraron, sino que la borraron por completo. ¿Por qué?

—Ellos no mataron a nuestra hermana —replicó Winnie con expresión furiosa—. Ni la rechazaron. Falleció. Y a ti jamás te hicieron nada.

—Salvo odiarme, ignorarme y tratarme como si no fuera suya, y eso nunca debería haber pasado. ¿Le hicieron lo mismo a ella?

—Deja que descanse en paz —pidió Winnie desesperada.

Ella tampoco tenía las respuestas, pero no quería conocerlas. Valerie, sí. Deseaba con toda su alma la explicación que llevaba toda la vida esperando oír y se negaba a que la silenciaran de nuevo.

—No puedo dejarla en paz —respondió con tristeza—. Y no sé por qué, pero la niña tiene las respuestas. Lo sé. Lo siento en los huesos. Y yo también quiero conocer las respuestas de por qué nunca me quisieron y nunca encajé. Si la mujer de las fotos era nuestra hermana, tal vez ella y yo nos parecíamos más entre nosotras.

—Estás intentando exhumar a una compatriota que lleva muerta setenta y tres años —alegó Winnie, airada—. Tienes que reconciliarte con quien eres y con el hecho de que nunca encajarás.

—No puedo. No sé por qué, pero no puedo —declaró Valerie mientras las lágrimas rodaban por su rostro.

Durante años, ya en la edad adulta, Valerie había aceptado que sus padres no la querían y había tenido una buena vida de todas formas. Su matrimonio había sido maravilloso, y amaba a su marido y a su hijo, pero en ese momento había ocurrido algo discordante y necesitaba saber qué era. Aquello le había devuelto a la memoria todos los recuerdos infelices de su niñez, el rechazo constante por parte de sus padres y también su incapacidad, o su negativa, a quererla. Tenía que saber por qué y si las respuestas estaban de algún modo vinculadas a las fotos que pensaba que eran de ella cuando era pequeña. Creía que tenía derecho a saber.

—Aquí no encontrarás las respuestas, ni difamando a nuestros padres ni convirtiendo a nuestra hermana en alguien que nunca fue —repuso Winnie con frialdad—. La mujer que se casó con ese conde italiano no tenía ninguna relación con nosotras, por mucho que quieras su dinero. Valerie, se trata de codicia. Y esa niña de las fotos se parece a cualquier otra niña de la época, no solo a ti.

—¡No! —exclamó Valerie, echando fuego por los ojos—. ¡Soy yo! Lo sé, da igual que te empeñes en negarlo. Winnie, esa niña soy yo y quiero saber por qué.

—Una muerta no te lo dirá, por muy rica que fuera. Si algo de lo que dices es cierto, y no es que yo lo crea, se llevó su secreto a la tumba. No era nuestra hermana —insistió con tono furioso—. Nuestra hermana falleció hace setenta y tres años. ¡Déjala en paz! —Se puso en pie, fulminando a su hermana con la mirada—. Tengo cosas mejores que hacer que escuchar esta locura. Creo que estás perdiendo la cabeza. Yo que tú me preocuparía por eso.

Lo que le dijo fue como una bofetada en la cara para Valerie, que se marchó al cabo de unos minutos, después de una tirante despedida entre las dos hermanas. A Winnie le temblaban las manos cuando se vistió para ir a su partida de bridge.


Cuando Valerie regresó a su apartamento, se sentó y lloró, y luego contempló de nuevo las fotos de la niña. Por mucho que su hermana se empeñara en negarlo, sabía que estaba en lo cierto, que era ella. Y entonces recordó algo que había recibido el año anterior y que casi había olvidado. Empezó a buscarlo en algunos de sus archivos, pero no lo encontraba. Puso patas arriba un archivador entero, donde guardaba la correspondencia, y allí no estaba. Sabía que lo había guardado por sentimentalismo, aunque no tenía ni idea de dónde lo había puesto. Era evidente que en algún lugar poco habitual. Era una postal navideña de Fiona, su antigua niñera, que había ido a trabajar para los Pearson cuando Winnie tenía dos años, dos antes de que naciera Valerie, y que siguió con ellos durante un período de doce años, hasta que Valerie tuvo diez. Fiona era una joven irlandesa de dieciocho años cuando entró a trabajar con ellos, por lo que en la actualidad tenía noventa y cuatro. Se casó y se mudó a New Hampshire, donde seguía; vivía en una residencia de ancianos, pero estaba en pleno uso de sus facultades. Si bien la letra de la postal era temblorosa, Fiona conservaba la lucidez a pesar de la edad. Hacía casi veinte años que Valerie no la visitaba, desde que Phillip tenía quince, pero habían mantenido el contacto y le escribía. La había querido con todo su corazón y se quedó destrozada cuando se marchó. Fiona le enviaba tarjetas todos los años por Navidad. Solo esperaba que no hubiera muerto desde las últimas Navidades, pero creía que sus hijos le habrían avisado. Eran las dos de la madrugada cuando Valerie encontró la felicitación, junto con algunas otras que había guardado en el cajón de su mesa. Había guardado también el sobre, con las señas de la residencia de ancianos. Estaba situada en el sudeste de New Hampshire. Había un trayecto de seis horas desde Nueva York.

Valerie pasó el resto de la noche en vela en la cama y, a las ocho de la mañana, llamó a la residencia de ancianos. Le dijeron que Fiona McCarthy estaba viva y gozaba de buena salud. Le explicaron que estaba postrada en la cama a causa de la artritis, pero que tenía la cabeza en su sitio y seguía siendo una «guerrera». «Nos mantiene ocupados», dijo la enfermera entre risas.

Una hora más tarde, Valerie estaba en el garaje en el que guardaba el coche, que apenas utilizaba. Le gustaba tenerlo por si alguna vez lo necesitaba, aunque de vez en cuando hablaba de venderlo. Se puso en marcha a las nueve y cuarto, cruzó Connecticut y Massachusetts, y llegó a New Hampshire. Todavía se veía algo de nieve a pesar de que ya era marzo; no había ni rastro de la primavera.

Eran casi las tres cuando llegó a la minúscula ciudad que había sido hogar de Fiona durante tantos años. La residencia de ancianos parecía cálida y acogedora. Era blanca, acababan de pintar, tenía una valla alrededor, un jardín delantero y mecedoras en el porche, que los residentes usaban cuando hacía bueno, aunque entonces hacía demasiado frío todavía.

Valerie subió los escalones delanteros con agitación, preguntándose si Fiona la reconocería siquiera, y qué le diría de las fotos. Valerie ya era una mujer mayor y, tras veinte años, su aspecto era muy distinto del que Fiona recordaría.

En el mostrador de recepción, habló con una auxiliar de enfermería que le sonrió y le pidió que firmara la entrada, cosa que hizo. Le contó que Fiona acababa de despertarse de la siesta y que era un buen momento para hacerle una visita. Dijo que sus hijos habían estado allí esa mañana y que estaba sola y disfrutaría de la visita. Valerie le dio las gracias y se encaminó a la habitación. Asomó la cabeza y vio a una anciana marchita, con el rostro surcado de arrugas, acostada en la cama, cubierta con una colcha de colores vivos, hecha a mano. Tenía el cabello crespo y blanco, pero sus ojos eran los mismos. De un azul vivo, se clavaron en los de Valerie cuando la miró. Esbozó una sonrisa cuando se quedó de pie en la puerta.

—¿Vas a quedarte ahí como una estatua o vas a entrar?

—Hola, Fiona. No sé si sabes quién soy —comenzó.

Fiona se echó a reír.

—¿Y por qué no iba a saberlo? No has cambiado, salvo porque el pelo rubio se te está volviendo blanco. ¿Qué tal tu hijo?

Se acordaba de Phillip; su mente estaba lúcida de verdad. Phillip la adoró en cuanto se conocieron; ella le había contado historias de su madre, que le hicieron reír y consiguieron que afloraran lágrimas a los ojos de Valerie al recordar.

—Muy mayor —contestó Valerie—. Es un buen hombre.

—Era un chico muy majo cuando le conocí.

Señaló una silla y Valerie se sentó, preguntándose por dónde empezar después de tanto tiempo, pero Fiona lo hizo por ella.

—Has tardado en venir. Llevo muchos años esperando —dijo de forma críptica—. Creía que tal vez después de tu última visita volverías con algunas preguntas, pero no lo hiciste. ¿Por qué ahora? —Parecía interesada en lo que Valerie tenía que decir, y estaba bien despierta y alerta.

—Han pasado algunas cosas muy raras. Puede que no signifiquen nada, pero he estado volviéndome loca. Han aparecido unas fotos en una herencia sin reclamar en la que está trabajando mi hijo. Y el apellido coincide. La mujer que dejó la herencia se apellidaba Pearson de soltera. Y tenía el mismo nombre de pila que mi hermana, Marguerite. Es probable que no tengamos ninguna relación, pero hay algunas fotografías de una niña... —Su voz se fue apagando mientras Fiona la observaba con mirada penetrante—. Winnie dice que estoy loca y puede que lo esté, pero pensé que tú lo sabrías. —Valerie metió la mano en el bolso y sacó las fotos de Marguerite antes de enseñarle las de la niña sin nombre—. En los últimos días, he elaborado algunas teorías muy raras. Puede que no exista ninguna conexión con esta mujer, pero no tenemos ninguna foto de mi hermana. Mi madre las destruyó todas. Winnie y yo no sabemos cómo era.

Entregó las fotos a Fiona, que las examinó con sus gafas bifocales una por una y asintió mientras Valerie contenía el aliento. Le temblaba todo el cuerpo, como si estuviera a punto de ocurrir algo terrible. O quizá algo muy bueno que la pondría en el camino de la liberación de una familia que nunca la entendió ni la deseó. Se había sentido en deuda con ellos durante toda su vida y había sido respetuosa, aunque ellos jamás le correspondieron del mismo modo.

Fiona terminó de ver las fotos y alzó la vista con expresión seria.

—¿Qué quieres saber?

—Sé que parece una locura —dijo Valerie, con apenas un hilo de voz—. Pero ¿es esa mujer mi hermana Marguerite, la que murió en Europa a los diecinueve años?

Fiona no vaciló antes de responder, parecía segura.

—No, no lo es. —A Valerie se le cayó el alma a los pies al

oír aquellas palabras. Esperaba que lo hubiera sido. Fiona estiró la mano, nudosa, y le dio una palmadita con expresión de ternura—. La mujer de las fotos no es tu hermana. Es tu madre —añadió con suavidad—. Marguerite era tu madre, niña. —Valerie se sintió como tal mientras escuchaba impresionada—. Y no murió en Europa. Se casó.

—¿Cuando nací yo?

De repente era todo muy confuso; había sido todo mentira. Eso era lo que ella había pensado y Winnie lo había negado. Pero aquello resultaba más complicado aún de lo que habría podido imaginar.

—Naciste antes de que se marchara. Ella tenía dieciocho años. Siempre pensé que te lo contarían algún día, pero nunca lo hicieron. Solo era una niña y estaba locamente enamorada de un chico llamado Tommy Babcock. Y ocurrió lo peor. Se quedó embarazada. Querían casarse y sus padres no les dejaron. Los pobrecillos eran como Romeo y Julieta. Tu madre... —Fiona se corrigió—: Su madre dijo que jamás le perdonaría semejante deshonra. Unos días después, la enviaron a un hogar para chicas descarriadas en Maine. Fue justo antes del día de Acción de Gracias de 1941; tenía solo diecisiete años, y Tommy también, aunque iba a cumplir los dieciocho. No creo que nadie supiera lo que había pasado. Y en aquella época, el embarazo era una auténtica deshonra. La alejaron a toda prisa y le dijeron a todo el mundo que la enviaban un año a un internado en Europa, en Suiza, creo. Ya había estallado la guerra, pero Suiza era un lugar seguro. Sin embargo, ella no estaba allí. Estaba en Maine y me escribía cartas en las que me contaba lo desgraciada que era. Winnie tenía solo cuatro años y no sabía qué estaba pasando. Pero lloró cuando Marguerite se marchó. Marguerite era una criaturita muy alegre y todos la querían. La casa se convirtió en un mausoleo sin ella. Y su madre estaba furiosa. Pensaba dar el bebé en adopción. Iban a obligarla a entregarlo.

»Llevaba allí dos semanas cuando los japoneses bombardearon Pearl Harbor y cundió el pánico. Lo siguiente que oí fue que habían llamado a Tommy a filas y estaba en un campo de entrenamiento en New Jersey. Creo que lo enviaron a California justo antes de Navidad. No sé si Marguerite volvió a verlo; lo dudo, aunque no estoy segura. Quizá fuera a Maine para despedirse; si lo hizo, es probable que le prometiera volver a por ella. Creo que llevaba un mes en California cuando murió en un accidente durante unas maniobras. Marguerite me escribió que había muerto a finales de enero. Tu madre tenía una voluntad y una mente de hierro, y después de que él muriera, creo que les dijo a sus padres que no iba a entregar al bebé. Lo siguiente que supe fue que tu madre, o abuela, le contó a todo el mundo que estaba encinta y que se iban al campo para que pudiera descansar. Alquilaron una casa en Bangor, Maine, y yo solía visitar a tu madre en el hogar para jóvenes. La pobrecilla tenía el corazón roto por lo de Tommy. Tus abuelos habían accedido a no entregar al bebé en adopción y a decir que era suyo. Tú viniste al mundo en junio; eras un bebé grande y precioso, y tu madre sufrió mucho, ya que era muy joven. Pasamos el verano en Maine, y en septiembre tus abuelos, ya que eso eran, y yo volvimos a Nueva York con «su» nuevo bebé. Dos semanas después, enviaron a Marguerite lejos. Y declararon que eras suya. En toda mi vida he visto a nadie llorar tanto como a tu madre la noche antes de embarcar para Europa. Le reservaron un pasaje en un barco sueco llamado *Gripsholm*. Se dirigía a Lisboa con otros civiles a bordo porque Portugal no estaba en guerra. Y ella tenía pensado ir a Inglaterra después de atracar. La enviaron a Europa en medio de una guerra. Podrían haber torpedeado el barco y no les importó. —Las lágrimas resbalaban por las mejillas de Fiona mientras lo contaba—. Se la quitaron de encima. No le dieron opción; no la querían allí. El día antes de marcharse, te tuvo abrazada toda la noche y juró que algún día volvería a por ti. Y por la mañana se fue. Prometí enviarle fotos tuyas siempre que pudiera y lo hice mientras estuve allí. Tus padres no querían que volviera nunca. Ella me dijo que iban a obligarla a quedarse en Europa incluso en plena la guerra.

»Conoció al conde casi nada más llegar a Inglaterra. No lo recuerdo, pero es posible que fuera durante el viaje. Contaba que era un buen hombre y que se portaba de maravilla con ella, pero te echaba de menos y decía que su vida no estaba completa sin ti. Tendría que haberse quedado en Inglaterra cuando llegara, pero se fue a Italia con él. La introdujo en el país con un pasaporte italiano después de casarse con ella en Londres. Sé que intentó recuperarte en un momento dado, creo que cuando tenías unos siete años. Vino dos semanas con su marido para ver a unos abogados con el fin de llevarte con ellos a Italia. La guerra ya había terminado. Se reunió con tus abuelos y me contó que ellos no te entregaron. No sé qué hicieron para convencerla, pero su marido y ella se marcharon sin ti. Después de eso, no volví a verla. Tu abuela estaba encolerizada y amenazó con descubrir a Marguerite, con deshonrarla y provocar un escándalo. Creo que después de aquello su marido y ella intentaron recuperarte a través de los tribunales, pero no funcionó y al final se dio por vencida. Sus padres lucharon con uñas y dientes. Tu abuela nunca albergó sentimientos maternales por ti y te dejó a mi cuidado, pero estaban atrapados en una mentira y en la historia que se habían inventado, que eras hija suya, y no te devolvieron a tu legítima madre. La obligaron a permitir que te adoptaran. Marguerite no tuvo más hijos; tampoco los quería. Solo te quería a ti y ellos la mantuvieron alejada. Fue una crueldad, aunque al menos tuvo un marido bueno que la adoraba y cuidó de ella. Todavía era joven cuando él murió, pero se quedó en Italia. Aquí no tenía nada. Tus abuelos se encargaron de que así fuera. —Fiona parecía furiosa al decir aquello.

»No quiso volver a ver a sus padres, y ellos tampoco quisieron verla. Un año después de que se marchara, contaron la historia de que había muerto de gripe en Europa. Tenía diecinueve años por aquel entonces y colocaron una corona negra en la puerta. Yo me quedé destrozada, pero Marguerite me escribió. Estaba sana y salva, y no sabía lo que habían dicho hasta que se lo conté. Querían asegurarse de que no volviera nunca. Oí a tu abuela decirle a tu abuelo que habían destruido todas sus fotos. Fue algo contra natura. La gente decente no hace esas cosas. Te apartaron de ella y, a los ojos de todos, enterraron a su propia hija en vida. Jamás pude pensar en ellos como en tus padres y tampoco actuaban como tales. Te trataban como a una desconocida a la que habían dejado en su puerta. Siempre tuve la esperanza de que te lo contaran algún día, de que te hablaran de tu madre y de lo que habían hecho, pero no lo hicieron. Y nadie lo supo jamás, salvo los médicos del hogar de Maine y sus abogados. Tenías un certificado de nacimiento legal en el que aparecían como tus padres. Lo vi una vez. Era todo mentira, le rompieron el corazón a su propia hija. Me alegré mucho de que Marguerite conociera al conde y de que él la amara tanto, pues de lo contrario habría estado sola en el mundo. Ella te quería, Valerie, te quería muchísimo y jamás te habría abandonado si hubiera tenido opción. Ya no sigue con vida, ¿verdad?

Valerie asintió, con las lágrimas cayendo por sus mejillas.

—Falleció hace siete meses. Llevaba veinte años en Nueva York. Podría haberla conocido si lo hubiera sabido.

También le conmocionó darse cuenta de que Fiona tenía solo cuatro años más que su madre y estaba viva. Su madre no había sido tan afortunada, pero había tenido una vida dura y ningún hijo que la quisiera y cuidara de ella, como en el caso de Fiona.

—Estoy segura de que te habría buscado si se hubiera atrevido. —Valerie no pudo evitar preguntarse por qué no lo había hecho. Quizá fuera demasiado doloroso explicar su regreso de la muerte—. Eras una mujer adulta. Debió de pensar que era demasiado tarde.

A Valerie le habría encantado conocer a su verdadera madre a cualquier edad. Y resultaba impactante comprender que siempre había tenido razón, que sus abuelos, disfrazados de padres, la habían odiado, le habían guardado rencor, y que seguramente la consideraban un constante recordatorio de la deshonra de su madre. Habían mantenido a su madre alejada de ella toda su vida, hasta la muerte de esta, mucho después de la de ellos. Hasta los diez años, el único amor maternal que había conocido Valerie había sido el de Fiona. Y en esos momentos la miró con agradecimiento.

—Gracias por contarme la verdad —dijo con tono quedo.

—Siempre quise hacerlo. Pensé que sospecharías algo o que lo descubrirías de algún modo. Nunca imaginé que tardarías tanto.

Le había llevado setenta y cuatro años descubrir quién era su madre, y de repente se sentía la huérfana que había sido toda la vida, solo que al menos entonces entendía que solo los caprichos del destino habían llevado a Phillip a realizar la tasación de la caja de seguridad abandonada. De lo contrario, jamás lo habría sabido. Daba gracias por todo aquello.

—Por cierto, los padres de Tommy se llamaban Muriel y Fred Babcock, por si quieres buscarlos. He oído que puedes buscar a gente por internet. Mi hijo quería regalarme un ordenador, pero soy demasiado vieja para aprender. Ellos son también tu familia.

A Valerie no se le había ocurrido y quería pensar en ello. Antes tenía mucho que asimilar y que intentar comprender. En un solo día, había encontrado y perdido a una madre que la había querido.

Fiona estaba cansada después de la larga historia que le había contado a Valerie con todos los detalles, lo cual le había llevado dos horas.

—Estoy lista para una siestecita —declaró, y cerró los ojos.

Valerie se acercó y le dio un tierno beso en la mejilla. Ella abrió los ojos despacio y sonrió.

—Gracias, Fionie. Te quiero —dijo, igual que cuando era una niña.

—Yo también te quiero —respondió la mujer, dándole otra palmadita en la mano—. Tienes que saber que ella te quería y que ahora es un ángel que vela por ti.

Era un bonito pensamiento, y Valerie salió de puntillas de la habitación cuando Fiona se quedó dormida. Para Valerie, aquel había sido el día más emotivo de toda su vida.

Regresó en su coche a Nueva York, pensando en todo lo que le había contado Fiona. Por el camino, paró una vez para tomar café y se quedó sentada, con la vista perdida, pensando en su madre, en todo lo que le había ocurrido y en los terribles padres que había tenido. Habían hecho todo lo que habían podido para arruinar la vida de su hija mayor como castigo por un error de juventud y una hija ilegítima. Pensar en ello la puso furiosa, y a medida que iba cediendo la ira, la inundó una tristeza aplastante y la compasión por la madre que no conoció, que había deseado volver a por ella y nunca lo hizo.

Llegó a Nueva York a medianoche y se quedó despierta casi toda la noche. Tenía mucho en que pensar. No tenía ni idea de qué hacer. Aún no estaba preparada para contárselo a Phillip, antes tenía que hacer las paces con ello, con todas las implicaciones y consecuencias de lo ocurrido. No era quien había creído ser durante toda su vida. La única persona a la que quería contárselo era Winnie, para resarcirse. Después de todo, no estaba loca. No se había sentido más cuerda y más lúcida en toda su vida. Puso una foto de Marguerite en su mesilla de noche y se metió en la cama. Por fin había encontrado a la madre que nunca había tenido.

—Buenas noches, mamá —dijo en voz queda, y se sumió en un profundo sueño.

## 10

Cuando despertó a la mañana siguiente, lo único que Valerie sabía era que tenía que aceptar lo que había pasado poco a poco. El día anterior había estallado una bomba en su vida y quería controlar los daños la medida de lo posible. Tenía pensado actuar despacio y planearlo todo con cuidado antes de actuar. Solo sabía que Fiona le había hecho un regalo increíble, la verdad sobre sí misma. Aquello explicaba muchas cosas; por qué siempre se había sentido una extraña en su familia. Era la nieta de sus padres, no su hija. Eso suponía una gran diferencia para ella. Y la única persona a la que quería contárselo en esos primeros momentos era a Winnie. Todo y todos los demás podían esperar, incluso su hijo. Aún no quería compartir la historia con él. Antes necesitaba intentar comprenderlo.

Llamó a Winnie de nuevo esa mañana y le dijo que en breve se pasaría por su casa. Esa vez no preguntó y le daba igual que fuera o no conveniente. Lo que quería decir había esperado setenta y cuatro años, y no quería esperar más.

Cuando llegó, Winnie iba vestida con un traje azul marino de Chanel y había ido a la peluquería el día anterior. Parecía la acaudalada y aristocrática matrona de Park Avenue que era. Valerie iba en vaqueros, con un jersey, unas manoletinas y el blanco cabello recogido en una trenza a la espalda. Le brillaban los ojos y parecía descansada. Se sentía mejor de lo que se había sentido en años, liberada de repente de las cargas y decepciones del pasado.

—No tardaré mucho —dijo con calma cuando se sentó, y su hermana pareció preocupada al instante.

Tenía el presentimiento de que no iba a gustarle lo que Valerie estaba a punto de decirle. Estaba demasiado tranquila y casi eufórica.

—¿Ha ocurrido algo?

—Sí —respondió Valerie—. Ayer fui a visitar a Fiona, nuestra antigua niñera.

—¿Todavía vive? —Winnie parecía sorprendida. Nunca había mantenido el contacto con ella. Valerie era la única que lo había hecho, y también Fiona, con la felicitación navideña que le enviaba de cada año.

—Así es.

—Debe de tener cien años —adujo Winnie, con desdén.

—Noventa y cuatro, y tiene la cabeza en perfecto estado. Fui en coche hasta New Hampshire para verla. Imaginé que podría tener las respuestas que tú y yo no teníamos. Éramos demasiado pequeñas cuando Marguerite se marchó. No conseguí las respuestas que esperaba. Le enseñé una foto y pensé que iba a decirme que Marguerite Pearson di San Pignelli era nuestra hermana. Estaba completamente segura, pero me equivocaba.

Winnie se alteró y pareció pagada de sí misma, victoriosa, cuando Valerie reconoció su error.

—Te dije que no lo era. Solo estabas intentando causar problemas a mamá y a papá.

—Solo quería la verdad, fuera la que fuese —repuso con voz serena—. En realidad, la mujer que dejó la caja de seguridad llena de joyas y se casó con el conde italiano era tu hermana, pero no la mía. Era mi madre —declaró con lágrimas en los ojos—. Se quedó embarazada con diecisiete años de un chico del que estaba enamorada. Querían casarse y sus padres no les dejaron. Los separaron de inmediato, y tus padres, mis abuelos, enviaron a Marguerite a un hogar para jóvenes descarriadas en Maine y le dijeron que tenía que entregar al bebé en adopción. No le dieron otra opción, ya que entonces se consideraba un escándalo tener un hijo sin estar casada. —Winnie puso los ojos como platos, conmocionada por lo que estaba diciendo Valerie, pero no articuló palabra, lo que hizo que Valerie se preguntara si lo había sospechado, aunque era imposible que lo supiera—. Fue en noviembre de 1941. Y dos semanas más tarde, los japoneses bombardearon Pearl Harbor y llamaron al chico a filas o se alistó en el ejército y lo enviaron a un campo de entrenamiento. Lo mandaron a California para continuar con la formación. Y murió en cuestión de semanas en un accidente durante unas maniobras. Al parecer mi madre se negó a dar el bebé en adopción después de eso. Así que tu madre y tu padre, no los míos —repitió con énfasis—, se fueron a Maine y fingieron que tu madre estaba embarazada. Regresaron a Nueva York en septiembre y me registraron como hija suya. Obligaron a Marguerite a permitirles que me adoptaran. Y días después la metieron en un barco rumbo a Europa, en plena guerra. La expulsaron de su casa y pusieron su vida en peligro al meterla en un barco con rumbo a Lisboa, y de ahí, a Inglaterra. En resumen, la obligaron a entregarme a ellos aunque ni me querían ni aprobaban que hubiera nacido. Y un año después de que se marchara, contaron a todo el mundo que Marguerite había muerto, privándome a mí de mi madre y a ella, de su propia hija. Se quedaron conmigo como hija suya para evitar cualquier escándalo, y le partieron el corazón y luego fingieron ante todos que estaba muerta. Al parecer, se casó poco después de llegar a Londres con un hombre que la quería mucho, gracias a Dios. Fiona dice que intentó recuperarme, pero que ellos lucharon con uñas y dientes, y la amenazaron con el escándalo público, y al final ella renunció. No tuvo más hijos y, gracias a ellos, yo nunca tuve a una madre que me quisiera. Puede que tú pienses que fueron buenas personas, pero yo no. Perpetuaron una mentira terrible durante la mayor parte de mi vida. Y todo apunta a que mi madre, tu hermana mayor, llevó una vida solitaria cuando enviudó, a los cuarenta y un años, y durante los siguientes cincuenta podría haberla conocido y amado si hubiera sabido que estaba viva. Tus padres, mis abuelos, te robaron a tu hermana, a mí me robaron a mi madre, y a ella, a su única hija.

»Aún no lo he asimilado y no sé si debería ahondar en la historia. Ya no puede cambiarse nada. Nadie puede deshacer lo que ellos hicieron. Pero quería que lo supieras antes que nadie. No estoy loca ni senil ni deliro, tal y como insinuaste. Tenía razón, más de lo que imaginaba. Pensaba que Marguerite di San Pignelli era nuestra hermana. Ni por un instante sospeché que fuera mi madre. Y, pase lo que pase, he pensado que debías saberlo. No creo que jamás los perdone por lo que hicieron. Tú y yo fuimos víctimas inocentes y nos mintieron toda la vida.

Valerie guardó silencio y miró a Winnie, que debía de haberla creído. De su boca no salió sonido alguno, y las lágrimas resbalaban por sus mejillas. Seguía sin parecer posible, pero todo lo que Valerie había dicho era tan claro y coherente que, por mucho que Winnie lo odiara, sonaba a verdad. Y, mientras escuchaba, todas sus ilusiones sobre su familia se hicieron añicos. Tal y como había dicho Valerie. Winnie estaba en shock y sentía que su pequeño mundo, ordenado y seguro, se desmoronaba a su alrededor. Costaba imaginar cómo se sentía Valerie por no haber conocido a la madre que había perdido.

—Pero yo creo que sí te querían —insistió Winnie con voz roca y trémula mientras Valerie la miraba impertérrita—. Seguramente creían que estaban haciendo lo mejor. —Siempre les era leal, incluso en esos momentos.

—Destrozaron la vida de mi madre, tu hermana. E hicieron de mi infancia un infierno. Fiona fue el único adulto afectuoso en mi vida, y sabrá Dios qué debió de sentir mi madre al verse despojada de su única hija. No puedo ni imaginarlo. Y murió sola mientras tú y yo seguíamos con nuestras vidas. —Era un pensamiento espantoso y Winnie continuó llorando en silencio al tiempo que se miraban la una a la otra. Valerie se puso en pie—. Siento parecer tan dura. Solo quería que lo supieras.

Winnie asintió, pero no hizo amago de acercarse a ella. No estaba segura de si Valerie estaba furiosa con ella por asociación o no y parecía temerosa.

Valerie le dio un abrazo ante de marcharse y se volvió al llegar a la puerta, con una sonrisa burlona.

—Y, por cierto, ya no eres mi hermana —dijo con ironía a su hermana, tan formal—. Eres mi tía. —Rio y cerró la puerta con suavidad.

Luego regresó a su propio apartamento en el SoHo para decidir qué hacer a continuación. La estructura de su vida había cambiado por completo en las últimas veinte horas. El mapa de su mundo jamás volvería a ser el mismo.

## 11

Jane llevaba toda la semana pensando en mudarse. Sabía que la relación había ido de mal en peor durante los últimos meses y parecía insalvable. John había vuelto a pasar el fin de semana en los Hamptons y tenía intención de decírselo cuando llegara a casa, más tarde esa misma noche. Había dedicado el día a empaquetar cosas y el lunes iría un camión a por sus cajas para llevarlas a un almacén. Iba a mudarse con Alex unas semanas, hasta que encontrara casa propia. Aún no se lo había contado a sus padres; le avergonzaba admitir que había roto con John. Había terminado de embalar las cajas con libros, papeles, recuerdos y equipo deportivo, y se disponía a recoger su ropa, cuando llegó John.

Había hecho buen tiempo todo el fin de semana y, a pesar de que hacía frío, se había tumbado en la playa a tomar un poco el sol. Parecía relajado. Todavía le ofendía que la hubiera abandonado a su suerte todos los fines de semana mientras él se juntaba con sus amigos. A pesar de estar estudiando, se las habían apañado para divertirse y la noche anterior habían disfrutado de una barbacoa. Aquello era una auténtica bofetada en toda la cara. Pero por fin había comprendido que no servía de nada luchar contra lo inevitable. Se había acabado. No podía seguir ocultándolo.

John pareció sorprenderse al ver las cajas en la entrada.

—¿Qué es todo esto?

—Son mis cosas. Me voy —se limitó a responder, evitando su mirada.

—¿Así sin más? ¿No vamos a hablarlo? —No parecía triste ni disgustado, solo molesto.

—Tú no lo hablaste conmigo cuando alquilaste la casa en los Hamptons con tus colegas. No me has invitado a ir ni una sola vez. —Lo dijo con expresión dolida.

—Nos pasamos el fin de semana entero estudiando. Nadie se lleva a su pareja. Solo estamos los chicos —explicó con aire inocente.

—Cara y Michele no son chicos —replicó Jane con frialdad para enmascarar su dolor. John había resultado ser una enorme decepción y un desperdicio de tres años de su vida.

—Están en el grupo de estudio. —Se acercó para rodearla con los brazos—. ¿Qué problema hay?

—Ya no te veo nunca. No tenemos una vida juntos. Nuestra relación es un desastre. Se acabó. Hace meses que se acabó. —Le escocían los ojos mientras hablaba, pero se negó a llorar y a dar una imagen patética delante de él.

—¿No puedes aguantar hasta junio?

John fue a la nevera, cogió una cerveza y miró a Jane.

—Y luego, ¿qué? Esto ya no funciona. Antes nos gustábamos. Hacíamos cosas juntos. —Tenía la impresión de que no estaban hablando de sus verdaderos problemas—. ¿Te estás acostando con Cara?

Volvían a aquello, solo que en esa ocasión Jane quería saberlo. La universidad ya no era excusa suficiente para el desmoronamiento de su relación los últimos seis meses. No quedaba nada.

—Oh, por el amor de Dios. ¿Me la estás pegando tú a mí? ¿Es eso? ¿Estás proyectando?

Se le daba muy bien desviar el tema para no responder, y Jane se enfureció mientras le miraba. Ni siquiera estaba molesto.

—Responde a la pregunta —espetó con aspereza.

—Lo siento, abogada. Si vas a marcharte, puede que no sea asunto tuyo lo que yo haga.

Una vez más, se estaba portando como un gilipollas y estaba jugando con ella; era el juego del gato y el ratón.

—¿Te importa algo esta relación? —preguntó a las claras.

—Por supuesto que sí. Pero no puedo pasarme todo el día y toda la noche sentado aquí contigo mientras intento graduarme.

—No necesitas estudiar en los Hamptons todos los fines de semana o yo podría acompañarte de vez en cuando. —Era evidente que John no quería eso y Jane sospechaba por qué. Alguien le estaba mandando mensajes de texto sin parar mientras hablaban y se imaginaba de quién se trataba. Le cogió el móvil de la mesa cuando él tomaba un trago de cerveza y se le paró el corazón al leerlos. Era demasiado tarde para que él se lo impidiera. El mensaje decía: «¿Está la zorra en casa? ¿Puedo pasarme?», y estaba firmado con una «C». Jane tenía su respuesta. John parecía indignado y le arrebató el teléfono de la mano—. ¿De qué va esto? —preguntó con tono gélido.

—Métete en tus putos asuntos —replicó él; entró en el dormitorio como un huracán y cerró de un portazo.

Ella se puso de nuevo a empaquetar la ropa del armario de la entrada y él salió del dormitorio al cabo de unos minutos. Jane estaba temblando, pero John no podía verlo.

—Mira, los dos estamos bajo mucha presión. A veces las cosas se descontrolan. Lo que pase con ella no significa nada. Tú y yo llevamos tres años juntos.

—Parece que te has olvidado de eso. Me marcho. Esto no es bueno para ninguno de los dos. Hace meses que no lo es. —Se volvió hacia él en ese momento—. Creía que éramos sinceros el uno con el otro, y también fieles. Supongo que estaba equivocada.

—Vale, ¿con quién te lo estás montando? ¿Con el tío de Christie's? Parece que te cae muy bien.

—Sí, me cae bien. Y no me lo estoy montando con él. Le he

hablado de ti. Yo no me lo monto con la gente. Vivo contigo y creía que nos queríamos, signifique lo que signifique para ti.

—Voy a volver a Los Ángeles —reconoció él con expresión avergonzada—. Ella también. Sé que tú quieres quedarte aquí y encontrar trabajo en un bufete elegante de Nueva York.

Por fin estaba siendo sincero con ella. Demasiado tarde.

—Así que ¿me engañas y empiezas tu siguiente relación? ¿Es así como me lo dices?

—Tenía una gran oportunidad. Su padre va a darnos el capital inicial para montar un negocio. Es un comienzo. Podría ser algo grande para mí.

—Genial. Habría estado bien que terminaras conmigo antes de nada. ¿Por qué seguir con esta farsa? ¿Para qué molestarse? ¿Qué es lo que te pasa?

Lo que había hecho no tenía nombre. Ella había estado esperándolo en casa mientras él se acostaba con Cara y el padre de ella les daba dinero para montar un negocio.

—No queremos las mismas cosas —dijo, lo que parecía una excusa muy pobre.

—Yo creía que sí. Error mío. Deberías habérmelo explicado cuando te diste cuenta. ¿Y Cara sí quiere las mismas cosas?

—Los dos somos de Los Ángeles. La idea de volver fue suya.

—¡Estupendo! —exclamó Jane con los ojos anegados en lágrimas mientras seguía recogiendo. No quería mirarle.

—Tú eres de Michigan. Es diferente.

Se creía guay y, sin embargo, no era más que un capullo. Había cambiado por completo o al fin dejaba ver quién había sido siempre. A Jane ya no le importaba si se trataba de lo uno o de lo otro.

—Sí, nosotros somos gente estúpida y aburrida que dice la verdad. Ha tenido que ser una mierda para ti.

—Eres demasiado íntegra para mí —dijo con sinceridad—. Cara es una chica «mala». Así soy yo ahora mismo. —Parecía orgulloso de aquello; había pasado de negar que estuviera acostándose con ella a admitirlo de forma implícita y alardear de ello.

—Da igual quién seas o en quién creas que te has convertido. ¿Por qué no me dejas recoger mis cosas en paz? Esta noche me quedaré en otra parte, así podrás decirle que la «zorra no está».

—Venga, cariño, no seas así. No terminemos así después de tres años.

—Tú ya lo has hecho —dijo en voz baja.

Jane fue al dormitorio, sacó sus maletas y metió lo que quedaba sin miramientos. Solo quería largarse. Se sentía ridícula estando allí mientras él le decía que era demasiado íntegra y se burlaba de ella. Sentía que le habían arrancando el corazón de cuajo. Era evidente que John llevaba meses engañándola y riéndose de ella. Había sido una auténtica imbécil. Le costaba recordar qué había amado de él mientras le escuchaba en esos momentos.

John se sentó en el sillón a beberse la cerveza y a ver la tele mientras ella recogía el resto de sus cosas. Media hora después, había cuatro maletas llenas de ropa en la entrada; el resto estaba en las cajas que había llenado esa tarde y que iba a guardar en un almacén hasta que tuviera su propio apartamento. Iba a dejarle todo cuanto había comprado para la cocina y le daba igual. Cara podía usarlo si cocinaba para él. Aunque parecía tener más dotes para el dormitorio que para la cocina.

Jane se puso el abrigo y cogió una de las bolsas. El apartamento ya era inhóspito. Pudo comprobar que John estaba medio borracho y que tenía una expresión atónita en el rostro.

—¿Ya está? ¿De verdad te marchas?

—Sí, me marcho.

—¿No vamos a hablar de ello y a arreglarlo?

—Puedes arreglarlo con Cara. Yo ya estoy harta. —¿Y de qué servía si esperaba volverse con ella a Los Ángeles? Jane abrió la puerta del apartamento y llevó las maletas hasta el pasillo. John se levantó para ayudarla, pero ella alzó una mano—. No. Puedo yo sola.

—Como todo lo demás que haces tan bien. No todo el mundo es tan listo como tú, con tus notas y tus resultados perfectos. La vida te lo da todo. Algunos tenemos que currárnoslo. No como tú.

Entonces se dio cuenta que estaba celoso de ella y de que tal vez siempre lo hubiera estado. No había amor en sus ojos cuando la miraba; hacía meses que era así. Entonces lo entendió. Y para él, Cara era una parte de tener que currarse las cosas. Ella le ayudaría a montar un negocio, y su padre lo financiaría. Jane no tenía nada parecido para ofrecerle. Así que habían terminado.

—Buena suerte en Los Ángeles. —Las maletas eran pesadas para ella, pero no quería su ayuda. Le asqueaba mirarle. Llevó las cuatro hasta el pasillo, y de ahí, al ascensor, y después volvió al apartamento—. Me encargaré de que alguien recoja mis cajas mañana y te enviaré las llaves después. Puedes decirle a Cara que ya no hay moros en la costa.

—Esto no es por ella —dijo él, un tanto desorientado a causa de la cerveza.

Jane se preguntó si llevaba todo el día bebiendo.

—No, no es por ella —convino—. Es por nosotros. Por ti y por mí. Debería haberme marchado hace meses. O quizá no deberíamos haber empezado nunca. —Todavía estaba convencida de que él había cambiado, pero eso ya no importaba—. Adiós —concluyó en voz queda, mirándole por última vez.

—Te quiero, cariño. —Trató de rodearla con los brazos, pero ella le apartó. John no conocía el significado de la palabra «no»—. A lo mejor deberíamos intentar arreglarlo.

En lo tocante a Jane, era muy, pero que muy tarde para eso, y estaba segura de que Cara estaría en su cama esa misma noche. Era lo que siempre había querido y, por lo visto, también él. Estaban hechos el uno para el otro. Eran dos personas que usaban a la gente, que estaban usándose el uno al otro, y a ella la habían mentido.

Jane no dijo nada más; se limitó a salir y a cerrar la puerta del apartamento, se subió en el ascensor con el equipaje y bajó. Arrastró las maletas por el vestíbulo, cruzó la acera y llamó a un taxi. El taxista metió el equipaje en el maletero y en el asiento delantero, y Jane le dio la dirección de Alex. Le había dicho a su amiga que estaría allí esa noche.

Y mientras el taxi recorría la autopista West High, recibió un mensaje de texto de John. Estaba lo bastante borracho como para habérselo enviado a la persona equivocada. Estaba segura de que el mensaje era para Cara, pero se lo había enviado a ella. Solo decía: «Se ha marchado. Ven. J». Era patético y se sintió tentada de enviarle una respuesta que dijera: «Que te den». Pero no lo hizo. Borró el mensaje y miró por la ventanilla mientras se dirigían al centro. Se sentía vacía y paralizada, estúpida y utilizada. Acababan de desvanecerse tres años de su vida.


Phillip y Valerie estaban cenando esa noche en un tailandés que a ella le gustaba mucho, y él la vio bastante apagada, lo cual no era normal.

—¿Te encuentras bien? —preguntó, preocupado.

—Por supuesto. Estoy bien.

Le dedicó una sonrisa, pero en sus ojos había una melancolía que no había visto antes.

—Estás muy callada —dijo, inquieto por ella.

—Solo estoy cansada. Anteayer fui en coche hasta New Hampshire.

—¿En serio? ¿Por qué? —No tenía sentido para él.

—Fui a ver a mi antigua niñera, Fiona McCarthy. ¿Te acuerdas de ella? La conociste cuando tenías unos quince años.

—Sí que me acuerdo. Era divertida. ¿Sigue viva?

—Muy viva, con noventa y cuatro años. Pero pensé que debía ir a verla en breve, dada su edad.

—¿Por qué no te quedaste a pasar la noche?

—Quería volver a casa.

—Estás loca, mamá. Ni siquiera sabía que te habías marchado.

—Estaba bien —dijo, sonriéndole, y se pareció más a la mujer de siempre.

—Por cierto, ¿has echado un vistazo a las fotos? —Se refería a las de Marguerite que le había enviado Jane por e-mail.

—Sí, lo he hecho —respondió con voz serena.

—¿Reconoces a alguien? ¿O algún rasgo de familia? —Le estaba tomando el pelo, y Valerie no respondió. No cabía duda de que estaba más seria de lo habitual.

—En realidad, no —dijo, y cambió de tema—. Era una mujer muy guapa. Estoy impaciente por ver las joyas en la exposición para la subasta.

—Puedes venir a verlas cuando quieras. Las tengo en la caja fuerte. Estamos intentando realizar la estimación. Creo que los precios se van a disparar.

Ella asintió, pero no dijo nada.

Hablaron sobre su inminente viaje a París para una subasta importante en Christie's. Y Phillip le dijo que tenía pensado pasar por Cartier y por Van Cleef para recabar más información sobre las piezas; cuándo las habían comprado y para qué ocasiones. Había tardado tres días en recibir noticias del departamento de archivos de Cartier en París, en respuesta a su consulta. Estaban revisando los archivos en busca de las piezas por las que se había interesado y le prometieron ponerse en contacto con él en dos semanas y estar listos para enseñarle los archivos cuando llegara a París. Fueron muy atentos y le aseguraron que estaban realizando todos los esfuerzos a su alcance para hallar los expedientes y los bocetos de las piezas que le interesaban. Y Van Cleef le habían dicho lo mismo.

—Contar con los bocetos en el catálogo dará vida a la subasta —explicó a su madre.

—¿Cuánto tiempo estarás fuera? —preguntó con calma.

—Una semana. Tengo que ir a Londres también, y puede que a Roma.

Quería seguir el rastro a las piezas de Pignelli de Bulgari. Deseaba realizar un trabajo lo más minucioso posible. Aunque la joyería no era lo que más le gustaba, siempre se volcaba de lleno en las subastas, y con más razón en aquella, por la que había desarrollado un interés personal. Y sin duda, también su madre.

Después de cenar, la acompañó dando un paseo hasta el edificio y ella subió a su apartamento. No le había contado a Phillip nada de lo que había descubierto gracias a Fiona. Quería tiempo para asimilarlo y no estaba lista para hablar de ello. No tenía ni idea de qué pasaría cuando lo hiciera o de cómo afectaría a la subasta. No quería ponerlo todo patas arriba todavía, aunque en su momento tendría que hacerlo si era la heredera de Marguerite.

Phillip cogió un taxi de vuelta a Chelsea y, cuando llegó a su apartamento, pensó en Jane. Todavía deseaba verla, pero no sabía cuándo hacerlo. No quería ser pesado, ya que tenía novio.

No tenía forma de saber que en ese preciso momento ella estaba sentada en el apartamento de su amiga Alex, contándole a esta lo que había pasado con John. Todo el asunto parecía sórdido y humillante, y quería olvidarlo. Le sorprendía no estar triste, solo furiosa y aliviada. Tal vez la decepción y la soledad llegaran más tarde, pero todavía no las sentía.

—Ahora puedes salir con el tío de Christie's —dijo Alex después de que se hubieran lavado los dientes y metido en la cama.

Las maletas de Jane seguían en la entrada, sin deshacer.

—Aún no —repuso, pensativa—. Necesito tiempo para comprender y superar esto.

—No esperes demasiado —le advirtió Alex, lo que hizo

que Jane se echara a reír—. Los chicos buenos no están mucho tiempo disponibles. Los pillan rápido.

—Estoy bien sin ningún hombre —repuso, tanto para sí misma como para su amiga.

Ya podía hacer lo que le viniera en gana. Y lo mejor de todo era que era libre. Sabía que había hecho lo correcto al dejar a John. Era la mejor decisión que había tomado en años; debería haberlo hecho hacía mucho.

## 12

Cuando Jane fue a trabajar el lunes por la mañana, reparó en que Harriet parecía exhausta y tenía ojeras. Daba la impresión de que había sido un fin de semana duro y, a última hora de la mañana, Jane le preguntó con cautela por su madre. Harriet pareció conmovida. Por muchos celos que le hubiera tenido al principio y por mucho que hubiera dado por hecho que era una niña rica mimada, había acabado descubriendo lo buena persona y lo trabajadora que era, y empezaba a encariñarse con ella. Había descubierto que podía contar con Jane para que se esforzara al máximo en el trabajo y se dio cuenta de que la echaría de menos cuando se fuera. Poseía una frescura y una energía de las que carecía el resto de sus empleados. Miró a la joven con una sonrisa triste.

—Mi madre ha tenido una recaída este fin de semana; por lo visto su estado está empeorando deprisa. No sé si podré traérmela a casa y la matará si tengo que ingresarla en una residencia.

Lo que era peor, Harriet había acabado comprendiendo hasta qué punto se había vuelto dependiente del hecho de tener a su madre ahí, de tener a alguien a quien cuidar. Siempre habían estado muy unidas y la perspectiva de volver a un apartamento vacío, vivir sola e ir a visitarla a una residencia los años siguientes le causaba una profunda depresión; Jane podía verlo en sus ojos.

—Lo siento mucho —dijo con amabilidad, y hablaba en serio.

Sus propios problemas y quebraderos de cabeza parecían insignificantes comparados con los de Harriet, y se sentía una tonta por estar decepcionada con John. Una relación de pareja rota no podía compararse con una madre cuya salud se deterioraba poco a poco, y a la que era evidente que Harriet quería.

—Tú también pareces un poco alterada —comentó Harriet, pues había notado a Jane menos serena de lo habitual.

Jane no había deshecho las maletas en casa de Alex y había ido a trabajar en vaqueros, lo cual era raro tratándose de ella.

—Mi novio y yo hemos roto este fin de semana y me he mudado —reconoció.

Se sentía avergonzada, como si eso indicara un fracaso por su parte, por no haberse dado cuenta de que era un pringado mientras él la engañaba y montaba su plan de negocios con Cara. Aquello hacía que se sintiese tan estúpida como dolida. Y se había sentido del mismo modo la noche anterior, cuando se lo contó a su madre, que le había dicho que debería haberlo visto antes y que ella siempre había sabido que aquella relación no iría a ninguna parte. La madre de Jane pensaba que todas las relaciones debían llevar al matrimonio y le dijo a su hija que eso era lo que cabía esperar si estaba evitando un compromiso a largo plazo, vivía con hombres y se centraba solo en su carrera. Por eso había acabado con John, a quien, al igual que ella, solo le preocupaba su carrera. Pero, a pesar de lo que su madre dijera, Jane no se sentía preparada para el matrimonio y no iba a avergonzarse por ello ni a precipitarse. Y Alex tenía razón. John no era el hombre adecuado para ella. Había tardado tres años en mostrarse como era en realidad, pero en ese momento lo sabía.

—¿Tienes el corazón roto? —preguntó Harriet con suavidad, con una expresión compasiva que Jane no había visto hasta entonces.

Jane negó con la cabeza.

—En realidad, no. Estoy decepcionada. Y me siento estúpida. A veces mi madre es una maestra del «ya te lo dije». Supongo que tenía razón.

—Entonces es que no era el hombre adecuado.

—No, no lo era —convino Jane, y eso era algo duro de admitir.

Aquella conversación resultaba extraña entre ellas, y Jane advirtió que Harriet lo lamentaba por ella.

—Tengo un proyecto para ti. —Harriet cambió de tema, y eso fue como un bálsamo para ambas—. Se me ha ocurrido este fin de semana; solo quiero asegurarme de que hemos sido completamente minuciosos en el caso Pignelli. Sé que no hemos encontrado ningún testamento entre sus documentos, pero estaba pensando en las cartas. Las que están en italiano parece haberlas escrito otra persona, pero las que están en inglés puede que las escribiera ella. Me gustaría que las copiaras y las leyeras con atención para cerciorarnos de que no hemos pasado nada por alto; el nombre de un pariente o un heredero, una declaración de intenciones de dejarle las joyas a alguien, incluso a una amiga. A veces aparecen cosas en viejas cartas como esas. ¿Podrás encargarte de hacerlo para asegurarnos de que lo hemos comprobado todo?

A Jane le sorprendió la petición; no se le había ocurrido. Asintió y Harriet le dio un permiso firmado para sacar las cartas de la caja fuerte.

—Creo que es muy buena idea —dijo Jane con entusiasmo.

Pese a que daba la impresión de que Harriet estaba aburrida de su trabajo, era buena en lo que hacía, y muy meticulosa al respecto.

—Es muy probable que no haya nada en ellas, pero nunca se sabe. Cosas más raras han pasado.

Jane fue derecha del despacho de Harriet a la caja fuerte donde guardaban los documentos, entregó el permiso firmado a la mujer al mando y le proporcionaron el fajo de cartas un minuto después. Fue hasta la fotocopiadora, hizo copias de todas y devolvió a continuación los originales a la caja fuerte. Era un grueso fajo de cartas, escritas en letra pequeña y anticuada. Se llevó las copias a su mesa, se sirvió una taza de café de la máquina de la oficina y se sentó para empezar con la lectura. Las hojeó antes de comenzar para ver a quién estaban dirigidas y vio que todos los encabezamientos eran similares y empezaban con «Mi querido ángel», «Mi querida niña» o «Mi querida hija». No había nombre en el comienzo de ninguna de las cartas. Y, cuando comprobó la firma al pie, en la mayoría de los casos estaban rubricadas con la inicial «M», y solo unas pocas lo estaban como «tu madre que te quiere». Antes de leerlas, era imposible decir si estaban escritas por Marguerite o por su madre, e iban dirigidas a ella. Y tenían pocas muestras de la letra de Marguerite con que compararlas. Pero tenía el presentimiento de que eran de su puño. No todas estaban fechadas, pero sí la mayoría; la primera, el 30 de septiembre de 1942, y bajo la fecha, la autora había escrito: «Londres» e iba dirigida a «Mi querido ángel».

Aún no puedo creer que te haya dejado. Impensable, insoportable, el más agónico de todos los actos posibles. Una tragedia para mí. Te arrebataron de mí y ahora estoy aquí, en Londres, viviendo en un pequeño hotel. Tengo que buscar un apartamento. Pero ¿dónde viviré? ¿Cómo voy a vivir sin ti? ¿Cómo ha podido pasar esto? ¿Cómo han podido hacerlo? No sé si algún día te enviaré estas cartas, pero si no lo hago, debo hacerte llegar cuánto te quiero y te añoro, y decirte el doloroso agujero que quedó en mi corazón el día que te dejé.

He conocido a un buen hombre que ha sido amable conmigo. Está aquí con un permiso especial y un pasaporte diplomático italiano. Solo serán unas semanas, luego regresará a Nápoles, donde vive. Le conocí el día después de llegar, cuando tropecé y me caí en la calle, y él me recogió, me sacudió el polvo y luego insistió en invitarme a cenar en un bonito restaurante. Actuó como un padre para mí y le hablé de ti.

Ahora solo pienso en ti y me pregunto qué estarás haciendo, cómo eres, si tienes buena salud y si están siendo buenos contigo. Sé que Fiona te va a querer aunque mis padres no lo hagan. Por favor, tienes que saber que si hubieran dejado que me quedara contigo, lo habría hecho. No me dieron ninguna opción.

La carta continuaba describiendo lo que había hecho con el hombre italiano; cenas, comidas, un viaje para visitar a un amigo en una casa señorial a las afueras de Londres. Escribía constantemente sobre lo amable que era con ella. Habían ido a la biblioteca y, en la siguiente carta, él le había buscado un sitio mejor en el que quedarse y le había regalado un buen abrigo. Mientras Jane las leía una por una, de las cartas se desprendía algo muy joven e inocente. A veces las fechas estaban muy próximas unas de otras; a veces había un lapso de semanas e incluso de algunos meses.

A finales de octubre, decía que el hombre bueno iba a volver a Italia y la había invitado a ir con él. También decía que le había pedido la mano en matrimonio y que ella había aceptado e iban a casarse en breve, tan pronto como estuviera todo organizado. Por lo que había escrito, con cierta discreción, Jane no era capaz de decir si estaba enamorada de verdad del hombre o si se estaba aferrando a su único amigo y protector en Londres. Había una guerra en marcha, soldados americanos y británicos por doquier en Londres, y ella estaba completamente sola. En su primera carta, había mencionado que sus padres le habían dado dinero para vivir, así que no careció de medios, al menos durante un tiempo, pero se había quedado sola en un mudo desconocido, sin contactos, sin amigos, sin familia ni protección a los dieciocho años, y el italiano al que se refería era un hombre bueno y afectuoso, y se sentía a salvo con él. Decía que se casarían antes de marcharse a Italia y que él se estaba ocupando de todo. El hombre viajaba con pasaporte diplomático y vivirían en Nápoles cuando volvieran a la patria de él.

Escribió de nuevo después de aquello; hablaba en términos un tanto imprecisos de los alemanes en Italia y de que, gracias a sus importantes contactos, su flamante esposo había conseguido obtener un pasaporte italiano para ella, porque estaban casados, y que tenía que utilizarlo en lugar del estadounidense, pues Italia y Estados Unidos se hallaban en guerra. Mencionaba que habían cruzado Suiza en un tren diplomático con rumbo a Roma, y de ahí a Nápoles. «Así que ahora soy italiana y condesa», decía casi con alegría en otra carta que había comenzado con «Mi querido ángel». Decía que era feliz con su nuevo marido, que era maravilloso con ella. Contaba que les racionaban las provisiones, cuánto adoraba ella su casa y que el *Oberführer* alemán de la zona iba a visitarlos de vez en cuando y su marido creía que era más prudente mostrarse educados y entretenerlo, aunque no estuvieran de acuerdo con sus puntos de vista o su política.

En julio del año siguiente, los aliados estaban bombardeando Roma y ella escribía lo aterrador que debía de ser para los residentes de la ciudad. Umberto ya no la llevaba a Roma. Una semana después, en la misma carta, que continuó escribiendo otro día, hablaba de la caída del gobierno italiano, de su rendición a los aliados en septiembre y que los alemanes ocuparon de nuevo Roma tres días más tarde. Y en octubre, los aliados entraron en Nápoles y los italianos se unieron a las fuerzas aliadas. Contaba que habían hospedado al oficial al mando estadounidense en su casa. Decía que este se había sorprendido al descubrir que la condesa era estadounidense. Mencionaba varios acontecimientos de la guerra y los bombardeos que continuaron al año siguiente, 1944. Por entonces llevaba casi dos años en Europa y casada.

Mientras continuaba leyendo, le quedó claro que las cartas las había escrito Marguerite. En cada una intercalaba lo mucho que amaba a su esposo y hablaba de cuánto quería y añoraba a su «querido ángel». El conde le había prometido que después de la guerra irían a Nueva York para reclamarla. Marguerite parecía creer con absoluta certeza que aquello sucedería y estaba deseando que llegara aquel día.

Había una carta desgarradora de varios años más tarde, escrita en 1949, que dejaba claro que habían ido a Nueva York, habían consultado con un abogado y habían intentado reclamar a la niña... y se habían visto rechazados y atacados de manera encarnizada por los padres de Marguerite. Había resultado difícil desacreditar la partida de nacimiento que habían manipulado falsamente para su hija en 1942, cuando nació. Habían amenazado con declarar que Marguerite y Umberto eran simpatizantes de los nazis, lo cual no les habría favorecido en los tribunales. Y en otra descorazonadora carta, Marguerite lamentaba que ni siquiera había podido verla durante su estancia en Nueva York. El abogado al que habían consultado les había aconsejado que no se hicieran ilusiones de reclamar a la niña, ni siquiera de verla, y les había sugerido que contactaran directamente con ella cuando cumpliera dieciocho años. No había nada más que pudieran hacer, ni él ni nadie. Los padres de Marguerite les habían cerrado el paso. Le habían dicho que todo el mundo creía que estaba muerta y que querían que siguiera siendo así. La habían enterrado en vida y le habían arrebatado a su hija.

Hacia el final del fajo, había una carta más escrita en el verano de 1960 que indicaba que Marguerite había intentado seguir el consejo del abogado. Había viajado a Nueva York para ver a su hija y contarle la verdadera historia de su nacimiento y quién era su madre en realidad. Durante días, Marguerite la había seguido por la calle sin que la viera; le había impresionado lo hermosa que era y lo feliz que parecía. Y con el corazón roto y lleno de dolor, se había dado cuenta de que contarle la verdad la habría despojado de la única identidad que conocía y de la legitimidad que creía suya, y reemplazaría aquello con escándalo, vergüenza y desconcierto. Lo único que Marguerite tenía para ofrecerle era ilegitimidad y deshonra. Al final se había vuelto a Italia sin ponerse en contacto con ella ni darse a conocer. Le parecía mal hacer añicos el mundo tranquilo y seguro en que vivía, la respetable identidad que creía suya, e imponer su presencia por la fuerza como la madre de la que jamás tuvo noticia. Durante mucho tiempo, las cartas que Marguerite había escrito después de esa eran muy tristes. Había vivido para hacer realidad la oportunidad de ver a su hija y establecer contacto con ella, esperando con paciencia durante tantos años, para acabar dándose cuenta de que lo que podría haber sido la felicidad absoluta para ella tal vez supusiera una tragedia impactante para su hija.

Cinco años más tarde, escribía sobre la repentina muerte de su marido por un ataque al corazón mientras jugaba al *raquetbol*, con lo que Marguerite volvió a quedarse sola en el mundo, sin el pilar de consuelo y protección en el que se había apoyado durante veintitrés años, desde que era una jovencita. A lo largo de los años, había explicado una y otra vez que tener otro hijo le habría parecido una traición después de haber sido obligada a renunciar a la primera. Siempre decía que Umberto quería hijos y que no tenía ninguno, pero Marguerite sentía que no podía hacerlo. Para ella era impensable tener otro hijo mientras seguía llorando a su primogénita. Y a los cuarenta y un años se encontró sin hija ni marido.

Después de eso, hablaba de las dificultades de mantener el patrimonio de ambos tras su muerte, del dinero que habían gastado en los años anteriores. Hablaba de su extrema generosidad hacia ella y por primera vez mencionaba todas las joyas que le había regalado y que decía estaba guardando para su hija, para cuando se reunieran algún día, lo cual aún tenía esperanzas de que sucediera, cuando su «querido ángel» fuera mayor y la verdad sobre su nacimiento le resultase menos traumática. Al no poder ver a su hija, Marguerite no regresó a Estados Unidos después de aquella visita infructuosa en 1960.

Vendió su casa de Nápoles en 1974, nueve años después del fallecimiento de Umberto, cuando ya no podía permitirse conservar el *castello* ni soportaba seguir allí sin él. El dinero que consiguió por la venta le permitió mudarse a un apartamento en Roma, donde al parecer vivió de manera modesta durante veinte años, hasta que la alarmó la disminución de sus recursos. Había llevado una vida frugal en Roma durante todos esos años, tras haber vendido los caballos, los coches y la propiedad. Umberto tenía otras propiedades, que también había vendido. Se lo dejó todo a ella al morir.

Hablaba de los viajes que Umberto había realizado con ella a París, donde le había hecho magníficos regalos. Y en todas sus cartas, siempre que mencionaba uno de los regalos que le había hecho su marido, declaraba su intención de dárselo a su hija algún día. Por entonces era tan joven todavía que seguramente no vio necesario tomar medidas legales.

Sus cartas se volvían más tristes a medida que se hacía mayor. Escribía con menor frecuencia y parecía haber renunciado a la esperanza de conocer a su única hija. Mencionaba que Fiona le había escrito cuando su «querido ángel» se casó, y de nuevo, muchos años después, cuando nació su hijo. Marguerite tenía casi sesenta años por entonces y aún vivía en Roma. No tenía deseos de visitar Estados Unidos ni de establecer contacto alguno con su familia. La única persona a la que quería ver era a su hija, lo que por entonces consideraba imposible. Las cartas lo dejaban claro. Seguía convencida de que su repentina aparición en la vida de su hija después de tanto tiempo sería casi imposible de explicar y solo serviría para alterar su vida y hacerla infeliz. En opinión de Marguerite, había pasado el momento, y solo causaría sufrimiento a su hija, que era lo último que deseaba, de modo que nunca se puso en contacto con ella, ni siquiera de adulta. Creía que era demasiado tarde.

En las cartas, que ya no tenía intención de enviar a su hija, escribía con tristeza sobre su marcha de Roma. Eran una especie de diario que había mantenido a lo largo de los años, de acontecimientos e hitos importantes en su vida. Escribía a su hija como si aún la creyera una niña y, cuando se marchó de

Roma para regresar a Nueva York, se sentía como si estuviera abandonando el único país que había sido un hogar para ella. Sin embargo, a los setenta años, expresaba la necesidad de volver a sus raíces, y creía que podría vivir de manera más económica en un pequeño apartamento en Nueva York. Hablaba de su intención y luego del apartamento que había encontrado y de que había vendido dos piezas de joyería, gracias a las cuales viviría durante una temporada. Parecía llevar una vida modesta y frugal, teniendo mucho cuidado con cada centavo que gastaba. No se permitía ningún lujo. Su pasión parecía haberse extinguido por aquel entonces, junto con toda esperanza de ver o conocer a su hija. Su vida se encontraba en el pasado. Hablaba a menudo de Umberto, con nostalgia de los años gloriosos que habían compartido. Y en una de las últimas cartas decía que iba a redactar un testamento en el que le dejaría todas sus joyas a su única hija. Decía que, a excepción de los dos anillos que había vendido, había conservado todo lo demás, como recuerdos del amor de Umberto por ella y los únicos presentes que tenía para dejarle a su hija.

Sus últimas cartas se volvían inconexas; escribía sobre el pasado, hablaba de su gran pesar por haberse visto obligada a renunciar a su hija, la vida feliz que había compartido con Umberto y el profundo amor que se habían profesado. Pero, en todas, Jane tenía la sensación de que una oscura sombra había pendido siempre sobre ella: la ausencia de su hija.

En las dos últimas, escribía que había ido a París con Umberto, como si fueran viajes recientes, y Jane comprendió por entonces que la había atacado la demencia. Estaban fechadas hacía cuatro años y la letra era temblorosa. Se refería a su hija como si fuera una niña pequeña y se preguntaba a qué colegio iría. Era triste contemplar su declive en las cartas y sentir lo sola que estaba. Parecía vivir rodeada por los recuerdos de las personas que ya no estaban con ella. Parecía estar perdiendo poco a poco el control de su vida. Lo único que quedaba claro en todo momento era cuánto había amado a su hija y, aunque

no llegó a escribir el testamento del que había hablado durante tantos años, estaba igual de claro que su intención había sido
dejarle a su hija las joyas, que era los únicos objetos de valor
que poseía. Era muy consciente de que no eran un sustituto
de los años que les habían robado. Nunca mencionaba el nombre de su hija, pero resultaba evidente que consideraba a su
hija su única heredera. En la última carta escribía de nuevo,
por primera vez en muchos años, sobre ir a ver a su hija, conocerla por fin, y tratar de explicarle lo que había pasado y
por qué no había vuelto ni se había puesto en contacto con ella.
Aquello le atormentó hasta el final.

Las lágrimas resbalaban por las mejillas de Jane cuando terminó la última carta. Marguerite había descrito un retrato del
amor perdido y de una madre a la que le habían robado a su
única hija, a la que jamás había dejado de amar ni un solo instante. La única cuestión era quién era aquella hija. No había
ningún nombre, nada de donde tirar, ninguna pista sobre quién
era o dónde estaba. Y debido a su edad, también era posible
que la única heredera hubiera fallecido ya.

Jane regresó al despacho de Harriet al final de la jornada
con pesar en el corazón.

—¿Has encontrado alguna cosa? —preguntó Harriet, esperanzada.

Confiaba en que hubiera dado con un testamento escrito
que se hubiera colado entre las páginas de las cartas y que se
les hubiera pasado por alto.

—Muchas cosas —respondió con tristeza—. Creo que tenía una hija de la que tuvo que desprenderse a los dieciocho
años, antes de marcharse a Europa. No volvió a verla. Intentó
recuperar la custodia siete años más tarde y sus padres se lo
impidieron. Habla de pasada sobre una partida de nacimiento falsa que nombraba a los padres de Marguerite como los
padres de la niña. Iba a contactar con ella cuando tuviera die-

ciocho años y vino a Nueva York para verla, pero cambió de opinión porque temía alterar la vida de su hija. No volvió a verla ni a intentar ponerse en contacto con ella. Deja muy claro que conservó las joyas para ella y que tenía intención de escribir un testamento a tal efecto, pero no llegó a hacerlo. Al final de las cartas, ya sufría demencia; tenía ochenta y tantos años por aquel entonces. No tengo ni idea de quién es la hija; nunca la llama por su nombre y no sé dónde está. Puede que ni siquiera viva ya en Nueva York o incluso es posible que esté muerta. Ahora tendría setenta y pico. Es una historia muy triste. Hay toda una vida en esas cartas, pero nada que podamos usar para encontrar a su única heredera.

—Esperemos que vea uno de nuestros avisos y se ponga en contacto con nosotros.

Sin embargo, a ambas les parecía poco probable. El rastro se había enfriado, y sin un nombre, era imposible encontrar a la niña a la que Marguerite Pearson había renunciado y a la que durante más de setenta años se había referido como su «querido ángel».

Esa noche, al salir de trabajar, Jane no podía pensar en nada más mientras cogía el metro hasta el apartamento de Alex. Su amiga tenía una cita y Jane iba a trabajar en su tesis, que todavía tenía que terminar para licenciarse. Pero las palabras «querido ángel» danzaban ante sus ojos delante de la pantalla del ordenador. No podía imaginar nada más doloroso que a Marguerite renunciando a su hija. Por mucho que Umberto y ella se amaran, la ausencia de su hija era lo que había teñido la vida de Marguerite y explicaba la trágica expresión en sus ojos que se advertía en algunas fotografías. Y todas las joyas que durante tantos años había guardado para ella iban a subastarse, a pasar a manos de desconocidos en lugar de a las de la única hija de Marguerite. Era una de esas terribles injusticias e ironías de la vida.

## 13

Phillip tomó el vuelo de Air France a París que salía de Nueva York justo antes de medianoche y cuya llegada al aeropuerto Charles de Gaulle estaba prevista para mediodía, hora local. De ese modo su día empezaría tarde cuando llegara a la ciudad, probablemente a las dos, después de recoger el equipaje, superar el control de inmigración y coger un taxi para el trayecto de una hora hasta la ciudad. Pero aún tendría tiempo para algunas citas antes del final de la jornada laboral. Prefería el vuelo nocturno, podía dormir cinco o seis horas en el avión y llegar en buenas condiciones. Era el que tomaba siempre que Christie's lo enviaba a París, al menos una o dos veces al año, para asistir a subastas importantes.

El avión despegó con puntualidad, y Phillip comió un rápido tentempié a base de queso y fruta, saltándose el resto de la comida, aunque siempre era buena. Otros pasajeros preferían aprovechar todas las ventajas que se les ofrecía, pero una cena contundente pasada la medianoche le resultaba menos apetecible que dormir. Una hora después de despegar, se acomodó debajo de una manta, con una almohada. El piloto había dicho que el vuelo duraría seis horas y media, media más de lo habitual, debido a los fuertes vientos. Phillip se había quedado dormido antes de que el avión sobrevolara la zona atlántica norte de Boston.

Durmió como un tronco, hasta que anunciaron que se disponían a iniciar el descenso hacia el aeropuerto Charles de Gaulle, en Roissy, y que aterrizarían en treinta minutos. Tuvo el tiempo justo para tomarse una taza de café y un cruasán, cepillarse los dientes, peinarse y afeitarse antes de llegar, y ocupó de nuevo su asiento, presentable y descansado, para el aterrizaje. El día era gris y lluvioso, pero no le importó. Adoraba ir a París, tanto para ver joyas como obras de arte, y después de la subasta tenía pensado ir a Londres, donde se encontraría con algunos antiguos compañeros del departamento de arte.

Paró un taxi sin problemas después de pasar por inmigración y, en un francés poco fluido, pidió al taxista que le llevara al Four Seasons, en la avenida George V. Christie's siempre pagaba un buen alojamiento, y después de dejar atrás las espectaculares flores del vestíbulo, vio que la habitación que le habían dado era bonita y agradable. Se dio una ducha y poco después de las tres estaba en la sede de Christie's de la avenida Matignon. La subasta «Joyas Magníficas», en la que se hallaban incluidas las piezas históricas de María Antonieta, estaba prevista para la noche siguiente, y su homólogo en París, Gilles de Marigny, de la misma edad que Phillip, le dijo que había suscitado un gran interés, de modo que ya tenían un montón de pujadores vía telefónica, y todos los museos importantes de Europa habían ido a ver las joyas reales y pujarían por ellas.

Pasaron un rato hablando de negocios y de las intrigas en la sede central de Nueva York; luego Phillip se dirigió a las salas de exposición para ver los lotes. Era una subasta realmente impresionante e hizo que recordara las joyas de Marguerite. No tuvo tiempo para llamar al departamento de archivos de Cartier hasta las seis en punto. Se alegraron de informarle de que habían hecho grandes progresos con respecto a su consulta y habían encontrado los expedientes de las ocho piezas por las que les había preguntado y los bocetos de muchas de ellas, de todas menos de aquellas que se habían comprado en la tienda y no se habían realizado por encargo. Dijeron que estarían encantados de mostrarle los expedientes y los bocetos al día siguiente; era el día de la subasta en Christie's, y sabía que no podría ausentarse, de modo que concertó una cita para el día después. Parecía muy satisfecho cuando colgó el teléfono. A continuación realizó una llamada a Van Cleef & Arpels, pero la persona a la que esperaba ver, que estaba a cargo de sus archivos, estaba fuera del país y no tenía previsto volver hasta al cabo dc dos semanas. No obstante, prometieron enviarle copias de todo lo que encontraran en sus archivos sobre las piezas que les había comprado Umberto.

Disponer de detalles del origen e incluso de bocetos que Christie's pudiera incluir en el catálogo sería muy beneficioso para la subasta, sobre todo para los grandes coleccionistas de joyas que querían saber todo lo posible sobre la historia de un objeto, tanto sobre la persona a la que había pertenecido como sobre la creación de la pieza.

—¿Buenas noticias? —le preguntó Gilles cuando entró en el despacho que Phillip estaba usando durante su breve estancia.

—Eso creo. Acabamos de conseguir una subasta muy interesante de una herencia por medio del Tribunal Testamentario de Nueva York. Una caja de seguridad abandonada en un banco, que contenía una fortuna en magníficas joyas que le regalaron a la propietaria mientras estaba casada con un conde italiano. Unas piezas preciosas. Cartier tiene la mayoría de los bocetos en sus archivos; ocho se los compraron a ellos en los años cuarenta y cincuenta. Hay veintidós lotes en total. Pensamos sacarlos en la subasta de mayo.

—Parece de las buenas —dijo Gilles con cordialidad.

Su homólogo tenía una mujer joven y guapa y tres hijos a los que Phillip había conocido en anteriores visitas a París, aunque en ese viaje, justo antes de una subasta tan importante, no tendrían tiempo para verse.

—Eso espero —añadió Phillip.

A continuación repasaron las pujas para el día siguiente que habían hecho los clientes en calidad de compradores no presentes; habría muchas más por teléfono y en la sala. Se esperaba que la subasta generara millones de euros y atrajera a importantes compradores de todo el mundo.

Phillip dejó las oficinas de Christie's a las ocho y volvió a pie al hotel, tras lo que decidió seguir paseando durante un rato. La torre Eiffel estaba iluminada y la primavera se palpaba en el aire. Se sentó en una pequeña y concurrida cafetería, pidió una copa de vino y una comida ligera, y regresó al hotel a las diez en punto, después de observar a la gente y disfrutar del ambiente de París. Aquello le encantaba. Era la ciudad más bella del mundo.

Vio las noticias de la CNN en la habitación del hotel, leyó los faxes que le habían enviado desde la oficina después del término de la jornada oficial en París y revisó los mensajes de Nueva York. Allí eran solo las cuatro y media, no demasiado tarde para devolver las llamadas o hacer gestiones si era necesario, pero no tenía nada importante de que ocuparse, y a las nueve estaba como un tronco.

Se despertó a las siete de la mañana siguiente, y durante un instante no supo dónde estaba. Entonces recordó que estaba en París y que era el día de la subasta. Pidió el desayuno al servicio de habitaciones, leyó *The International Herald Tribune* y *The New York Times*, y fue andando hasta la sede de Christie's, adonde llegó justo antes de las diez.

Después de eso, el día fue ajetreado. Gilles y él comieron unos bocadillos en su mesa mientras repasaban los últimos detalles justo antes de la subasta. Estaban en la sala de subastas antes de la siete, cuando tenían previsto abrir las pujas. Estaría presidida por un reputado subastador, junto con varios expertos en joyas asociados a la subasta para verificar las piezas. Había una hilera con una docena de teléfonos a un lado de la sala, en una larga mesa. Los hombres y las mujeres a los aparatos ya habían empezado a llamar a algunos de los postores más importantes con el fin de verificar que las líneas funcionaban y que los números de teléfono que tenían de ellos eran correctos.

Gilles y Phillip ocuparon sus lugares al fondo de la sala para observar la subasta, que dio comienzo a tiempo tras el anuncio de una corrección en el catálogo y la retirada de dos lotes. La subasta de los objetos de María Antonieta estaba prevista para más tarde, con intención de crear expectación, pero las pujas iniciales fueron fuertes. Las tres primeras triplicaban lo estimado, lo cual no era de extrañar en una venta con aquel nivel de interés. Media hora después, el precio final de un collar de diamantes antiguo multiplicó por diez la estimación más alta y causó un gran revuelo en la sala después de que dos clientes libraran una guerra de pujas vía telefónica, con excelentes resultados tanto para el vendedor como para Christie's. El precio de adjudicación quedó justo por debajo del millón de dólares. Gilles y Phillip intercambiaron una mirada de satisfacción. Iba a ser una subasta magnífica.

Y cuando, avanzada ya la subasta, por fin aparecieron las piezas de María Antonieta, alcanzaron aproximadamente lo que había previsto la casa. Dos fueron adquiridas por coleccionistas privados, detalle que Gilles le comentó entre susurros a Phillip; otras cinco fueron compradas por museos; y para el final se reservó la mejor pieza, una elegante diadema de diamantes que se decía había utilizado en la corte siendo una jovencita, cuando se convirtió en reina. Se vendió por dos millones y medio de euros, justo por encima de los tres millones de dólares, y fue adquirida por la Galería Tate en Londres. Y la puja terminó con una sorpresa, con la que Gilles estaba familiarizado, y que Phillip conocía de oídas, aunque nunca había vivido en persona.

En cuanto cayó el mallete, un hombre menudo con barba y traje marrón se levantó en la tercera fila y declaró con una voz firme que llegó a toda la sala: «Reclamo este objeto para el museo de Francia, por el poder que me ha otorgado el gobierno». Se hizo un silencio sepulcral en la sala mientras los no iniciados trataban de entender qué acababa de ocurrir. Phillip, sin embargo, ya conocía el procedimiento. Cuando un objeto poseía relevancia histórica, se enviaba a un representante del gobierno a la subasta, que esperaba a que terminara la puja y cayera el mallete para establecer el valor actual de mercado, y luego lo reclamaba para el gobierno de Francia, y el ganador de la puja perdía el objeto, en ese caso en favor del Louvre. Para un postor ganador siempre suponía una gran decepción perder el deseado lote en el último momento, pero era un riesgo y Christie's había avisado a sus clientes importantes de que cabía la posibilidad antes de la subasta. El representante del gobierno había permitido que salieran en pública subasta los demás objetos, pero no la diadema. Un retrato de la joven reina con ella puesta colgaba ya en el Louvre, de cuyo hecho en Christie's ya tenían constancia.

La subasta continuó, y aquello aumentó aún más el entusiasmo y el dramatismo en la sala. Se vendieron todos los lotes, algunos a precios desorbitados, y cuando a las diez terminó todo, la gente reclamó los objetos o realizó las gestiones necesarias para que se los enviaran. Muchos de los lotes los habían adquirido joyeros muy conocidos de Londres y de Nueva York. Y una de las pujas más altas la hizo un comprador en Hong Kong. Fue una de esas noches en que Phillip no lamentaba no seguir en el departamento de arte. Había sido una subasta magnífica y se sentía orgulloso de haber formado parte de ella, sobre todo cuando los museos de Francia reclamaron la diadema, aunque ni a Gilles ni a él les sorprendió.

—Muy buena —le dijo a Gilles cuando salieron de la sala de subastas, una vez que se hubo vaciado.

Fue una de las ventas de más éxito que habían celebrado en años, a pesar de que los lotes los habían consignado numerosas personas y no una única celebridad, cuya colección se vendía al completo, como sucedió con Elizabeth Taylor. Las subastas de un único propietario, sobre todo de gente famosa, solían ser las más importantes. Pero a veces aquellas cuyos lotes tenían distinta procedencia funcionaban igual de bien.

Phillip aún estaba eufórico cuando regresó al hotel y, a falta de otra persona con quien hablar, llamó a su madre para contárselo, pero no estaba en casa. La gran cantidad de cosas que hacía y le interesaban —las clases de arte a las que todavía asistía, los comités en los que participaba y los amigos con los que salía— tenían a Valerie tan ocupada que a veces resultaba difícil dar con ella. Después de dejar un mensaje en el buzón de voz de su madre, se le pasó por la cabeza intentarlo con Jane, pero se sentía como un tonto llamándola por aquello. No la conocía tanto, y a esas horas se encontraría en el trabajo o de camino a casa, así que lo dejó estar.

El día siguiente fue muy emocionante para él. Después de ayudar a Gilles con parte del papeleo y las gestiones pendientes de la subasta de la noche anterior, que eran considerables, a las nueve acudió a su cita en Cartier, en la calle de la Paix, y se reunió con el director del departamento de archivos. Este estaba esperando a Phillip con un sobre encima de la mesa. Tenía el inventario de objetos que le había enviado Phillip y revisó la lista por orden cronológico en lugar de siguiendo el orden en que este los había anotado, pues desconocía cuándo se habían creado las piezas. Era un hombre mayor, experto en las piezas que había elaborado Cartier para clientes importantes, a qué período pertenecían, en qué se diferenciaban de otras que habían diseñado y qué tenían de inusual, y le encantaba compartir la información y mostrar los bocetos a aquellos que estuvieran interesados. Estaba muy orgulloso de su trabajo. Trabajaba para Cartier desde hacía treinta años.

Le explicó a Phillip que el anillo con esmeralda de treinta quilates y corte esmeralda —lo que significaba rectangular (el estilo del corte se refería a cualquier gema de color, no solo las esmeraldas, algo que de lo que Phillip estaba al corriente después de trabajar en el departamento de joyería de Christie's durante dos años, no antes)— con esmeraldas de corte trillion de cuatro quilates en cada lado, fue la primera pieza que les encargó el conde Di San Pignelli. Y las notas del boceto, exquisito, indicaban que era un regalo de bodas para su esposa. Lo encargó a finales de 1942 y se requirieron seis meses para terminar el anillo. Phillip sabía que se trataba de una pieza magnífica, pues la había visto en Nueva York. Umberto había comprado la gargantilla de perlas y diamantes para ella un año después, con motivo de su cumpleaños, y las medidas del cuello de Marguerite estaban debidamente anotadas en las fichas.

—Tenía el cuello largo, delgado y aristocrático, como un cisne —dijo con una sonrisa el archivista de Cartier.

En el expediente había una fotografía de la mujer con la gargantilla puesta un tiempo después, que Phillip quería reproducir para el catálogo, con su permiso y con un reconocimiento a los archivos de Cartier al pie de la misma. En ella, Marguerite estaba sonriendo, ataviada con un vestido de noche de satén, impecable, del brazo de su esposo.

—También le vendimos el collar de perlas de la lista, que era un objeto muy importante que al parecer teníamos en la tienda y que no creamos especialmente para ella. Eran perlas naturales, que ahora son incluso más raras. —Phillip lo recordaba a la perfección del inventario. Las perlas de la larga sarta tenían un tamaño poco común y un claro tono crema, eran inmaculadas y sin defectos—. Se lo vendimos al conde un año después que la gargantilla, casi por la misma época, por lo que también debía de tratarse de un regalo de cumpleaños.

Había un precioso broche de diamantes que aparecía registrado como regalo de aniversario tras la guerra. Y uno de sus famosos brazaletes de tigre con diamantes blancos y ónice también era para un aniversario. El anillo de rubí de sangre de pichón birmano ovalado de veinticinco quilates era para su quinto aniversario y habían tardado un año en elaborarlo, según las notas de la ficha.

—Casi con seguridad para encontrar la piedra, que era inusualmente grande para un rubí birmano de ese color.

El anillo con el diamante blanco de corte esmeralda y cuarenta quilates había sido el regalo de su décimo aniversario, y el conde había comprado otro anillo con un gran diamante amarillo para su vigésimo aniversario, en 1962, tres años antes de fallecer.

—Poseía algunas de nuestras piezas más memorables. A veces nos preguntamos dónde están nuestras piezas, y entonces reaparecen y nos enteramos cuando los herederos las sacan a subasta o en situaciones como esta. Imagino que va a ser una subasta espléndida —dijo el archivista de Cartier—. ¿Desea que le envíe una copia de nuestros archivos, con los bocetos y las fechas?

Eso era justo lo que Phillip quería; había dado con una mina de oro en Cartier. La información que iban a proporcionarle otorgaría un significado y un valor aún mayores a las piezas, y sería valiosa para la gente que las adquiriera, tanto si eran joyeros con intención de revenderlas como si se trataba de compradores privados que querían saberlo todo sobre sus orígenes y las personas a quienes habían pertenecido con anterioridad.

—El conde era un hombre muy generoso —comentó Phillip antes de marcharse.

—Debía de amarla muchísimo —respondió el hombre de Cartier con discreción.

Él mismo se había enamorado de la historia de las piezas y había dedicado la mayor parte de su carrera a los archivos de la firma y a añadir información sobre las nuevas creaciones. Era la obra de su vida. Phillip le dio las gracias por su tiempo y por la excelente investigación, le facilitó la dirección de correo electrónico a la que enviar los bocetos para el catálogo y luego se estrecharon la mano, se despidieron y se marchó.

Se detuvo a comer en la terraza de una cafetería, pensando en lo que había averiguado en Cartier, y después fue a Van Cleef & Arpels a pesar de que el jefe del departamento de archivos estaba ausente. Su visita allí fue breve, aunque también resultó instructiva. El número dos del departamento le indicó que el collar y los pendientes de zafiros y montura invisible, de un estilo típico de los años cuarenta, fueron un regalo de cumpleaños, y también que el sencillo broche de diamantes fue un regalo de Navidad. Las gemas de las piezas de Van Cleef no eran tan grandes, pero los engarces resultaban extraordinarios, de una calidad excepcional, y las piezas eran realmente bellas.

No se había puesto en contacto con Boucheron para interesarse por algunas piezas de menor importancia de Marguerite. Umberto había demostrado su preferencia por Van Cleef y Cartier. Y ella tenía joyas de algunos otros joyeros de París que ya no existían.

Los propios expertos en joyería de Christie's habían determinado que la pequeña tiara de diamantes de Marguerite era antigua y, por tanto, resultaba imposible seguirle el rastro. Estaban seguros de que era francesa, pero decían que podría haber sido comprada en Londres. El resto de las joyas se habían elaborado en Italia, en particular dos piezas de Bulgari, con quienes Phillip aún no había tenido tiempo de contactar. El viaje a París, no obstante, había sido productivo. Ya disponía de abundante información sobre las joyas, incluso los precios originales, que poco tenían que ver con el valor actual. Los precios eran astronómicos cuando se adquirieron, pero, más de setenta años después, el precio de las joyas y las gemas se había multiplicado de forma exponencial. En la actualidad resultaba casi imposible encontrar piedras preciosas del calibre de sus joyas.

Phillip volvió a la sede de Christie's después de su cita en Van Cleef; ya no le quedaba nada más que hacer. Le habían enviado a la subasta de París en calidad de observador y para

echar una mano, pero su trabajo había concluido; la sede de
París podía encargarse del resto. Ya que estaba en París, pensaba tomar el Eurostar a Londres esa misma noche, sobre todo
para hacer acto de presencia y pasar por la sede de Christie's
en la ciudad. Siempre le gustaba ir a Londres y ver a sus amigos del departamento de arte. Se despidió de Gilles, que le deseó buena suerte con la venta de mayo.

En Londres, se hospedó en el hotel Claridge's y dio un paseo
por la calle New Bond, donde admiró los artículos de Graff y
de otros joyeros importantes. Vendían muchas de sus piezas,
con piedras impecables y diseños preciosos, que eran conocidas por los altos precios que alcanzaban, y Laurence Graff
también les compraba piedras a ellos para incorporarlas a sus
diseños. Era famoso por adquirir gemas de un valor increíble
y colores poco comunes, como diamantes rosa y azules, del
tamaño más grande que pudiera encontrar. Se había convertido en el Harry Winston de la actualidad, con piezas extraordinarias a precios exorbitantes. Phillip disfrutó viendo los es-
caparates de Graff durante su paseo. A pesar de que prefería
el arte a la joyería, la obra de este joyero era lo mejor de la
profesión y le admiraba por eso.

En el camino de regreso al hotel, pasó por varias galerías
de arte. Y a la mañana siguiente fue a la sede de Christie's para
ver a sus colegas británicos, con quienes habló de las inmi-
nentes subastas. Fue agradable encontrarse con ellos y mantener una conversación seria, y no limitarse a intercambiar
e-mails impersonales con ellos. Les informó de la venta de
mayo en Nueva York. Estaban interesados en saber más cosas acerca de la herencia de Di San Pignelli, de cómo les había
llegado a través del Tribunal Testamentario y de sus recientes
descubrimientos sobre las piezas en Cartier y en Van Cleef.

Cuando fue a hacer la maleta esa tarde, Phillip decidió sobre la marcha viajar a Roma para completar su investigación

y pidió al conserje que le reservara un vuelo a las nueve de la noche. Estaba cerca de Londres, y le reservaron una habitación en el Hassler. No pensaba quedarse mucho, solo quería ver a los joyeros de la ciudad. Había únicamente uno o dos a los que tenía pensado visitar al día siguiente.

Tras un pequeño retraso en Heathrow, llegó al hotel de Roma justo después de medianoche. La habitación no era grande, pero sí confortable, con un pequeño balcón, y estaba decorada con suntuoso satén amarillo y varias antigüedades, y tenía unas bonitas vistas de Roma. La ciudad rebosaba vida y animación a esa hora, con todo el caos y las luces que tanto adoraba, y gente en las calles. Se sirvió un coñac y salió a tomárselo al balcón, contemplando la vista bajo la luna llena. Por hermosa que fuera París, creía que Roma era la ciudad más romántica del mundo. Y le entristecía un poco estar allí solo. Pensó que su madre tenía razón y que debería esforzarse más por conocer a alguien y no limitarse a pasar todos los fines de semana trabajando en su barco. Habría sido agradable tener compañía en Roma, aunque hubiera ido por trabajo.

Después de beberse el coñac, durmió de forma plácida en la cama, con dosel, y se despertó a las ocho a la mañana. Se tomó un fuerte café expreso italiano y fue a Bulgari, ubicado en la vía Condotti, cuando abrieron, a las diez en punto. Tanto la pulsera de diamantes y esmeraldas como la de filigrana con diamantes de la caja de seguridad de Marguerite procedían de allí, pero con pesar le dijeron que ya no guardaban archivos que se remontaban tantos años en el tiempo. Muchos de sus archivos más antiguos se habían destruido durante la guerra. Había sido una apuesta arriesgada ir a verlos y una buena excusa para visitar Roma mientras estaba en Europa. Deambuló por la vía Condotti después de aquello, se pasó por Prada para comprarse una camisa, y a la una, cuando muchas tiendas cerraban para comer, ya había terminado sus asuntos allí.

Fue a una cafetería para degustar un plato de pasta y un vaso de vino, y mientras contemplaba la animada escena que le rodeaba, se le ocurrió otra idea. En realidad no era necesario para la investigación del catálogo, pero de repente sintió unas ganas inmensas de ir a Nápoles para ver el palacete en el que habían vivido los Di San Pignelli. También había una dirección de Roma entre los papeles de Marguerite y le pidió al taxista que pasara por allí de regreso al hotel. Se trataba de un edificio bonito pero anodino, en el que seguramente tuvieron una segunda vivienda en Roma. Sin embargo, su domicilio habitual durante treinta y dos años había estado en Nápoles, que suponía había sido la residencia principal del conde y la vivienda de la familia.

Ardía en deseos de verla. No tenía la agenda demasiado apretada cuando regresara a Nueva York y se sentía tentado de prolongar su viaje un día más para desviarse hasta Nápoles, de modo que consultó vuelos cuando volvió al hotel, a las dos y media. El conserje le indicó que había uno desde el aeropuerto de Fiumicino a las seis, que podría cogerlo sin problemas, y se ofrecieron a reservarle una habitación en el gran hotel Vesuvio, que le aseguraron era muy agradable. Con la sensación de estar dando un gran salto al vacío, pidió que le reservaran el vuelo y el hotel.

Su misión de descubrir más cosas sobre Marguerite Pearson di San Pignelli estaba empezando a adueñarse de su vida y le avergonzaba un poco su obsesión por ella, pero era incapaz de resistirse. Una hora más tarde, estaba en un taxi camino del aeropuerto, rumbo a Nápoles, sin una idea concreta de lo que esperaba descubrir allí. Solo sabía que se sentía obligado a ir. Algo le atraía y no estaba seguro de qué era. Deseó poder hablar con Jane y se preguntó si ella lo entendería o pensaría que estaba chalado. Ninguno de ellos tenía vínculos con aquella mujer y, sin embargo, les había arrebatado el corazón.

El avión aterrizó en el Aeropuerto Internacional de Nápoles, en Capodichino, y Phillip cogió un taxi hasta el hotel y se registró. Su habitación tenía balcón y una vista espectacular de la bahía de Nápoles. Era una ciudad que no se sentía cómodo recorriendo y con fama de que los delitos callejeros eran frecuentes, sobre todo el robo de carteras, de modo que cenó en el magnífico restaurante Caruso de la planta nueve. E hizo las gestiones pertinentes para alquilar un coche para el día siguiente, que le fue entregado en el hotel. Era un turismo Fiat, sencillo y práctico, y el conserje le dio indicaciones pormenorizadas sobre cómo llegar a la dirección de Marguerite, que suponía era el palacete. El conserje le había dicho que estaba justo a las afueras de la ciudad, en un enclave precioso, aunque algo apartado del camino. Y mientras conducía hasta allí, Phillip podía ver a lo lejos el monte Vesubio y eso le hizo pensar en Pompeya. Había ido con sus padres cuando era un crío y le había fascinado, no solo por las reliquias y los artefactos, sino también por la gente a la que cubrió la lava, que murió al instante y quedó momificada tal y como estaba aquel día, mientras desempeñaban sus actividades cotidianas. Aún lo recordaba con claridad, le había causado una gran impresión de niño. Había querido saber si había volcanes en Nueva York y le alivió enterarse de que no era el caso. El recuerdo le hizo sonreír.

Tardó más de media hora en llegar a las afueras de la ciudad debido al tráfico napolitano, pues la gente conducía de manera más errática que en Roma. Estaba echando un vistazo a las indicaciones cuando dobló una esquina y de repente vio un hermoso y pequeño palacete. Era un edificio elegante, con un muro alto alrededor y unos árboles enormes y viejos en el interior. Había una gran verja doble y alcanzó a ver un patio adoquinado dentro. Comprobó la dirección que había anotado y vio que había llegado. Estacionó el coche para bajarse y mirar a su alrededor. Vaciló delante de la verja abierta y vio a dos jardineros y a un hombre ataviado con ropa informal que les estaba dando instrucciones y señalando los jardines mientras ellos asentían con la cabeza. Era un hombre alto, parecía rondar los sesenta años, con una espesa mata de pelo blanco. Se volvió hacia Phillip con expresión perpleja y fue hacia él cuando terminó con los jardineros. Phillip no sabía qué decir y su italiano no era adecuado para explicar por qué estaba allí.

—*Posso aiutarlo?* —preguntó el hombre con voz grave y sonora.

Tenía el rostro surcado de arrugas, pero sus ojos vibraban de vida y no se parecía en nada al conde de las fotos, que poseía unos rasgos alargados, enjutos y aristocráticos, y era muy alto y delgado. Aquel hombre daba la impresión de disfrutar de la buena comida y de las risas. Después de preguntarle si podía ayudarle en algo, le miró con ojos amistosos pero inquisitivos.

—¿Habla inglés? —inquirió Phillip con cautela, pues no estaba seguro de qué haría si no lo hablaba.

La razón de su presencia allí era demasiado complicada para explicarla por señas y poco precisa, a lo sumo. En realidad, no tenía motivos; tan solo había querido ir debido a su curiosidad por Marguerite.

—Poco —respondió el hombre, alzando dos dedos para indicar que muy poco al tiempo que esbozaba una sonrisa.

—Quería ver el palacete —explicó Phillip despacio, sintiéndose un poco tonto—. Conozco a alguien que vivió aquí hace mucho tiempo.

Aquello también era poco preciso, ya que en realidad no la había conocido en persona, sino que sabía cosas de ella.

El hombre asintió para indicar que le entendía.

—¿Un padre? ¿Una abuela? —quiso saber.

Phillip desconocía que la palabra para «padre» y «pariente» era la misma en italiano, pero captó la idea y negó con la cabeza. Difícilmente podía decirle: «No, una mujer cuyas joyas vamos a vender en Christie's y a la que no conocía, pero que me tiene fascinado», aunque fuera el caso. Y de pronto se acordó de las copias de las fotos de Marguerite que tenía en el maletín del ordenador, en el coche, y fue a por ellas, indicándole al hombre que esperase, cosa que este hizo con paciencia.

Phillip volvió al cabo de un momento y le enseñó las fotos de Umberto y de Marguerite delante del palacete, con los jardines y parte de las caballerizas, que suponía que debían encontrarse en la parte trasera o tal vez no existían ya. Cuando vio las fotos, la cara del hombre se iluminó de inmediato y asintió con entusiasmo.

—Umberto y Marguerite di San Pignelli —dijo Phillip, señalándolos, y el hombre asintió de nuevo.

—*Il conte e la contessa* —afirmó, y Phillip asintió con una sonrisa.

—¿Son familia? —preguntó.

El hombre negó con la cabeza.

—No, yo compré hace diez años —repuso de forma clara—. Él murió hace mucho. Sin familia, sin hijos. Él murió, ella vendió la casa, se fue a Roma. Otra gente compró, rompieron mucho la casa, luego vendieron a mí. No tienen dinero, así que me la venden. —Su inglés era inconexo, pero no tuvo problemas para transmitirle lo ocurrido a Phillip.

Marguerite había vendido la casa tras el fallecimiento de su marido y se había mudado a Roma; la gente a la que se la había vendido dejó que se deteriorara por falta de dinero y luego se la vendieron a él. Daba la impresión de que aquel hombre estaba cuidando bien del lugar. Y el Ferrari y el Lamborghini que Phillip vio en el patio indicaban que tenía dinero para hacerlo.

—*Il conte era molto elegante, e lei bellissima* —dijo, hablando de lo elegante que era Umberto y de lo hermosa que había sido Marguerite mientras veía las fotos—. Muy triste, sin hijos para la casa —añadió.

Le habría gustado saber más del interés de Phillip por el lugar, pero no dominaba el inglés lo suficiente para preguntarle. De todas formas, le indicó por señas que pasara y echara un vistazo. Y, sintiéndose agradecido por el cálido recibimiento, siguió al nuevo propietario hasta la casa. Una vez dentro de los muros del palacete, Phillip se vio recorriendo las maravillosas habitaciones llenas de antigüedades y obras de arte moderno, que casaban bien con la decoración. Las paredes estaban pintadas en tonos pastel, suaves y sutiles, y desde los pisos superiores, por los que condujo a Phillip, se contemplaba una vista espectacular del mar.

—Me gusta muchísimo esta casa —explicó el hombre, llevándose la mano al corazón mientras Phillip asentía—. Buena sensación, muy cálida. Pertenece a la familia de *il conte* durante cuatrocientos años. Yo soy de Florencia, pero ahora también de Nápoles. A veces Roma. Galería de arte —dijo, señalando los cuadros y luego a sí mismo. Phillip supuso que se refería a que era marchante. Los cuadros de las paredes eran impresionantes, de artistas de renombre a los que Phillip no le costó reconocer. Entonces sacó su tarjeta de visita, que le mostraba como uno de los trabajadores de Christie's; el dueño del palacete la reconoció de inmediato y quedó muy impresionado—. *Gioielli?* —repuso, señalando la palabra «joyería» en la tarjeta.

Phillip asintió.

—Antes, *prima*... —Phillip utilizó una de las pocas palabras que conocía en italiano—, arte, cuadros. —Señaló las obras de las paredes—. Ahora, *adesso*, *gioielli*, pero prefiero el arte.

El hombre rio al comprender y pareció estar de acuerdo. Acto seguido se refirió a Umberto y a Marguerite de nuevo.

—*La contessa aveva gioielli fantastici* —comentó, apuntando con el dedo las fotos de Marguerite con algunas de sus joyas—. He oído. Joyas muy famosas, pero luego nada de dinero cuando murió *il conte*. Muchos coches, caballos, *gioielli*, así que vende la casa. Y quizá muy triste aquí después de que murió, sobre todo sin hijos.

Phillip asintió, de acuerdo con él. El propietario del palacete estaba creando, aun con pocas palabras, la imagen de una pareja que había gastado mucho dinero y que quizá empezara a quedarse sin blanca en la época en que falleció Umberto, de modo que ella tuvo que vender el palacete y mudarse a un apartamento en el edificio por delante del cual había pasado en Roma. Seguramente viviera de los ingresos del palacete durante algún tiempo y luego regresara a Estados Unidos. Por lo que Phillip había recabado hasta el momento, del pequeño apartamento en el que estuvo en Murray Hill y el asilo en Queens, había vivido con sencillez también en Nueva York. Sus días de gloria los había pasado allí, en vida de Umberto. Tras su muerte, solo le quedó el valor de las joyas, que era considerable. Pero, exceptuando dos anillos, no las vendió para obtener dinero con el que vivir, tal vez por amor a él. Sin duda había sido una intensa historia de amor, cuyo recuerdo había perdurado el resto de su vida, mucho después que la de él.

El italiano, pensando lo mismo, señaló las fotos y se llevó la mano al corazón con expresión de ternura. Phillip asintió. Aquello era justo lo que le había llevado allí, y el hombre con el que estaba conversando, aunque con escasa fluidez, parecía entenderlo. Este sacó su tarjeta de visita para dársela a Phillip; había supuesto bien. Se llamaba Saverio Salvatore y era dueño de la galería de arte del mismo nombre, con sede en Florencia y en Roma. Había sido un encuentro fortuito y Phillip había disfrutado hablando con él. Cuando regresaron al patio y Phillip le dio las gracias en italiano y en inglés, Saverio le miró con afecto y señaló una fotografía especialmente entrañable de Marguerite y Umberto.

—¿Me la envía? Me gusta para esta casa. Fue su hogar durante muchos años.

Phillip accedió de inmediato y dijo que le mandaría varias. Le conmovió que el nuevo propietario quisiera tener sus fotografías. Su historia de amor se ganaba las simpatías de todo el mundo.

Los dos hombres se estrecharon la mano antes de que Phillip atravesara la verja y Saverio se despidiera con la mano y regresara a la casa. No habían recorrido los jardines, que eran costosos, pero Phillip había visto suficiente. Se había formado una clara imagen de cómo y dónde habían vivido. Fue una vida de lujo. Y tenía la agradable sensación de que al hombre que residía allí le importaban y los respetaba. Sus recuerdos jamás pasarían al olvido. A Phillip le invadió una sensación de paz mientras arrancaba el coche y regresaba al hotel.

El viaje a Nápoles no había resultado provechoso para Christie's ni para la subasta de las cosas de Marguerite, y sin embargo sabía había hecho lo correcto yendo allí. Estaba seguro. Y pensaba conservar la tarjeta de Saverio; esperaba que volvieran a verse. Tenía intención de cumplir su promesa y enviarle las fotos de Umberto y de Marguerite.

## 14

Ese fin de semana, ya de vuelta en Nueva York, Phillip llamó a su madre. Tenía intención de cenar con ella el domingo por la noche, por eso le contó todo lo que había descubierto sobre Marguerite, sobre las joyas, e incluso le dijo que había estado en la casa donde había vivido con su marido. Como sabía que a ella le interesaría, le agregó algo de picante a su historia. Marguerite estaba dejando de ser un misterio para ellos: había tenido una casa, un hombre que la había querido e incluso una vida privilegiada. Ya no se trataba de un simple nombre en una caja de seguridad del banco, alguien capaz de atesorar una colección de joyas extremadamente valiosas. El hecho de saber que había perdido su fortuna, que en el momento de su muerte disponía de menos de dos mil dólares, que vivió en un apartamento diminuto durante un montón de años, que había acabado sus días en una residencia de ancianos en Queens y que no había vendido las joyas, pese a que eso le habría permitido vivir con holgura, resultaba incluso más emotivo e intrigante. Era obvio que las joyas de Umberto habían significado mucho para ella.

Quería contarle todo eso a su madre, y hablarle también de la subasta de París, y del resto de su viaje, incluido el dramático momento en el que gobierno francés había reclamado la tiara de María Antonieta como patrimonio histórico. Estaba convencido de que a su madre le encantaría oírle hablar de todo eso. Sin embargo, se sorprendió al ver que Valerie le respondía de un modo un tanto sombrío, con seriedad. Cuando le dijo que quería verla, le dio la impresión de que ella también tenía algo que contarle.

—¿Te encuentras bien, mamá? ¿Todo en orden?

—No, quiero hablar contigo. Tengo que tomar algunas decisiones.

—¿Es un tema de salud? —preguntó con un cosquilleo de terror.

—No, querido, estoy bien. Es sobre otra cosa. Necesito tus excelentes consejos.

Phillip estaba al corriente de que su madre había ido vendiendo, de manera periódica, las acciones de su padre. Había invertido el dinero en un sólido fondo de inversión, de ese modo no tendría que preocuparse por el dinero del seguro que había heredado tras la muerte de su marido. Y le gustaba pedirle consejo a Phillip acerca de esos asuntos.

—¿El domingo por la noche?

—De acuerdo. Que pases una buena semana. —Pero se quedó preocupado tras hablar con ella. Le había dado la impresión de que quería contarle algo serio. Esperaba que no le hubiese mentido y que estuviese bien de salud. Como suele suceder con los hijos únicos, se sentía responsable y se preocupaba por ella, a pesar de que no era especialmente mayor y se comportaba como una mujer del todo independiente. Tenía setenta y cuatro años, pero ni los aparentaba ni actuaba como si los tuviese.

Durante el fin de semana, también había estado pensando en Jane Willoughby. Quería llamarla y contarle cómo le había ido el viaje, la investigación sobre Marguerite, por eso decidió invitarla a almorzar otra vez, sin importarle si tenía pareja o no. Había descubierto un montón de cosas de Marguerite en Europa y quería compartirlas con ella.

Mientras él trabajaba en el barco, Jane se estaba instalando en su nuevo piso. Se trataba de un apartamento de un solo dormitorio en el meatpacking district, cerca de donde vivía Alex, y estaba encantada de haberlo conseguido. Sus padres la ayudarían a pagar el alquiler hasta que encontrase un trabajo. Jane no había vuelto a saber nada de John desde la mudanza. Las aguas se habían calmado y no había quedado ni rastro de él. Fue como si se hubiese olvidado de su existencia; lo cual, por qué negarlo, había resultado doloroso. Había dado por supuesto que estaba con Cara, pero ya no le importaba. Fue una dura lección para Jane, pero lo único que lamentaba era no haberse mudado cuando empezaron a torcerse las cosas, meses atrás. Los últimos seis habían sido una pérdida de tiempo absoluta, y que la ignorase con semejante despreocupación, excusándose con las cosas de la facultad y otros proyectos, le resultaba insultante.

Aquella semana, Jane se tomó un día libre en el trabajo y se fue a IKEA para comprar las cosas básicas que necesitaba, pues el apartamento no estaba amueblado. La ayudó Alex. Se le daban bien el taladro y el martillo. Y cuando llegó la noche del domingo, ya se había instalado. El apartamento había quedado la mar de bien. Suponía una nueva oportunidad para la joven. Esa noche, para inaugurar su nueva casa, Alex y ella vieron una película y comieron palomitas.


La tarde del domingo Phillip salió de Long Island un poco antes de lo habitual. Llovía, sabía que el tráfico sería complicado, y estaba ansioso por ver a su madre. Se detuvo para comprar una botella del rosado que a ella le gustaba y, a las cinco en punto, llamó a su puerta. Su madre pareció sorprendida al verlo.

—¡Llegas pronto! —le dijo con evidente agrado, al tiempo que él le tendía la botella; lo cual también le gustó.

—Me pareció que teníamos mucho de que hablar. Así dispondremos de algo más de tiempo —explicó sin alterar el gesto mientras entraba en el apartamento. Estaba seguro de que su madre había estado trabajando; podía oler la pintura al óleo todavía fresca, un aroma familiar que le encantaba y que asociaba a su madre desde siempre.

Minutos después, tras servir un par de copas de vino, se sentaron en el acogedor salón. Ella lo hizo en su viejo sillón orejero de piel, su favorito, y él se dejó caer en el sofá, mirándola con aire inquisitivo.

—¿Qué querías contarme? Empieza tú. —Llevaba dos días dándole vueltas a aquella cuestión.

—Es una historia un poco larga —respondió ella con un suspiro justo antes de darle un sorbo a su copa—. Ya estaba al corriente la última vez que nos vimos, pero necesitaba algo de tiempo para pensarlo. En cierta medida, fue todo un shock.

—Al oír aquellas palabras, a Phillip ya no le cupo duda: su madre tenía algún problema de salud. Contuvo la respiración mientras la escuchaba. Sin embargo, a pesar de lo que acababa de decir, tenía muy buen aspecto, el de siempre—. Te dije que había ido a ver a Fiona, mi antigua niñera. Quería que me ayudase a entender algo. Estuve mirando las fotos de Marguerite que me diste y no encontré nada que me llamase la atención. Supongo que era fácil apreciar cierto aire familiar, pero, a decir verdad, tenía el típico aspecto de norteamericana blanca y, por qué negarlo, todos los blancos anglosajones se parecen —dijo ella con desdén.

Phillip rio ante la irreverencia de su madre.

—Bueno, no siempre —respondió, y entonces fue ella la que sonrió.

—En lo referente a su físico, no encontré nada demasiado destacable en ella. Pero lo que sí me conmovió profundamente fueron las fotografías de la niña. Apenas tengo fotografías de cuando era pequeña, mis padres no fueron muy afectuosos, por decirlo de algún modo, pero estoy convencida de que era yo. No hay ningún nombre escrito en ninguna de ellas, pero mi edad coincidía con las fotografías y, de un par de ellas, estaba segura por completo. Lo que no puedo entender es qué hacían mis fotos ahí, por qué habían aparecido en una caja de seguridad.

»Fui a ver a Winnie para hablar de ello y se me ocurrió algo curioso. Me inquietó el hecho de que no hubiese fotografías de mi hermana mayor, Marguerite. En teoría, mi madre estaba tan desconsolada por su muerte que las eliminó todas, junto a cualquier otra prueba física de su existencia, lo que siempre me resultó extraño. ¿Por qué no quiso guardar los recuerdos de su difunta hija? ¿Y si se hubiese enamorado de un conde italiano, al que sin duda habrían rechazado, y estuviese viva y hubiese pasado todos aquellos años con un marido italiano? ¿Y si no fuese una mera coincidencia de nombres y Marguerite di San Pignelli fuese realmente mi hermana mayor? Debían de tener la misma edad. No te sé decir por qué, pero de repente empecé a pensar que podría ser ella. Winnie tenía solo cuatro años cuando desapareció Marguerite, y yo era un bebé, pero me pregunté si habría sospechado siquiera que Marguerite pudiese seguir viva. Quería saber si había oído algo que la llevase a cuestionarse lo que le habían contado. —Valerie miró a su hijo con intensidad.

—¿Y qué dijo? —preguntó este intrigado por lo que ella había dicho.

—Me dijo que estaba senil, que me había vuelto loca, que nuestros padres jamás habrían hecho algo así. Ella los quería mucho más que yo; fueron más dulces con ella. Es más, ella se parece a ellos, pero yo no. Siempre intentaron que pensase y me comportase como ellos, pero yo no cumplía con sus expectativas. Winnie me dijo algo que me pareció absurdo, que nuestros padres nunca nos habrían mentido, y que la de las fotografías no era yo, obviamente, y que en aquella época todos los niños tenían el mismo aspecto y llevaban la misma ropa; lo que, aunque solo en parte, es cierto. Pero la cara de esa niña se parecía tanto a la mía... eran mis ojos. No pude sacar nada en claro con Winnie. Tuvimos una discusión seria.

»Y esa noche se me ocurrió ir a ver a Fiona y preguntarle

qué sabía. Imaginé que conocería algo más acerca de las circunstancias de la desaparición de mi hermana. Años después, nos dijeron que se había ido a estudiar a Europa, a Suiza, en plena guerra. Pero ¿por qué dejarías que tu hija viajase a Europa en época de guerra? Y si en principio se fue a Inglaterra, ¿por qué murió en Italia? No nos permitían hacer preguntas sobre ella, ni nombrarla siquiera, pero yo siempre sentí curiosidad. Pensé que tal vez Fiona podría contarme algo, que reconocería las fotografías de Marguerite, si es que era ella, dado que vino a trabajar para nosotros dos años antes de que se marchase mi hermana. Así que conduje hasta New Hampshire para verla. Tiene noventa y cuatro años, pero está muy lúcida. —Valerie parecía perder el aliento a medida que avanzaba la historia, y Phillip escuchaba sin tener ni idea de qué sería lo siguiente.

»Le enseñé las fotografías y le pregunté si Marguerite di San Pignelli era mi hermana. Me rompió el corazón cuando me dijo que no. Pero no estaba en absoluto preparada para lo que vino a continuación. Me dijo que Marguerite era mi madre. Que se quedó embarazada de un chico del que se enamoró cuando tenía diecisiete años. Él tenía apenas dieciocho por aquel entonces. Los padres de ambos estaban furiosos. No les dejaron casarse y los separaron. A Marguerite la enviaron a un hogar para chicas rebeldes en Maine, para que diese a luz lejos de aquí y entregase al bebé en adopción. Pocas semanas después de que se fuera de la ciudad, los japoneses atacaron Pearl Harbor, el chico fue reclutado y lo enviaron a un campo de entrenamiento, y de ahí a California para la formación militar. Murió en un accidente prácticamente cuando llegó. Marguerite se negó a entregar al bebé, así que sus padres, mis abuelos, desaparecieron con ella y regresaron a Nueva York unos meses después de que naciese el bebé, fingiendo que era suya, sin duda amargados hasta la médula. Subieron a Marguerite a un barco sueco, es decir, neutral, con destino a Lisboa, y de ahí viajó a Londres. Nunca llegó a Suiza. Y un año después dijeron que había muerto a causa de la gripe. Por lo que a nosotros respectaba, se olvidaron de ella para siempre. En realidad, conoció al conde en Londres. Tenía dieciocho años y estaba sola en un país extranjero, en mitad de la guerra. Fue amable con ella, se casaron muy rápido, y se la llevó a Italia con él, para vivir en la casa familiar, en Nápoles. Pero sus padres se quedaron con la niña, Phillip, la primogénita de su hija, simplemente para evitar el escándalo —dijo con una mirada llena de ira y lágrimas en los ojos—. Se limitaron a apartarla de sus vidas para siempre, y se quedaron con su hija, aunque no les interesaba y nunca la quisieron. Fiona me dijo que Marguerite y el conde intentaron recuperar a la niña años después, pero sus padres hicieron todo lo que estuvo en su mano para evitarlo, y la asustaron y la amenazaron para que la historia no saliese a la luz. Y al final tuvo que rendirse. Lo único que pudo hacer Fiona fue enviarle fotografías de su hija de vez en cuando, hasta que dejó de trabajar con nosotros, al cabo de diez años.

»Pero, Phillip —dijo Valerie con los ojos anegados de lágrimas—, ese bebé era yo. Marguerite era mi madre, no mi hermana, y mis abuelos me apartaron de ella y fingieron ser mis padres, y siempre me odiaron debido a la deshonra que había llevado a la familia. He vivido una mentira toda mi vida, y eso me ha supuesto estar lejos de mi madre. Marguerite Pearson di San Pignelli era mi madre. Y no tengo ni idea de qué hacer con esta información, a quién contárselo, o incluso si tiene sentido hacerlo a estas alturas. Ella murió. —El hecho de hablar sobre el tema hacía que se sintiera de nuevo como una huérfana, tal como le había ocurrido el día que lo descubrió—. Pero no hay duda. Era mi madre. Es la solución más extraña posible, más rara de lo que podríamos haber imaginado, o de lo que yo podía creer cuando empecé a preguntarme si se trataba de mi hermana. Es como si estuviese destinada a descubrirlo todo desde el preciso momento en que te pidieron que llevases a cabo la tasación en Christie's. Era tu abuela, Phillip. Y la madre con la que yo debería haber vivido y a la que nunca llegué a conocer. —Las lágrimas le corrían por las mejillas, y Phillip le pasó el brazo por los hombros para estrecharla. No había visto a su madre en ese estado desde la muerte de su padre. Valerie lloraba suavemente entre sus brazos.

—¿Se lo has contado a Winnie? —le preguntó a su madre. Ella asintió.

—En esta ocasión sí me creyó. Seguía excusándolos. Me dijo que estaba convencida de que debían de creer que estaban haciendo lo correcto. Pero apartarme de mi madre durante toda mi vida, o tratarme como una extraña indeseada, o privarla a ella de su hermana fingiendo que había muerto, difícilmente puede entenderse como hacer lo correcto, ni siquiera para dos personas como ellos. Winnie me suplicó que no armase un escándalo. De hecho, me pidió que no dijese nada. En un principio me había acusado de andar tras las joyas, pero, de algún modo, lo de pedirme que no dijese nada me resultó mucho más doloroso que el hecho de acusarme de querer ser la heredera de una fortuna en joyas. Mis abuelos se encargaron de convertir una odiosa mentira en una verdad, y arruinaron la vida de Marguerite robándole a su única hija. Y la pobre murió sola. —Valerie se enjugó las lágrimas. Estaba conmovida por completo.

Phillip recapacitó unos segundos y dijo:

—Yo no estaba pensando en las joyas, sino en lo que todo esto significó para tu madre, y también para ti. Tienes razón, es una historia horrible. —Pero lo cierto era que había que pensar también en las joyas—. Eres la legítima heredera de esas joyas, mamá. Eres su única hija. Si es cierto, tienen que ser tuyas.

—También pertenecen a Winnie, es su hermana. Pero ahora me importan bien poco las joyas. Quiero recuperar a mi madre.

—No. Ella habría querido que fuesen tuyas. Creo que esa

es la razón por la cual las conservó durante todos esos años, a pesar de tener poco dinero. O bien las conservó por el amor que sentía por Umberto, o bien porque tenía la esperanza de encontrarte algún día y dártelas.

—De ser así, habría hecho testamento, pero no lo hizo —replicó su madre.

—No puedes saber en qué pensaba o cómo estaba al final de su vida. Lo que es evidente es que esos objetos le pertenecían, y que tú eres su única hija. No estoy seguro de qué debemos hacer ahora. Pero en esta historia hay muchas más cosas de lo que parece a simple vista, más allá del horrible comportamiento de tus abuelos. Tu madre dejó una fortuna en joyas que te pertenecen. —Ni en sus sueños más estrambóticos habría previsto semejante resultado, ni siquiera cuando le preguntó sobre la coincidencia del apellido de soltera de ambas. Había imaginado que Marguerite sería alguna prima lejana de su madre, no su abuela materna. Se trataba de un descubrimiento alucinante, para todos. No podían dejar que la historia siguiese oculta. Tenían que hacer lo correcto. Phillip no sabía qué había que hacer, pero pensaría en ello y tomaría la decisión correcta.

Cuando recuperó la calma tras la conmoción que había supuesto lo que acababa de contarle su madre, le explicó lo de sus visitas a Cartier y a Van Cleef. Le habló de las joyas, de su origen y de la relevancia de los momentos en los que se las habían regalado. Y le relató su visita al *castello* de Nápoles, y su encuentro con Saverio Salvatore, el actual dueño de la casa, un hombre encantador, y lo poco que sabía él sobre Marguerite y Umberto. Todo encajaba perfectamente, como un rompecabezas con apenas unas piezas sueltas.

—Me gustaría verlo algún día —dijo Valerie con un deje de melancolía. Después de todo, era la casa en la que había vivido su madre durante treinta y dos años junto a su padrastro. Poco a poco, Valerie iba recomponiendo la familia que nunca había tenido, e incluso a título póstumo parecía más real que los supuestos padres junto a los cuales había crecido.

Siguieron hablando hasta bien entrada la noche. Cenaron en la cocina mientras revisaban de nuevo las fotografías y recomponían la historia. Valerie acabó reconociendo, cuando terminaron con la botella de vino, que deseaba hacer un retrato de su madre a partir de una de las fotografías. Daba la impresión de querer aferrarse a su recuerdo, como la niña sin madre que había sido antaño, para sanar de ese modo la trágica pérdida del pasado.

Phillip estaba profundamente conmovido cuando salió de allí para volver a casa. Tenía muchas cosas en las que pensar, tanto acerca del pasado como sobre el presente y el futuro. Había que tomar ciertas decisiones con respecto a las joyas. Pero lo único en lo que Phillip podía pensar a esas horas era en llamar a Jane por la mañana. Con toda probabilidad, ella tendría tan poca idea como él mismo sobre qué era lo que debía hacer su madre a partir de entonces, pero tenían que hacer algo. Para saber cuáles eran los pasos a seguir, habría que esperar.

## 15

Phillip llamó a Jane a la mañana siguiente, antes incluso de que ella hubiese tenido tiempo de quitarse el abrigo al llegar a la oficina. Él todavía estaba en casa.

—¿Cómo ha ido el viaje? —le preguntó Jane, sin duda contenta de oír su voz. Había estado pensando en él esa misma mañana.

—Muy interesante —respondió. Parecía distraído, pero su tono era serio. Había pasado buena parte de la noche despierto, pensando en lo que le había contado su madre y en qué podía hacer para ayudarla. Volvió a centrar la atención en Jane—. ¿Qué te parece si comemos juntos? Tengo que hablar contigo sobre un asunto.

Daba la impresión de que se trataba de una cuestión de trabajo, nada sentimental, aunque a Jane le costaba imaginar de qué.

—Claro. ¿Dónde quieres que quedemos?

Phillip le propuso un restaurante cerca de su oficina, no muy ruidoso, donde preparaban buenos bocadillos, hamburguesas y ensaladas. No tenía ganas de que le distrajese una comida especial o unos camareros demasiado entrometidos o unos clientes ruidosos. Quedaron a las doce y media. Él ya estaba sentado a la mesa cuando ella llegó. Vestía americana, jersey y pantalones grises. Jane también se había vestido de un modo informal, pues no había pensado en la comida como en una cita. Al mirarlo vio en sus ojos que había algo que le preocupaba.

Ambos pidieron bocadillos y decidieron compartir una ensalada, y en cuanto el camarero les llevó la comanda, Phillip se volvió hacia ella y le habló del viaje a Europa, de las visitas a Van Cleef y a Cartier, así como del palacete de Nápoles. A ella la emocionó escuchar todo lo que le estaba explicando. Entonces él tomó aire y decidió ahondar un poco más y contarle el resto. Se trataba de algo muy personal e intenso, pero habían compartido muchas cosas y Phillip creía que tenía que saberlo.

—Jane, mi madre ha estado indagando por su cuenta y ha descubierto algo sorprendente. Por lo visto, se trataba de algo más que una mera coincidencia de apellidos. Mucho más, en realidad. —Le explicó entonces lo que le había confesado Fiona a Valerie, el secreto que él conocía desde la noche anterior y todavía no había asimilado—. Es increíble y extraño que llamases a Christie's para la tasación y que eso le permitiese a mi madre descubrir la verdad sobre su nacimiento, sobre su madre, y que haya quedado al descubierto todo el misterio. La realidad, decididamente, supera a la ficción. Y lo más raro es que mi madre se ha convertido en la heredera directa de Marguerite di San Pignelli. Y que Marguerite es mi abuela. Qué extraño es. —Phillip parecía aturdido mientras hablaba. Jane, por su parte, estaba alucinada. A medida que iba escuchándole contar la historia de su madre, las semejanzas con lo que ella había averiguado a través de las cartas la sorprendían más y más, dejándola sin habla—. No estoy seguro de qué tenemos que hacer a partir de ahora o cómo demostraremos ante un juez que mi madre es la legítima heredera de Marguerite. No puede limitarse a presentarse ante un tribunal y decir: «Hola, Marguerite era mi madre». Dado que sus abuelos falsificaron de algún modo su certificado de nacimiento, inscribiéndola como su propia hija, no creo que resulte sencillo demostrarlo. Por no hablar de que la subasta es dentro de dos meses. Estoy convencido de que, al final, todo se pondrá en su sitio, pero no tengo claro cuál es el próximo paso. Necesito tu consejo. ¿Tú qué opinas?

Jane tardó más de un minuto encontrar las palabras adecuadas para contestar. Entonces, de forma instintiva, entró en modo legal. Tenía muy claro qué debía hacer.

—Tienes que contratar a un abogado, de inmediato. No vas a poder manejar esto tú solo. Debes notificar al juez que has encontrado a una heredera. Tu madre tiene que entrar en escena de manera oficial. Y después tendréis que aportar pruebas. No puedo decirte cuánto durará el proceso, qué pasos deberás seguir o qué pruebas os pedirán. Pero un abogado sí podrá decírtelo. Yo no soy especialista en ese tema. Por cierto, ¿cómo se lo ha tomado tu madre? Debe de haber sido un golpe terrible descubrir que las personas que creía que eran sus padres le ocultaron la identidad de su verdadera madre, y que las mantuvieron separadas toda la vida. Es muy triste enterarse de historias como esta. Sé que estas cosas pasan, pero tiene que estar siendo horrible para ella. —Había compasión en la mirada de Jane. La impresionante historia de Marguerite, y de la madre de Phillip, se había convertido a sus ojos en algo real, palpable, lo cual la emocionaba profundamente.

—Está muy afectada, y no es para menos. En estos momentos no piensa en las joyas. Solo puede pensar en la madre que perdió. Además, su abuela nunca se mostró cariñosa con ella. Era una mujer muy fría, y estoy seguro de que culpaba a mi madre de lo ocurrido, por muy injusto que fuese. A pesar de todo, también tenemos que solucionar el tema de las joyas. Ahora que hay una legítima heredera, ya no pueden venderse, no sin su consentimiento, por lo que, en primer lugar, mi madre debe ser reconocida legalmente como legítima heredera. Y no tengo ni la más remota idea de si el proceso durará días o meses. —Parecía preocupado, igual que la propia Jane.

—Yo tampoco lo sé —admitió ella—. Puede pasar cualquier cosa, teniendo en cuenta que en los juzgados nada es rápido, sobre todo cuando se trata de asuntos relacionados con personas fallecidas que no pueden quejarse por el retraso.

Ambos sonrieron.

—Tampoco sé si mi tía Edwina va a reclamar sus derechos. Marguerite era su hermana, así que es posible que quiera una parte.

—Tienes que contratar a un abogado de inmediato —insistió Jane—. Puedo recomendarte alguno, si quieres —ofreció con diligencia.

—Ya he pensado en alguien —dijo él en voz baja.

—Pues llama hoy —le urgió la joven.

Phillip asintió al tiempo que pagaba y daba las gracias a Jane por haberle escuchado y aconsejado tan bien. Hablar con ella le había ayudado, y eso era de agradecer. Ella todavía seguía pasmada al pensar que el destino la había llevado a llamar a Phillip y que eso había provocado que su madre descubriese que era la hija de la que Marguerite hablaba en las cartas, a la que había echado de menos toda su vida. La intensidad del asunto era sobrecogedora.

—Cuando Harriet me hizo leer las cartas que había en la caja de seguridad, todavía tenía la esperanza de encontrar un testamento. No fue así, eran solo cartas, pero cuentan la historia al completo. Todo lo que me has explicado, desde el punto de vista de la madre. Dejó en Nueva York a su hija, a la que llamaba «mi querido ángel», la obligaron a desaparecer, llegó a Londres durante la guerra, conoció al conde, se casó y se fue a vivir con él, e intentó recuperar a su hija cuando esta tenía siete años. Hicieron lo que pudieron, y sus padres les pararon los pies una y otra vez. Volvió para ver a su hija cuando ya tenía dieciocho años, para contarle toda la historia, pero al verla de lejos tuvo miedo de alterar su vida, de arruinársela, en realidad, y evitó el escándalo para que su hija pudiese mantener su respetable vida. Volvió a Italia sin llegar a hablar con ella, y finalmente tiró la toalla.

»Estuvo escribiendo cartas a su hija durante más de setenta años. Eran cartas de amor a su pequeña. Aunque nunca la nombraba, decía que pensaba dejarle las joyas. Tenía intención de redactar testamento, pero obviamente no llegó a hacerlo. Y por lo que escribió en las cartas, es fácil entender que al final de su vida ya no pensaba con claridad. Vivía inmersa en el pasado. En esas cartas no hay nada que aporte pruebas legales. Va a ser tu madre la que tenga que demostrar que es hija de Marguerite. Pero está todo ahí, toda la triste historia de principio a fin, con algunos buenos momentos también. Fue feliz con el conde, aunque el motor de su vida fue siempre la hija a la que había perdido. Todavía conservo copias de las cartas en el archivo. Te las escanearé. Es una historia triste, pero al leerlas tu madre comprobará cuánto la amó su madre durante todos esos años perdidos, en los que no fueron madre e hija. —Solo podía conjeturar sobre hasta qué punto serían importantes aquellas cartas para la madre de Phillip. Eran la voz de su madre dirigiéndose a ella.

Phillip se emocionó con lo que acababa de contarle. El hecho de saber cómo se había sentido Marguerite tendría una significación especial para su madre.

—Te estaré muy agradecido si me envías las copias. A mi madre le resultará duro leerlas, pero de algún modo tal vez lo encuentre reconfortante también. Todo lo que ha llegado a saber proviene de terceras personas. Leerlo del puño y letra de su madre será un regalo increíble para ella.

—Me alegro mucho de haberlas leído —dijo Jane en voz baja, pese a no haber encontrado testamento alguno entre ellas, lo cual le habría resultado mucho más útil a Phillip.

Salieron a la calle. Ambos estaban un tanto aturdidos por lo que acababan de compartir. Para intentar aligerar un poco el peso de las emociones, Phillip decidió preguntarle cómo estaban yendo las cosas con su novio, sin esperar que hubiese cambiado nada.

—Lo cierto es que han pasado algunas cosas —señaló ella

con una sonrisa cuando ya estaba en la acera—. La situación ha cambiado para mí. Me he mudado. Ahora tengo mi propio apartamento en el meatpacking district, y me encanta.

—¿Todavía os veis? —preguntó Phillip, esperando que la respuesta fuese negativa.

—No. Ya no —contestó casi entre dientes—. Me engañaba. Y lo descubrí. Debería haberlo dejado hace seis meses, cuando empezaron a ir mal las cosas, pero creí que podría funcionar. Me equivoqué. Y él se ha ido a Los Ángeles con ella.

Phillip intuía que había sido un fracaso absoluto. Esperaba que no hubiese resultado muy doloroso para ella. Jane parecía tranquila y serena al respecto, incluso aliviada.

—¿Puedo invitarte a cenar algún día? —le preguntó Phillip, como había hecho tiempo atrás.

En esta ocasión ella asintió. Parecía contenta.

—Me encantaría —dijo con una cálida sonrisa, y él le prometió mantenerla informada de la situación de su madre y de los pasos que seguirían para confirmar que era la heredera de Marguerite.

Phillip tenía el presentimiento de que iba a resultar complicado y probablemente se prolongaría. Jane prometió que le enviaría las copias de las cartas de Marguerite esa misma tarde. Él quería quedarse con una copia y leerlas también. Sentía una enorme compasión por su madre debido a lo que acababa de descubrir.

—Te llamaré —prometió Phillip y, tras besarse en las mejillas, Jane le deseó suerte.

Él se encaminó deprisa a su oficina para llamar a su prima Penny. Era la abogada que tenía en mente, siempre le había asesorado bien. La telefoneó en cuanto se sentó a su mesa, y ella salió de la reunión en la que estaba para poder hablar con él. Como primos e hijos únicos los dos, siempre habían estado muy unidos. Penny tenía cuarenta y cinco años, y tres hijos adolescentes: uno de trece años, una de catorce, que la estaba volviendo loca, y uno de dieciocho, que estaba cursando su último año en el instituto. Esos eran los nietos de los que Winnie siempre se quejaba a su hermana.

—¿Qué pasa? ¿Te han arrestado? —preguntó ella con sorna, y se echó a reír.

—Todavía no. Pero sigo trabajando en ello. Verás, ha ocurrido algo, algo importante. ¿Puedo pasar por tu despacho y te lo cuento?

Penny trabajaba en Wall Street, y su especialidad eran impuestos y leyes inmobiliarias, lo que la convertía en la aliada ideal.

—¿Cuándo?

—¿Ahora? ¿Más tarde? ¿Dentro de diez minutos?

—Mierda, estaré reunida hasta las seis. Si es algo importante, le pediré a mi asistenta que se quede hasta tarde y les dé la cena a los monstruos.

—Si puedes hacerlo, te lo agradecería —dijo él con sinceridad.

—Pues nos vemos a las seis. No te has metido en problemas, ¿verdad? ¿Fraude fiscal? ¿Malversación?

—Gracias por la confianza —respondió con una sonrisa.

—Nunca se sabe. Cosas más extrañas se han visto.

—No tan extrañas como lo que tengo que contarte. Nos vemos luego. Y muchas gracias, Penny.

—No hay de qué. Nos vemos a las seis.

Iba a tener que esperar tres horas hasta encontrarse con Penny. Al cabo de media hora, Jane le envió las cartas de Marguerite y se pasó toda la tarde sentado a su escritorio leyéndolas, con las lágrimas resbalándole por las mejillas. Con todo lo que había descubierto, le parecía trágico que a Marguerite le hubiesen robado a su hija. Más por la madre que por la hija, dado que ella no tenía ni idea de la verdad. Marguerite sabía perfectamente qué había perdido y la echó de menos toda la vida.

El bufete en el que trabajaba Penny era muy conocido y gozaba de muy buena reputación. Era socia de pleno derecho desde hacía unos cuantos años y, cuando Phillip entró en su despacho, que era estupendo, su prima se levantó para recibirlo. Era una pelirroja muy guapa, con un cuerpo espléndido, y un marido que estaba loco por ella.

Penny volvió a sentarse a su mesa después de abrazarlo, y él tomó asiento al otro lado y le contó la historia al completo. El secreto del nacimiento ilegítimo de su madre; cómo sus abuelos se habían hecho pasar por sus padres, gracias a un certificado de nacimiento por el que tuvieron que pagar, que afirmaba falsamente que su abuela era su madre; cómo hicieron «desaparecer» a su hija mayor y se quedaron con Valerie; la coincidencia de que le encargasen a él la tasación de las propiedades no testadas, las conjeturas de su madre y la información que le había dado su antigua niñera, información que por lo visto era fiable pero no oficial. También le habló de las cartas, que confirmaban todo lo dicho a través de las sentidas palabras de Marguerite.

—¿Qué podemos hacer ahora para demostrar que mi madre es la legítima heredera?

Penny reflexionó unos segundos y después tomó unas notas en una libretita, como llevaba haciendo todo el tiempo. Sin duda había oído contar un montón de historias extrañas, pero la de Phillip era la más llamativa de todas.

—En primer lugar, enviaremos a alguien para que tome declaración a la niñera. No perdemos el tiempo con los que tienen noventa y cuatro años. Si la niñera muriese esta noche mientras duerme, la historia y la confirmación de la misma morirían con ella. Intentaré enviar a alguien mañana. ¿Crees que colaborará?

—Que yo recuerde, es bastante parlanchina. Por otra parte, quería que mi madre conociese la historia. No sé por qué no se lo contó antes. Pero al menos ya lo ha hecho. Si no hubiese realizado la tasación, mi madre nunca habría visto esas fotografías y probablemente nunca habría descubierto quién fue su madre, o que nuestra abuela no era en realidad su madre. —La historia era tan asombrosa que ambos estaban impresionados.

—El destino adopta caminos extraños. —Penny lo creía de verdad—. Tu madre tal vez no quiera seguir este consejo, pero estaría muy bien que se hiciera una prueba de ADN. Necesitamos una orden para exhumar los cuerpos de su madre, mi tía y tu abuela, supongo —añadió mientras recapacitaba—. Necesitamos el permiso de un juez. No creo que nos impidan hacerlo, teniendo en cuenta que correríamos con los costes, ¿no es así? —Él asintió—. Si hay coincidencia, todo será rápido. El juez confirmará que tu madre es la legítima heredera, y lo que haga después con las propiedades será cosa suya. Los resultados de una prueba de ADN tardan unas seis semanas, y si hay una coincidencia positiva todo quedará resuelto.

—¿Y tu madre? Como hermana de Marguerite, ¿también sería heredera directa?

Penny lo pensó un momento. Sabía lo impredecible que podía ser la gente que se veía envuelta en un caso de herencia, pero creía conocer a su madre, y también sabía de su situación económica. El padre de Penny le había dejado una fortuna considerable, y los padres de este habían establecido un amplio fideicomiso para Penny. Ninguna de las dos tenía necesidad alguna de luchar por el dinero.

—Podría reclamar las propiedades —admitió Penny—, pero creo que debemos dejar ese tema a las hermanas. Que sean ellas las que lleguen a un acuerdo. Me parece que mi madre no querrá reclamar, y se alegrará por la tuya. Supongo que ella lo merece, sobre todo después de descubrir que la engañaron acerca de quién era su verdadera madre. ¿Esas joyas merecen una buena oferta?

—Según nuestras estimaciones, unos veinte o treinta millones, antes de impuestos, por descontado, lo que reduciría la cantidad a la mitad. —Aun así, era una cifra impresionante.

Penny soltó un silbido.

—Eso es un dineral. —A Valerie podrían quedarle entre diez y quince millones después de pagar impuestos. Tendría la vida arreglada, incluso mejor de lo que suponía el seguro de vida de su marido—. Es una historia extraordinaria. Da la impresión de que el destino ha hecho de las suyas. A veces olvidamos que a las personas buenas les pasan cosas buenas, no solo malas. Sería genial para tu madre.

—Sí, lo sería —aseveró Phillip. Y también lo sería para él algún día, aunque entonces no pensó en eso.

—Bien, pues empecemos. Mañana enviaré a alguien para que hable con la niñera. Pásame un mail con sus datos. Pregúntale a tu madre lo de la prueba de ADN y dile que me llame. Prepararé una orden de exhumación del cuerpo de Marguerite. Es menos complicado de lo que parece. Y si nadie se opone a que demuestre que es la legítima heredera, no habrá problema.

Por lo visto, el final de la historia iba a ser más sencillo y feliz que el principio, y con algo de suerte tendría un resultado satisfactorio para su madre, lo cual le supondría cierto consuelo, aunque las joyas y lo que ganase con ellas no podrían sustituir a una madre.

Eran las siete y media cuando Phillip salió del despacho de su prima. Llamó a su madre en cuanto llegó a casa. La pilló pintando. Le contó lo que le había dicho Penny, y ella accedió de inmediato a la prueba de ADN y le dio también la dirección de la residencia donde vivía Fiona, en New Hampshire. Phillip dijo que la telefonearía para avisarla de que irían a tomarle declaración. Cuando Valerie llamó a Fiona, esta le aseguró que estaría encantada de contarle la historia al investigador que fuese a verla.

La idea de la prueba de ADN inquietaba a Valerie. Pensó que lo mejor sería llamar a su médico al día siguiente. Daba la impresión de que se veía impulsada por la necesidad de demostrar que Marguerite era su madre, algo que nadie negaba. Y ya nadie iba a poder negarlo, ni entonces ni nunca. Sin embargo, quería una confirmación oficial, al menos para poder decirse a sí misma que había tenido una madre que, a pesar de todo, la había amado.

Finalmente, Valerie telefoneó a Winnie. Deseaba que supiese lo que estaba haciendo. Winnie escuchó con atención, aunque respondió con un tono un tanto extraño.

—Es todo tan complicado... —dijo con tristeza—. Exhumación de cuerpos, pruebas de ADN. Ojalá pudiéramos dejarlo todo como está.

Pero entonces las joyas de Marguerite pasarían a manos del estado, lo que tampoco le parecía bien. Odiaba todo aquel revuelo, y también el hecho de tener que afrontar que sus padres habían mentido. Ya no estaba enfadada con Valerie, simplemente le habría gustado que nada de aquello hubiese ocurrido o que no se hubiese descubierto. Sí estaba un poco molesta con Fiona por haberle contado la historia a Valerie. Winnie prefería la táctica del avestruz, la misma que habían empleado sus padres, pues le resultaba doloroso admitir que habían mentido.

—Sé que crees que hago todo esto por el dinero —dijo Valerie apesadumbrada—, pero, por mucho que te cueste creerlo, no es así. Solo quiero demostrar que era mi madre. Nunca sentí que tuviese una verdadera madre. Pero ahora sí. —Era muy tarde para cambiar nada, y para Winnie no dejaba de ser algo un poco infantil, pero podía entender cuánto le importaba a Valerie, y el proceso no iba a detenerse llegados a ese punto. Habían abierto la caja de Pandora—. Y tienes derecho a reclamar tu parte de las joyas —añadió—. Era tu hermana.

—No quiero nada de sus joyas —respondió Edwina con tono firme—. Henry me dejó más que suficiente. No sabría ni qué hacer con eso. Y mis suegros ya pensaron en Penny.

Tendrá siempre todo lo que necesite, y también sus hijos. Contraté un fideicomiso para ellos. Me preocupáis más Phillip y tú. Si realmente era tu madre, tienes todo el derecho.

—Winnie no era una persona de trato fácil, ni demasiado alegre, pero era justa y honesta, y no tenía ninguna intención de enfrentarse a Valerie por las joyas, ni siquiera por una pequeña parte—. Si resulta que soy tu tía y no tu hermana, puedes invitarme a cenar —agregó con una gélida sonrisa.

—Si te parece bien, te llevaré a Europa —le prometió Valerie—. Quiero visitar algunos de los lugares en los que vivió. Phillip fue a ver el palacete de Nápoles. —Valerie parecía ilusionada al decirlo.

—Siempre me pongo mala en Italia —se lamentó Winnie—. La comida es demasiado rica. La última vez tuve diverticulitis.

Valerie se echó a reír.

—Bueno, piénsatelo.

—Puedes traerme fotos —replicó Winnie.

Valerie sabía perfectamente que sería mucho más fácil viajar sin ella, pero agradeció que no pareciese dispuesta a pelearse por las joyas, que no quisiese nada. Simplificaría el proceso.

Al día siguiente, Valerie fue a hacerse la prueba de ADN. Penny preparó una solicitud para exhumar el cuerpo de Marguerite y realizarle también la prueba, y envió a un investigador profesional a New Hampshire para que entrevistase a Fiona. Ya estaba de camino.


Jane fue al despacho de Harriet esa misma mañana, en cuanto llegó al trabajo.

—Tenemos una heredera para la herencia Pignelli —dijo, nerviosa.

Harriet puso los ojos como platos.

—¿Han respondido al anuncio? —Parecía asombrada, pero también complacida.

—Es mucho más complicado. —Jane le contó la historia con todo detalle, y Harriet escuchó con la boca abierta.

El formulario para la petición de exhumación del cuerpo de Marguerite para la prueba de ADN estaba encima de su mesa dos días después, y lo envió al juzgado inmediatamente para facilitar el proceso. Y cuando Jane salía de su despacho no pudo evitar pensar que, si hubiese optado por realizar las prácticas en Derecho de Familia, y no como sustituta en tribunales, no habría conocido a Phillip y posiblemente su madre nunca habría descubierto su verdadera historia.

Phillip la había invitado a cenar ese fin de semana y a navegar en su barco cuando hiciese algo más de calor. Le había hecho ilusión. Esos días la vida parecía irle mejor. Y todo gracias a Marguerite Pearson di San Pignelli y a las joyas que había dejado en una caja de seguridad abandonada. Lo cierto era que todo el asunto tenía algo de milagroso.


La misma noche en que Phillip tuvo las cartas en su poder, las imprimió y se las llevó a su madre. Tarde o temprano se haría con los originales, pero sabía que a ella le gustaría leerlas de inmediato, y no en una pantalla.

Le explicó muy despacio de qué se trataba, pero ella empezó a llorar antes de sacarlas siquiera del sobre de papel manila en el que estaban metidas. Tras darle las gracias por habérselas llevado, le dijo a su hijo que quería leerlas a solas. Imaginaba que le resultaría doloroso, aunque no tenía ni idea de lo terriblemente conmovedor que sería leer acerca de las décadas de sufrimiento y la pérdida de su madre, después de haber entregado a su hija, para echarla de menos toda su vida.

Valerie lloró durante horas mientras leía con gran atención, una y otra vez. Pero cuando acabó tenía la absoluta certeza sobre el amor que le profesado su madre. Le habría gustado que se hubiese atrevido a acercársele cuando tenía dieciocho años, en lugar de haber temido arruinarle la vida. No lo habría hecho. Para ella habría sido una ventaja inconmensurable conocer a una madre amorosa que sustituyese a la que tenía. Le habría gustado que Marguerite hubiese contactado con ella a lo largo de los años, o cuando se estableció de nuevo en Nueva York, hacía ya veintidós años. Valerie la habría recibido con los brazos abiertos en cualquier momento de su vida, pero ya no tendría oportunidad de hacerlo. Al menos sabía a quién había perdido, la mujer que fue, y el amor que su madre había sentido por ella. Saber todo eso era como un bálsamo para sus viejas heridas, para el hecho de no haber experimentado nunca el amor de una madre, a excepción del que recibió de su niñera, Fiona, hasta los diez años. La mujer que había fingido ser su madre, su propia abuela, jamás fue amorosa con ella. Se había hecho cargo de Valerie simplemente para evitar el escándalo, pero nunca había sentido nada profundo por ella; si acaso resentimiento por el modo en que había sido concebida. Y había apartado de su vida a su propia hija, al tiempo que le robaba el fruto de su vientre. Dos hijas habían salido perdiendo, no solo una.

A Valerie seguía pareciéndole inconcebible, pero era justo lo que había ocurrido, y lo único que le habría gustado hacer, al acabar de leer las cartas, era abrazar una sola vez a su madre para que pudieran expresarse el amor que sentían la una por la otra. Valerie habría dado cualquier cosa porque eso fuese posible. Pero tendría que conformarse con las cartas, que no dejaban de ser un maravilloso regalo de parte de la madre a la que nunca llegó a conocer. Sabía con todas las fibras de su ser que Marguerite la había amado en cuerpo y alma.

# 16

La noche después de que le sacasen sangre para la prueba de ADN, Valerie estaba pintando en su estudio. La figura en la que había estado trabajando, la de la desconocida, iba adquiriendo cada vez más el aspecto de la Marguerite que aparecía en las fotografías. El cuadro tenía algo inquietante, melancólico, como un misterio que surgiese entre la bruma. Había también algo triste en aquella pintura. Las palabras de Fiona sobre sus verdaderos padres seguían resonando en la cabeza de Valerie, como si se tratase de la historia de Romeo y Julieta. Fiona le había dicho que a los padres de Tommy les había contrariado tanto aquel embarazo como a los de Marguerite, por lo que tampoco la habrían recibido cariñosamente, teniendo en cuenta que era el fruto de la inconsciencia de su hijo. Y ni siquiera cuando murió debieron de querer a su hija, pues de ser así habrían reclamado la custodia de algún modo; pero nunca lo hicieron, o no que ella supiese, aunque tal vez sus abuelos también evitaran esa posibilidad. Lo que tenía claro era que sus abuelos paternos debían de haber muerto, pues de no ser así contarían ya más de cien años, como los abuelos a los que sí había conocido. Sin embargo, no podía evitar preguntarse si habría sobrevivido algún otro miembro de la familia. Dado lo rápido que murió tras concebir a Valerie, Tommy seguramente no llegó a tener más hijos, pero quizá tuviera hermanos o primos. Anhelaba saber de sus familiares. Quería averiguarlo todo. Tenía la mitad de la ecuación... y deseaba el resto.

Dejó los pinceles y salió del estudio. Se sentó a su escritorio y, en el ordenador, escribió el nombre de Tommy y el de sus padres en Google. Los buscó de diferentes maneras, utilizando el día de nacimiento de Tommy y la fecha aproximada de su muerte. Thomas, Muriel y Fred Babcock. Lo que logró encontrar fue la confirmación de que habían fallecido. Después probó con Thomas Babcock, pensando que cabía la posibilidad de que algún familiar hubiera puesto el nombre de su padre a alguno de sus hijos, dado que murió combatiendo. Encontró a uno en Nueva York, diez años más joven que ella, lo cual podría coincidir, si Tommy había tenido un hermano que hubiese llamado así a su hijo en su honor.

Valerie sentía que el corazón le latía con fuerza dentro del pecho. Con mano temblorosa, marcó el número en su móvil y contuvo el aliento mientras escuchaba los tonos. Sin duda sería increíble dar en la diana al primer intento, pero la mera posibilidad la ilusionaba. Había oído historias parecidas, sobre gente que buscaba a parientes perdidos durante años, a veces personas que habían sido entregadas en adopción, y que como resultado de una llamada azarosa volvían a encontrarse gracias a internet. Se había convertido en una de esas personas, esos niños concebidos fuera del matrimonio, en busca de sus raíces, impelidos a encontrar a sus parientes con la intención de reunir los fragmentos de una vida perdida antes de que fuese demasiado tarde. ¿O era ya realmente demasiado tarde? ¿Habrían muerto todos los parientes de Tommy? ¿Había sido hijo único?

Al tercer tono, respondió un hombre. Tenía una voz agradable. Valerie empezó a contar a toda prisa, nerviosa, la historia sobre Tommy Babcok y su madre; lo que había ocurrido setenta y cinco años atrás. Los jóvenes amantes obligados a separarse, el embarazo no deseado, y la muerte de él durante las primeras semanas de la guerra. Incluso a sus oídos, se trataba de una historia muy extraña. El hombre al otro lado de la línea guardaba silencio, escuchando.

—¿Tenía o tiene usted un tío o un pariente llamado Thomas Babcock? —preguntó esperanzada, y esperó ansiosa la respuesta.

—Sí, lo tuve —respondió—, pero no creo que sea la persona que está usted buscando. Tuve un tío que se llamaba Tom, y mi abuelo también se llamaba Thomas. No creo, sin embargo, que mi tío sea su hombre. —Dejó escapar una leve risita.

—¿Por qué no? —dijo Valerie con curiosidad, preguntándose si sería la persona adecuada. Muchas coincidencias que habían parecido erróneas en un principio habían acabado siendo ciertas.

—Mi tío era homosexual. Fue uno de los primeros activistas en favor de los derechos de los homosexuales, y se trasladó a San Francisco en los años sesenta. Era un tipo estupendo. Contrajo el sida y murió en 1982. No creo que tuviese hijos. Fue un escenógrafo de gran talento en Broadway, y en San Francisco se hizo famoso como diseñador de interiores. —Su sobrino parecía orgulloso de él, pero no cabía duda de que no era la persona que andaba buscando—. Confío en que encuentre a algún familiar de su padre. Es una historia muy triste. ¿Por qué ha esperado tanto para buscar a su familia?

—He descubierto la verdad hace muy poco. En aquellos tiempos, tener un hijo fuera del matrimonio era un escándalo, nadie hablaba de esas cosas.

—Me lo imagino —dijo él amablemente—. Bueno, que tenga suerte.

Colgaron instantes después. Valerie se preguntó a cuántos Babcock equivocados tendría que telefonear y si llegaría a encontrar al correcto, aquel que, de algún modo, estuviese emparentado con su padre.

Volvió a probar con el mismo nombre, y le siguieron decenas, algunos de hasta cuatro años de edad, de distintos estados. Por último, uno le pareció posible. Tenía setenta años, había nacido un año después de que acabase la guerra, y vivía en Santa Barbara, California, con su esposa, Angela, y un tal Walter Babcock, de noventa y cuatro años. De inmediato la asaltó la imagen de aquella posibilidad. ¿Y si Tommy había tenido un hermano mayor que se había casado y, justo después de la guerra, había tenido un hijo al que había puesto el nombre de su hermano fallecido? Ya creía que todo era posible. Le habría gustado poder llamar a Fiona para preguntarle al respecto, pero era demasiado tarde, seguramente habría tenido que despertarla.

Valerie estaba sentada observando los nombres y los números, deseando telefonear. Ya no le importaba si la gente pensaba que estaba loca. Agarró el aparato y llamó. En California eran solo las siete de la tarde, así que lo peor que podían decirle era que se había equivocado de número. Había decidido preguntar por Thomas Babcock y no por su padre. Si estaba en lo cierto, el tal Thomas podría ser el sobrino de su padre. Respondió una mujer con un ligero acento del sur, y Valerie preguntó, cerró los ojos y esperó. No tenía nada que perder, excepto tiempo y vergüenza, y ambas cosas le importaban bien poco.

Al cabo de unos segundos, se puso al teléfono un hombre con una voz grave y vibrante. No daba la impresión de sentirse molesto por el hecho de que le llamase una extraña. Ella le explicó con rapidez, y con toda la claridad de la que fue capaz, el motivo de la llamada.

—Sé que debe parecerle una locura, pero nací en junio de 1942, y fui hija ilegítima. Mi madre se llamaba Marguerite Wallace Pearson, y mi padre fue un joven llamado Tommy Babcock. Los padres del chico eran Muriel y Fred. Mi madre y mi padre tenían diecisiete años cuando me concibieron, en Nueva York. A mi madre la enviaron a Maine para que diese a luz en secreto. Mi padre se enroló en el ejército justo después de Pearl Harbor y murió en un accidente en enero de

1942, en California, antes de que yo naciese. Mis abuelos maternos se hicieron cargo de mí y me registraron como su hija. Enviaron a mi madre a Europa después de que yo naciese, y nunca volví a verla. He descubierto todo esto recientemente. No había sabido de ellos hasta ahora. Localicé a mi madre, por desgracia, seis meses después de su muerte.

»Y ahora que sé algo sobre mi padre, me preguntaba si seguiría con vida algún miembro de su familia. Tal vez conozca la historia de mis padres y la recuerde. Me preguntaba si su padre, Walter, tuvo un hermano que coincidiese con la descripción que le he dado y que muriese en tiempo de guerra. —Tras decir eso, guardó silencio.

Thomas Babcock había escuchado con amabilidad, sin pronunciar palabra, todo el recital, aunque posiblemente para nada. Pero algo en la manera en que le había contado aquella historia, en el impacto que había causado en ella, le llegó al corazón. Hablaba como una mujer juiciosa, y le había emocionado que estuviese buscando a sus padres a los setenta y cuatro años. Supuso, de forma errónea, que su vida sería aburrida, que estaría vacía. Por ello quería ayudarla, en lo que estuviese en su mano.

—De hecho —dijo con sumo tacto—, debo mi nombre a un tío que murió durante la guerra, por esa época. Solo tenía dieciocho años, pero no tuvo hijos. Era el hermano pequeño de mi padre, y estaban muy unidos, casi como si fuesen gemelos, por lo que me ha contado. Todavía llora cuando habla de él, y eso que tiene noventa y cuatro años. Se lo pasaría, pero está muy débil, se acuesta muy temprano. Ya está durmiendo.

—¿Cabe la posibilidad de que no llegase a saber nada de un embarazo no deseado o de que no le hablase a usted de ello para no ensuciar la memoria de su querido hermano pequeño?

El hombre al otro lado de la línea se echó a reír antes de responder.

—Es posible pero poco probable. Mi padre es un hombre bastante directo, en ocasiones puede ser incluso muy crudo.

Creo que me lo habría contado, si lo supiese o si hubiese ocurrido algo así. Pero puedo preguntarle. Déjeme su número y su nombre. Hablaré con él mañana y la llamaré si descubro algo. ¿Le parece bien?

—Gracias —respondió Valerie agradecida y aliviada—. Sé que puede sonar estúpido, y no sé por qué debería importarme algo así a mi edad, pero lo hace. En realidad creo que, sin saberlo, llevo toda mi vida buscándolos.

—Todos queremos conocer nuestras raíces —señaló Tom Babcock con empatía.

Ella le dio su nombre y su número de teléfono. Él dijo que la llamaría en cualquier caso, y luego colgó.

—¿Quién era? —le preguntó su esposa, Angie, cuando acabó de fregar los platos de la cena.

Residían en Montecito, en Santa Barbara, y el padre de Tom vivía con ellos. Se hallaba postrado en una silla de ruedas, pero no quería que lo llevasen a una residencia de ancianos. Habían acordado que se quedaría con ellos hasta el final. Tenían cuatro hijos mayores y seis nietos, y querían predicar con el ejemplo la idea de que los miembros mayores de la familia no deben ser dejados de lado como zapatos viejos, sino tratados con cariño y respeto, a pesar de que a veces representen un inconveniente o una dificultad. Además, se trataba de un anciano muy dulce que había perdido facultades casi de golpe el último año.

—Era una mujer de Nueva York algo mayor que yo. Me ha contado que es la hija ilegítima de un hombre llamado Tommy Babcock, que murió durante la guerra, a los dieciocho años, y de una joven adolescente que estaba enamorada de él. Es lo único que sabe de ellos. Su madre murió y está intentando encontrar a familiares de él. No creo que nosotros lo seamos. Le he prometido que se lo preguntaría a mi padre, pero él nunca me ha contado nada relacionado con eso. Y no es de los que se guarda secretos —dijo Tom al tiempo que la abrazaba.

Ella asintió. Angie era de Carolina del Sur, y llevaban casados cuarenta y tres felices años. El padre de Tom se había establecido en California, en La Jolla, tras pasar por San Diego después de la guerra, y Tom había nacido allí. Había pasado toda su vida en California, aunque sus padres eran de Nueva York. Angie y Tom se habían conocido en la Universidad de San Diego, se habían casado tras graduarse y se habían mudado a Santa Barbara, donde vivían desde entonces. Como sus hijos también vivían en Santa Barbara o en Los Ángeles, solían verlos con frecuencia.

Tom era arquitecto y todavía estaba en activo. Siempre decía que lo de la jubilación no era para él. Su padre había dirigido un negocio exitoso del que se había jubilado a los ochenta y tres años. Angie era diseñadora de interiores y solía trabajar con Tom. Eran felices, estaban ocupados y se sentían satisfechos, todavía implicados en sus respectivas carreras. Y a sus hijos les iba bien. Tenían muchos amigos y eran personas afables y cariñosas.

Valerie había advertido la amabilidad y la calidez de Tom al otro lado de la línea, y eso la había ayudado a contar la historia, aunque todo apuntaba a que no era la persona que andaba buscando. Esa llamada, sin embargo, le había requerido tanta energía que ya no telefoneó a ningún otro Thomas Babcock y se fue a la cama.


A la mañana siguiente, después de ayudar a su padre a ducharse y afeitarse, y tras vestirlo para que pudiese sentarse en la silla de ruedas, Tom le habló de la llamada de la noche anterior.

—Anoche llamó una mujer de Nueva York. Andaba buscándote a ti, papá. —Pretendía provocarle un poco, pues sabía que aún no había perdido su sentido del humor—. Me dijo que había oído decir que eras un tipo guapo. —Walter Babock dejó escapar una carcajada. No creyó una sola palabra, lo que obligó a su hijo a contarle la verdadera razón de aquella llamada—. Me dijo que sus padres tenían diecisiete años cuando la concibieron, en 1941, en Nueva York. Su madre quedó embarazada y la enviaron lejos para que diese a luz, y creo que fueron sus abuelos los que la criaron y nunca la dejaron ver a su madre. No había sabido de su existencia hasta ahora. Me dijo que su padre había muerto en un accidente justo después de su reclutamiento, en enero de 1942, antes de que ella naciese, cuando apenas tenía dieciocho años. Era lo único que sabía de él. Encontró a su madre, al parecer, pero ya había fallecido, y ahora está buscando a los familiares de su padre, para conocer sus raíces y quedar con ellos. Me dio la impresión de que era una buena persona. Tiene setenta y cuatro años, o sea que no es precisamente una niña. La historia me hizo pensar en el tío Tommy, pero nunca me has hablado de que tuviese hijos. Me dijo que su madre se llamaba Margaret Pearson o algo parecido. —Era una versión bastante aproximada de lo que había oído—. ¿Es posible que tú no supieses nada de eso? —preguntó a su padre, sin darle excesiva importancia.

Su padre reaccionó con cierta agitación. Parecía enfadado.

—Si hubiese dejado embarazada a una chica, me habría enterado. Tommy nunca habría hecho algo así. No es él, te lo aseguro. Pero ¿qué le pasa a esa mujer? A su edad, ensuciando la reputación de gente que murió hace setenta y cuatro años... Debería darle vergüenza. Espero que no vuelvas a hablar con ella. —Tenía el ceño fruncido y gesto de rabia.

Su hijo había empezado el día con mal pie. Él seguía pensando que el recuerdo de su hermano era sagrado, por eso le enfadaba tanto lo que había dicho o había intentado hacer aquella mujer.

—Le dije que la llamaría de todos modos —respondió Tom con calma—. El tema parecía preocuparle. Debe de ser muy triste no saber quiénes son tus padres hasta cumplir setenta y cuatro, no haber llegado a conocerlos.

—A su edad no debería preocuparse. ¿Es que no tiene hijos?

—No se lo pregunté —dijo Tom con sinceridad—. Tal vez no. Pero, aunque tenga, uno lee historias como esta cada dos por tres, o las ve en televisión. Niños a los que entregaron en adopción. Esa clase de cosas siempre conmueven. Me alegra que no se trate del tío Tommy. Pero debe de ser horrible para esa mujer no haber conocido a sus padres. —Él tampoco había conocido a su tío, aunque su padre se había pasado la vida hablándole de él. No había llegado a superar nunca la muerte de su hermano pequeño.

Tom llevó a su padre a la cocina para desayunar. Al poco llegaron la asistenta y el hombre que se encargaba del padre. Nunca lo dejaban solo. Solo entonces, Angie y Tom se iban a trabajar juntos. Tom telefoneó a Valerie en cuanto llegó a la oficina, y le comentó lo que había hablado con su padre.

—Lo siento mucho, señora Lawton. Me habría encantado dar con algún familiar para usted. Su historia es conmovedora y espero que encuentre a las personas que busca. Me temo que conmigo ha dado con un callejón sin salida. —No le contó lo contrariado que se había mostrado su padre, algo que le había resultado triste.

—Gracias por intentarlo —dijo Valerie amablemente, agradecida de que aquel hombre hubiese hablado con su padre y de que le hubiese devuelto la llamada, de que no la tomase por una lunática. Pero siempre pasaban cosas extrañas, y podría haber funcionado, podría haber sido el Babcock correcto—. Soy consciente de que es como buscar una aguja en un pajar. A partir de aquí no sé qué hacer. —A pesar de que había unos cuantos Thomas Babcock más, no pensaba seguir probando.

—Tal vez contratar a un detective privado sería lo más adecuado —le sugirió él.

—No había pensado en esa posibilidad —admitió—. Es que todo esto es demasiado nuevo para mí; me refiero a lo de buscar a mis padres. Siempre pensé que sabía quiénes eran. Y ahora resulta que estaba equivocada.

—Bueno, espero que tenga buena suerte —dijo Tom, y ambos colgaron.

Acto seguido, Tom se olvidó del asunto. Y durante los tres días siguientes, tanto la asistenta como el enfermero dijeron que Walter se había mostrado imposible, arisco, difícil y de mal humor, inquieto y con pocas ganas de comer.

Tom entró en la habitación de su padre cuando llegó a casa la tarde del tercer día y lo encontró llorando, lo cual le asustó. Nunca lo había visto así. Su padre se volvió hacia él con las lágrimas deslizándose por sus mejillas.

—¿Qué ocurre, papá? ¿Te encuentras mal? ¿Quieres que llame al médico? Joe y Carmen me han dicho que no quieres comer. —También se había negado a probar la cena que había preparado Angie la noche anterior.

—Es por esa mujer —dijo con un hilo de voz.

—¿Qué mujer? ¿Carmen? —La asistenta llevaba con ellos desde que sus hijos eran pequeños y siempre había sido cariñosa con él—. ¿No ha sido amable contigo?

—No es eso. —Negó desganado con la cabeza. Daba la impresión de haberse encogido en esos tres días—. Me refiero a la mujer que te llamó y te dijo todas esas mentiras sobre Tommy. ¿Por qué lo hizo? Él era un buen chico.

Estaba tan alterado que a Tom le preocupó que se tratase de un primer síntoma de demencia, a pesar de que no había mostrado ninguno antes. Estaba muy afectado y agitado.

—Claro que sí, papá. —Tom intentó calmarlo, pero su padre parecía inconsolable respecto a lo que consideraba un insulto hacia su hermano pequeño, al que veneraba como si se tratase de un santo—. Solo estaba buscando a la familia de su padre. No puedes culparla por eso. No pretendía hacer daño alguno.

—Él jamás habría dejado embarazada a ninguna chica —insistió Walter sin dejar de llorar.

—Esa mujer llegó a nosotros a través de internet, papá. No conoció al tío Tommy.

—Esa mujer es tan mala como lo fue su madre —soltó de repente con extrema fiereza, con un tono de voz que su hijo nunca le había oído—. Nunca me gustó. Quería pillar a Tommy y tuvo lo que se merecía. La enviaron a un campo para chicas díscolas en algún lugar de Nueva Inglaterra. Mis padres no permitieron que Tommy volviese a verla. Él creía estar enamorado de ella, incluso tenía intención de casarse con ella, pero mi padre no se lo permitió. Y poco después murió. No sé qué le pasó a ella. No me importó lo más mínimo.

Lloraba con más fuerza. Tom no podía dejar de mirarlo.

—¿La conociste?

Su padre no respondió, estaba mirando por la ventana con los ojos anegados en lágrimas.

—Desde que se enamoró de ella, apenas me hablaba. Ella lo hechizó. Decía que iba a casarse con ella.

Para Tom resultaba obvio que su padre había sentido celos de ella y del amor que aquellos dos jóvenes compartían. Y, al parecer, pagaron un alto precio por ello, los separaron y fueron castigados por sus respectivos padres: a la chica le arrebataron a su hija, que creció con sus abuelos, y no la volvió a ver, y el chico al que amaba murió cuando ella todavía no había dado a luz. Tom solo podía sentir lástima por aquella joven, pero su padre seguía enfadado y celoso de ella, y había mentido a su propio hijo al respecto para proteger la memoria de su hermano.

—¿Por qué no me lo contaste, papá? Estas cosas pasan, sobre todo en aquellos tiempos. Sin duda, por aquel entonces debió de ser un verdadero escándalo —dijo Tom, intentando ponerse en su lugar.

—Podría haberlo sido. Pero nuestros padres no lo permitieron. Lo taparon todo enseguida, como los de ella. Nadie quería a aquel bebé. No sé qué pasó con él, pero tuvo lo que se merecía, como su madre, Marguerite. Yo la odiaba.

—Creo que ese «bebé» es la mujer con la que estuve hablando por teléfono la otra noche. Y no estoy de acuerdo contigo en eso de que tuvo lo que se merecía. ¿Qué hizo ella para merecerlo? Han pasado setenta y cinco años, y sigue buscando a sus padres, intentando imaginar cómo eran. No me parece justo. ¿Y todo porque dos adolescentes se enamoraron? Venga ya, papá. Eres su tío. ¿Y qué ocurre si es una persona agradable? ¿Cómo querría Tommy que te comportases con la chica a la que amó o con su hija? ¿Cómo serían las cosas si se tratase de tu hija y hubieses muerto tú?, ¿él habría fingido no saber nada, la habría ignorado? Debería darte vergüenza, papá. No puedes rebajarte a algo así. Al menos podemos decirle que ha encontrado a la familia de su padre. Estoy seguro de que no va a pedirnos dinero. —Tom sonrió, intentando restar gravedad al momento.

—¿Cómo lo sabes? Los Pearson eran gente de dinero, pero perdieron la mayor parte de su fortuna durante la Depresión. Se creían mejores que los demás, y mira lo que les pasó. Su preciosa hija se quedó embarazada. Nuestra madre estaba dispuesta a matarla. Prohibió a Tommy que volviese a verla. Él se pasó la noche llorando, y al día siguiente los padres de ella la mandaron lejos. Creo que fue a verla en una ocasión, a su casa, y después lo enviaron a California y murió. —Tom nunca había oído hablar a su padre con semejante dureza. Toda la historia parecía una pesadilla, especialmente para los dos jóvenes, a los que sus respectivos padres trataron como si fueran delincuentes. Tom sentía lástima por los dos. Pero no podía negar que Valerie le había tocado la fibra. Su padre todavía no se había recuperado—. ¡No quiero tener nada que ver con ella! —le gritó Walter.

Al cabo de unos minutos, Tom salió en silencio de la habitación, para que su padre recuperase la calma. Fue a contarle a Angie lo que había pasado. Ella también se quedó anonadada. Walter había mentido para proteger el recuerdo de su hermano, y no podían reprochárselo.

—¿Qué piensas hacer? —le preguntó Angie mientras cenaban tranquilamente en la cocina, después de que su padre se hubiese ido a dormir.

Por fin se había tranquilizado, poco después de haber confesado. Tom no había vuelto a subir a su cuarto.

—Buscaré el número de teléfono de esa mujer y la llamaré mañana desde el despacho. Espero no haberlo tirado. Le diré que mi padre me mintió. Y que nunca había hecho algo así.

—Ya sabes lo que siente por su hermano —dijo Angie con suavidad, pero Tom daba la impresión de estar abatido y decepcionado.

—Imagínate la pesadilla que debió de ser todo el asunto para esos chicos, sobre todo en aquella época. Esa mujer nunca llegó a ver a su madre, ni siquiera sabe cómo era. Y con su padre ocurrió lo mismo. Quién sabe, tal vez si no hubiese muerto, el tío Tommy podría haberse casado con ella. La tal Marguerite podría haber sido nuestra tía. —Recordaba que su padre le había corregido respecto al nombre—. Pero en lugar de eso se convirtió en una especie de marginada, y su hija, en un alma en pena. Es una historia terrible —concluyó, profundamente emocionado.

Como había dicho, a la mañana siguiente lo primero que hizo fue llamar a Valerie, pues encontró el papel con su número encima del escritorio.

Valerie estaba pintando cuando recibió la llamada, mirando con los ojos entrecerrados el retrato de Marguerite. En Nueva York era el mediodía de un tempestuoso día de marzo. No reconoció la voz del hombre al otro lado de la línea.

—¿Señora Lawton? —preguntó él con cautela.

—Sí.

—Soy Tom Babcock. Hablamos la otra noche, sobre mi tío y mi padre. —Ella supo de quién se trataba en cuanto pronunció su nombre.

—Por supuesto. No había reconocido su voz —dijo con

una sonrisa—. Es usted muy amable volviendo a llamarme. Siento mucho haberle molestado, pero esperaba que fuese usted la persona que andaba buscando. —Su tono denotaba cierta incomodidad a esas horas de la mañana, pues no había sacado nada en claro de la llamada anterior.

—Le debo una disculpa —respondió Tom sin rodeos, con auténtico arrepentimiento—. Mi padre me mintió. No lo había hecho nunca. No sé qué decir aparte de que lo siento. No pretendía confundirla. Mi padre conoció a su madre, estaba al corriente de toda la historia. Lo único que no sabía era qué le había ocurrido al bebé. Supongo que en aquella época nadie hablaba de ello. Debió de ser horroroso para su madre y mi tío.

—Oh, Dios mío. —Parecía que le hubiese tocado la lotería—. ¿Su padre es el hermano de Tommy Babcock? ¿Es mi tío? —Tanto ella como Tom Babcock habían empezado a llorar. Estaba tan conmocionada que se lo había transmitido.

—Y yo soy su primo. No sé si para usted será una bendición o todo lo contrario, algo que celebrar, pero ha encontrado a la familia que andaba buscando. Y siento mucho que mi padre me engañase —repitió—. Adoraba a su hermano y creo que nunca llegó a superar su muerte. La mera idea de mancillar su recuerdo, reconociendo un embarazo no deseado, era demasiado para él.

—Entiendo. En aquella época era algo tremendo. Los pobres chicos debieron de sentirse desesperados. Cuesta imaginarlo. Y después su tío murió y mi madre debió de sentirse todavía más perdida. Sus padres la apartaron de su lado después de que yo naciese y fingieron que había muerto. La enviaron a Europa durante la guerra, cuando tenía dieciocho años, y nunca volvieron a verla. Además, fingieron que yo era su hija. Es todo muy complejo.

—Sin duda. Lamento que no llegases a conocerla —aseguró, pasando a tutearla.

—Yo también —dijo Valerie con tristeza—. Ahora dispongo de algunas fotografías de ella. Las he conseguido recientemente, y sé algunas cosas más sobre su vida. No tuvo más hijos. Solo yo.

—¿Tú tienes hijos? —preguntó Tom. Sabiendo que estaban emparentados, sentía curiosidad por ella.

—Uno. Se llama Phillip. Es maravilloso. Tiene treinta y cuatro años, y trabaja en la casa de subastas de Christie's, en el departamento de joyas. Está licenciado en Historia del arte. Su padre fue profesor de Historia del arte y yo soy artista. Pintora.

—Yo soy arquitecto y mi esposa es diseñadora de interiores. Tenemos cuatro hijos y seis nietos.

De repente, eran familia, y ambos parecían emocionados. Valerie daba la impresión de sentirse avergonzada al formular la siguiente pregunta:

—¿Sería posible que nos viésemos en alguna ocasión?

—Por supuesto —contestó Tom con dulzura—. Somos primos hermanos.

—Si le resulta incómodo, tu padre no tendría que verme —dijo, tuteándolo ella también. Sabía que Waltes era muy mayor y no tenía intención de provocarle un ataque al corazón o algo parecido.

—No podría esperar otra cosa de él —dijo Tom con firmeza—. Pero estoy seguro de que su hermano, que en gloria esté, habría querido ver a su hija si la situación fuese a la inversa; si es cierto lo que mi padre ha contado siempre de él, lo buena persona que era, a pesar de ser tan joven. Me entristece pensar que murió a los dieciocho años. —Valerie coincidió en eso con Tom.

—Si no resulta inconveniente, podría estar ahí dentro de un par de semanas. —Tom no tenía ni idea de cuáles serían las circunstancias o si ella tendría intención de quedarse en su casa, lo cual resultaría incómodo, pues no dejaban de ser extraños a pesar de ser primos—. Podría alojarme en el Biltmore —añadió con celeridad—. Lo he hecho en otras ocasiones.

—Lo hablaré con mi mujer y lo prepararemos todo —prometió—. Y Valerie —agregó con tono afectuoso—, me alegro de que nos hayas encontrado.

—Yo también —dijo ella con las mejillas llenas de lágrimas.

No era exactamente como haber encontrado a su padre, pero se acercaba bastante. Estaba ansiosa por conocerlos, y colgó el teléfono muy emocionada. Seguía esperando los resultados de la prueba de ADN, para hacerlo oficial, pero estaba convencida de cuál sería el resultado. Y también le importaba haber encontrado a la familia de su padre.

Supo de Angie dos días después, y concertaron un fin de semana, que les convenía a todos, diez días más adelante. A Valerie iba a costarle horrores esperar tanto para conocer a la familia que nunca había tenido. Una familia que solo podía ser mil veces mejor que aquella en la que había crecido.

# 17

A la semana siguiente, cuando Phillip llamó a Valerie, esta le dijo, como si se tratase de algo sin importancia, que iba a pasar el fin de semana en California, lo cual le sorprendió.

—¿Y qué vas a hacer allí? ¿Algo relacionado con una exposición?

—No, voy a visitar a mis primos —dijo con un dejo travieso. Había estado de muy buen humor desde que se vieron.

—¿Qué primos? No tenemos primos en California. —La única prima que tenía era Penny.

—Ahora sí. La otra noche estuve rebuscando en internet. Intentaba encontrar familiares de mi padre. Probé con diferentes combinaciones y tuve la suerte de dar en el blanco al segundo intento. Encontré al hermano mayor de mi padre y a su sobrino. El padre lo negó en un principio, debido a lo que había supuesto todo el asunto en el pasado. Intentaba proteger a su hermano. Pero su hijo me llamó cuando descubrió que había mentido. Y ahora voy a ir a conocerlos. —Parecía una niña el día de Reyes.

—¿Son buena gente? —Phillip estaba preocupado, no quería que nadie más la tratase mal. Creía que estaba siendo un tanto ingenua, sobre todo teniendo en cuenta que, ya de entrada, el hermano de su padre había sido deshonesto y hostil.

—Eso parece. Tom, mi primo, es arquitecto y está casado con una mujer muy amable. Hablé con ella. Es diseñadora de interiores. Tienen cuatro hijos. Viven en Santa Barbara y tienen nietos. Tom tiene sesenta y cinco años, y ella es algo más joven. Walter, el hermano de mi padre, tiene noventa y cuatro y, por lo visto, está muy débil. —Lo sabía todo de ellos, y hasta entonces no le había contado nada a su hijo.

—Por lo visto has estado muy ocupada. ¿Quieres que vaya contigo? —Tenía planes ese fin de semana, pero los dejaría de lado si se lo pedía. No le hacía gracia la idea de que se enfrentase sola a aquellas personas, aunque ella no parecía tener reparo alguno.

—En absoluto. Estaré bien, pero gracias por ofrecerte. Solo me quedaré el fin de semana. La semana que viene estaré muy ocupada con la junta directiva del Metropolitan.

—De acuerdo. Llámame desde allí. ¿Dónde te alojarás?

—En el Biltmore. —Hizo que sonase como una aventura. Phillip sonreía cuando colgó el teléfono.


Esa misma noche, habló del asunto con Jane durante la cena. Era su segunda cita. La semana anterior, la había invitado al cine y a cenar también, y todo había ido bien. Y planearon pasar el día en su barco el fin de semana siguiente. Jane deseaba que llegase el día.

A Jane le emocionó saber que Valerie tenía pensado volar a California para conocer a la familia de su padre. Le pareció muy valiente de su parte, y así se lo dijo a Phillip.

—Significa mucho para ella. Creo que de niña se sintió muy fuera de lugar, poco apreciada, por eso siente ahora esa ansia por conocer a los familiares que nunca tuvo, si es que tiene sentido.

—Lo tiene. Pero saber lo que sabe ahora, sobre su pasado, tiene que haber sido muy duro para ella al echar la vista atrás.

—No creo que haya sido fácil. No se parece en nada a su hermana ni a los abuelos que fingieron ser sus padres. Ella es mucho más cariñosa. Seguramente debía de parecerse más a su madre. Es una pena que no llegase a conocerla. —Después añadió—: Me gustaría que conocieses a mi madre algún día.

A Jane pareció agradarle la propuesta.

—Antes tengo que conocer a *Sweet Sallie* —contestó ella, refiriéndose al barco de Phillip, y él sonrió.

—Debes tener en cuenta que ella siempre será mi primer amor. Ha sido la mujer de mi vida hasta ahora.

—Lo sé, puedes creerme. Para mantener su barco, mi padre habría sido capaz de abandonar a su familia. No hay que interponerse nunca entre un hombre y su embarcación.

—Entonces todo irá bien —concluyó satisfecho.

Pasaron un buen rato juntos durante la cena y Phillip había podido echarle un breve vistazo al pequeño pero alegre apartamento de Jane cuando fue a buscarla para aquella segunda cita. Había hecho verdadera magia con las cosas que había comprado en IKEA, pues había logrado componer un hogar acogedor, y eso que llevaba allí muy poco tiempo. Esa clase de cosas eran las que se le daban bien a su madre.

Durante la cena hablaron un poco sobre la prueba de ADN, cuyos resultados todavía estaban esperando. La orden para exhumar el cadáver de Marguerite y realizarle también la prueba de ADN había sido aprobada y firmada por el juez la semana anterior, por lo que les quedaban otras cinco semanas por delante hasta tener los resultados, pero a nadie le cabía la más mínima duda de cuáles serían. Lo que les había contado Fiona era absolutamente clarificador. Y Jane le dijo que ya no estaría en los juzgados para cuando llegasen los resultados. Tenía que ir a clase dos meses más, y en junio debería graduarse en la facultad de Derecho.

—¿Y qué harás cuando te gradúes? —le preguntó él.

—Pasaré el examen para ejercer y buscaré trabajo en un bufete. —Había enviado su currículo a varios bufetes, pero todavía no había recibido ninguna respuesta concluyente. Y debía concentrarse en prepararse para hacer el examen lo antes posible—. Y quiero ir un par de semanas a casa, en Michigan, para estar con mis padres antes de empezar a trabajar.

—A él le pareció razonable.

El tiempo junto a Jane pasó volando mientras hablaban de toda clase de temas e iban conociéndose un poco mejor. Nunca había conocido a una mujer de trato tan fácil. Cuando estaba a su lado, todo parecía sencillo y natural. Estaba convencido de que a su madre también le gustaría.

La verdadera prueba llegó cuando se dispuso a llevarla a Long Island ese fin de semana. La recogió en su apartamento a las nueve de la mañana y se sintió aliviado al ver que se había puesto unos vaqueros, una chaqueta gruesa y zapatillas de deporte. La última chica a la que había llevado en barco se había presentado con minifalda y zapatos de tacón. Su padre la había enseñado bien y ella sabía exactamente qué había que hacer. Él había preparado un picnic para los dos y echó el ancla en una pequeña cala protegida del oleaje. Brillaba el sol y soplaba una suave brisa.

—Esto es perfecto —dijo Jane con una sonrisa. Resultaba obvio que estaba disfrutando del día tanto como él. Había algo en el hecho de navegar que llevaba a olvidar las preocupaciones y a disfrutar del aire y del mar.

Se tumbaron en la cubierta a tomar el sol. Todavía hacía demasiado frío para bañarse. Cuando estaba allí tumbada, con los ojos cerrados, gozando del calor del sol, Phillip se inclinó y la besó. Ella deslizó los brazos alrededor de su cuello y le sonrió. Ninguno de los dos dijo una sola palabra, se limitaron a disfrutar del momento. Entonces él rodó sobre un costado para aproximarse a ella y se apoyó en un codo.

—¿Cómo he podido tener tanta suerte? —dijo con alegría—. Pensaba que iba a llevar a cabo una tasación aburrida y en lugar de eso te encontré a ti.

Phillip sintió que era cosa del destino. Ella sentía justo lo mismo por él. De hecho, Jane era plenamente consciente de que todavía podría estar pasándolo mal con John si no hubiese tenido los arrestos suficientes para dejarlo. Se alegraba de haberlo hecho, de no haber arrastrado las cosas hasta junio.

—Te gusto porque esto de navegar se me da medio bien —se burló ella.

Él sonrió.

—Sí, eso también. Me gustas porque eres inteligente, amable y buena persona, por no hablar de tu belleza.

Volvió a besarla y se abrazaron durante un buen rato. Pero no fueron más allá. Ambos sabían que era demasiado pronto y no querían forzar nada. Querían saborear esos primeros instantes y ver hacia dónde iba aquella relación. No tenían prisa. Poco después, se pusieron de nuevo en marcha y disfrutaron de la tarde en la *Sweet Sallie*. Se sentían cansados y relajados cuando llegaron finalmente a puerto y ella le ayudó a amarrar el barco. Caminaron hasta el coche cogidos de la mano.

—Gracias por un día maravilloso —le dijo ella, y él advirtió que estaba siendo sincera. Había sido un día perfecto para ambos.

Prepararon juntos la cena en el apartamento de Jane y vieron una película. Se sentaron muy cerquita y él la besó. Phillip se fue pasada la medianoche y prometió llamarla al día siguiente. Ella había aceptado volver a navegar en su barco el fin de semana siguiente. A Phillip estaba empezando a parecerle la mujer perfecta.

# 18

Antes de irse a California para pasar el fin de semana, Valerie llamó a Winnie para contarle que estaría fuera de la ciudad. Siempre intentaba estar al día con Winnie de sus movimientos, por si acaso la necesitaba. A Valerie le gustaba informarla de sus planes, así podía llamar a Penny o a alguna otra persona, como su asistenta, si necesitaba ayuda.

—¿Adónde vas? —preguntó Winnie con cierto deje suspicaz.

—A California —respondió Valerie sin concretar. No tenía claro si quería explicarle a quién iba a visitar o por qué.

—¿Y qué vas a hacer allí?

—Voy a Santa Barbara a ver a unos amigos.

—Es un viaje demasiado largo para pasar solo el fin de semana. —Winnie no soportaba ir a ningún sitio, decía que le gustaba dormir siempre en su cama. Nunca había sido muy aventurera, ni siquiera en su juventud—. ¿Qué amigos son esos de Santa Barbara? —No era capaz de recordar que Valerie le hubiese hablado de ellos antes y, por supuesto, llevaba razón. Parecía bastante mayor que Valerie, y actuaba en consecuencia, pero seguía teniendo buena memoria.

Valerie entendió que no había escapatoria, que tendría que contarle qué iba a hacer a California.

—¿Los encontraste en internet? ¿Estás loca? ¿Y qué pasaría si fuesen asesinos en serie o gente horrible?

—Entonces no querría volver a verlos. Me quedaré en un hotel, el Biltmore, si quieres contactar conmigo. Es posible que ellos tengan los mismos reparos sobre mí. No me conocen de nada. Les llamé y les conté mi historia. Se mostraron la mar de amables conmigo. Solo pretendo conocerlos y ver qué pasa. —Estaba consiguiendo una nueva familia, una nueva vida al completo.

—¿Y por qué te interesan, a tu edad? ¿Qué va a aportarte eso?

Winnie consideraba inquietante todo aquel asunto: en primer lugar, los horribles descubrimientos sobre Marguerite y, después, su insistencia en lo de la prueba de ADN. Esto último había sido idea de su hija Penny, lo cual tampoco le parecía adecuado. Y en ese momento se disponía a conocer a su supuesta familia, a pesar de que podría tratarse de gente horrible. ¿Por qué no dejaba que las cosas se quedasen como estaban? Era todo tan incómodo...

—No estoy segura —respondió Valerie con sinceridad—. Siento que es algo que tengo que hacer. Ese muchacho era mi padre, y esa es su familia. Quiero conocerlos y ver si tengo alguna conexión con ellos. Nunca sentí nada parecido con los que creía que eran mis padres y resultaron ser mis abuelos.

—¿Y crees que sentirás alguna conexión con un tío y un primo a los que no conocías? ¿Qué puedes tener en común con ellos?

—No lo sé. Eso es lo que quiero descubrir. —Se trataba de una misión, y el viaje era una suerte de peregrinaje para honrar el pasado. No le había hablado a Winnie de las cartas de su madre. Había desarrollado un fuerte sentido protector con respecto a eso, y Winnie siempre tenía algo negativo que decir de cualquier cosa. La conexión con los Babcock, sin embargo, le parecía algo menos íntimo y estaba dispuesta a compartirla.

—También es posible que no hubieses sentido ninguna clase de conexión con tu padre biológico. Eran poco más que niños. —Pero los Babcock eran su familia, dijera lo que dijese Winnie—. Ten cuidado, Valerie. Cuídate.

—Lo haré. No te preocupes. Estaré bien.

Winnie masculló a regañadientes algo semejante a una despedida. Y Valerie se fue al aeropuerto minutos después. El hecho de querer descubrir otro aspecto de su vida, de su historia y de sí misma la hacía sentirse joven y despreocupada. Nada de todo aquello le parecía equivocado, a pesar de los recelos de Winnie. Ella nunca confiaba en nada ni en nadie, formaba parte de su manera negativa de ver la vida; igual que su madre. Se parecían mucho, y cada vez se notaba más. Winnie se había convertido en su madre cuando tenía su edad. Valerie no podía imaginar nada peor.

El avión aterrizó en Los Ángeles a la hora prevista. Valerie alquiló un coche en el aeropuerto para el viaje de dos horas que debía llevarla a Santa Barbara. Angie y Tom la habían invitado a cenar. Mientras conducía hacia el norte, se sentía nerviosa por la inminencia del encuentro, pero la ilusión ante los posibles descubrimientos era mayor.

A última hora de la tarde, Valerie llegó al Biltmore y se registró. Fue a dar un paseo de unos minutos, atravesó el Coral Casino, el club de natación al otro lado de la calle, que también pertenecía al hotel, y después regresó a su habitación y telefoneó a Tom para decirle que ya estaba allí. Él le preguntó por el viaje y ella le respondió que había ido bien; le dio la impresión de que también estaba nervioso. Iba a ser un momento muy emotivo para todos, especialmente para el padre de Tom, quien había asegurado que no quería conocerla y que pensaba quedarse en su habitación cuando ella llegase a la casa. Tom no iba a obligarle a ver a Valerie, pero le dijo a su padre que se estaba equivocando.

—No pienso conocer a la hija ilegítima de aquella muchacha. ¿Por qué tendría que hacerlo?

—Porque es la hija de tu hermano, tu sobrina —repitió Tom.

Pero su padre volvió su pétreo rostro y se quedó con la mirada perdida.

Tom le había ofrecido la posibilidad de recogerla en el hotel, pero Valerie insistió en que podía acercarse en coche hasta su casa, así que se encaminó hacia Montecito a las seis en punto y siguió las instrucciones que él le había dado para llegar. Cuando llegó allí, vio que se trataba de una casa grande de estilo español con un ancho camino de acceso circular que llevaba hasta lo alto, desde donde se tenía una hermosa vista. La casa era lujosa, rodeada de un vasto terreno perfectamente diseñado y cuidado, y un poco más allá había una piscina de considerable tamaño y una pista de tenis. Ascendió las escaleras hasta la puerta principal y llamó al timbre. Segundos después, se abrió la puerta y apareció Angie. Era una mujer atractiva, rubia y de amplia sonrisa, y justo a su espalda apareció un hombre alto con aspecto de oso de peluche, cuyo único rasgo en común con ella era la blancura de su cabello. Sin planteárselo siquiera, Tom la abrazó con calidez, y Angie le dio un beso de bienvenida. Valerie vestía un suéter de cachemira azul cielo y pantalones grises, y también llevaba americana, por lo que se preguntó si su atuendo sería demasiado informal. Angie lucía vestido y tacones altos, y Tom, traje y corbata en su honor. Pero la atmósfera dentro de la casa era informal. Atravesaron las estancias, bellamente decoradas, hasta un patio exterior con estufas, donde podían disfrutar de las vistas.

Angie le contó que habían comprado la casa y la habían remodelado cuando los niños eran pequeños, y que la habían ampliado un poco desde entonces y les encantaba. Y que el padre de Tom, que en ese momento vivía con ellos, disponía de una serie de habitaciones independientes. Vivía con ellos desde la muerte de la madre de Tom, hacía ya diez años. Mientras se tomaban una copa de vino blanco e intentaban conocerse un poco más, Valerie, sin embargo, no vio señal alguna de Walter. Parecían amables y enseguida la hicieron sentir como si estuviese en su propia casa. A medida que se conocían, le sorprendía lo sencillo que resultaba entenderse con ellos. Eran de esa clase de personas de trato fácil, al estilo de California, pero Valerie pensó que había algo más.

La conversación se centró entonces en el hecho de que fuese artista, y Tom la sorprendió al decirle que su padre también había sido un artista de gran talento y que Walter había guardado algunos de sus dibujos, y también algunos cuadros. Eso explicaba de dónde surgía su capacidad, dado que nadie en la rama materna de su familia había mostrado interés alguno por el arte. Era uno de los detalles que la habían atraído de su marido cuando se conocieron.

Estuvieron charlando durante una hora antes de cenar, y después entraron. Angie había preparado la mesa y la comida con muy buen gusto, y la asistenta se había quedado para servirla. Valerie se fijó en que tan solo habían colocado cubiertos para tres personas, y recordó entonces que Tom le había dicho que su padre se iba a dormir muy temprano porque era muy mayor. Tom se excusó antes de cenar porque quería comprobar si estaba bien.

Encontró a su padre en el dormitorio, en la silla de ruedas, mirando por la ventana con el ceño fruncido.

—¿Vas a bajar para estar con nosotros, papá? Es una mujer adorable.

—No. No bajo.

—Es mayor que yo. No es una niña ni una hippy. Al menos eso se lo debes.

—No le debo nada en absoluto —gruñó, y se volvió para darle la espalda a su hijo, quien no tardó en salir de la habitación en silencio.

Era como tratar con un niño. Nunca había visto a su padre comportándose de ese modo y no le gustaba. Y sabía que Valerie se sentiría decepcionada si no llegaba a conocerlo después de viajar desde tan lejos.

A modo de compensación, de camino al comedor, Tom cogió algunas fotografías enmarcadas para enseñárselas a Valerie. Eran instantáneas de su padre, de cuando era niño y durante la adolescencia. Había una de él a la edad que tendría cuando se enamoró de su madre, y otra en uniforme antes de abandonar Nueva York para ir a la costa Oeste. Y a ella la conmovió de inmediato el parecido, no solo con ella, sino también con su hijo. Valerie se parecía más a él que a cualquier Pearson. Y de joven había sido muy guapo. Tom la miraba con intensidad mientras ella observaba las fotografías, alzando la vista de vez en cuando para mirarle.

—Te pareces mucho a tu padre —dijo Tom suavemente al tiempo que se sentaba.

Valerie asintió, pensando en lo extraordinario que resultaba haberlos encontrado. Podría haber llamado al Thomas Babcock equivocado, pero no lo hizo. Había dado en el centro de la diana al segundo intento.

—¿Tu padre se parece a su hermano? —preguntó con curiosidad.

A decir verdad, no. Se parece más a mí, aunque ahora es más bajo de lo que fue. Y ha perdido mucho peso.

Ella asintió, preguntándose si llegaría a conocer personalmente a Walter y cuánto le afectaría.

Hablaron de un montón de temas diferentes durante la cena: música, arte, teatro. Angie le contó que solían ir a Los Ángeles por motivos culturales, pero que les gustaba mucho vivir en Montecito, pues disponían de espacio y el clima era estupendo; además, Tom siempre había trabajado allí. Tom le dijo que a sus hijos les había encantado crecer en Santa Barbara y que solo uno de ellos se había instalado en Los Ángeles. Hablaron de sus hijos, y Valerie les mostró una fotografía de Phillip. Tom señaló lo mucho que se parecía a su abuelo. Los genes Babcock habían arraigado con fuerza tanto en Valerie como en su hijo. Y Angie le mostró orgullosa las fotografías de sus nietos, a los que adoraba.

Valerie les preguntó si viajaban alguna vez a Nueva York y ellos le respondieron que lo hacían con relativa frecuencia, pero que en ese momento estaban muy ajetreados con el trabajo y los niños. Por otra parte, no les gustaba dejar al padre de Tom solo durante mucho tiempo. Resultaba obvio que estaban dedicados por completo a su familia, que eran personas responsables.

Tom le sonrió al finalizar la cena.

—No tengo hermanas y no tenía primos. Me encanta tener ahora una prima. Ojalá nos hubiésemos conocido antes —dijo con afecto.

—Es cierto —respondió ella con total sinceridad—. Ni siquiera sabía que existías. No sabía nada de todo esto hasta hace cuatro días. Fue una enorme sorpresa, por no hablar de la emoción. —Soltó una risotada—. Pero, de algún modo, para mí es un alivio. Nunca encajé en la familia en la que crecí. Siempre tuve la impresión de que estaban resentidos conmigo, de que no me aceptaban, y no sabía por qué. Ahora lo sé. En realidad, no era por mí; no aceptaban las circunstancias de mi nacimiento, no se trataba de algo malo que hubiese hecho, que era lo que yo pensaba. Y no creo que mi madre lo superase nunca. Hay que ser de una pasta especial para olvidar a tu propia hija y darla por muerta. A mi madre le rompió el corazón no poder volver a verme. Nuestra niñera iba enviándole fotografías, eso fue lo que me permitió establecer la conexión.

Les habló de la caja de seguridad de Marguerite, de las joyas, de la tasación de Phillip, por pura coincidencia, y de lo que Fiona le había contado sobre el pasado.

—Nunca habría llegado a saber nada de tu tío, mi padre, si no hubiese ido a verla y me lo hubiese contado. Le sorprendía que nunca me lo hubiese imaginado, pero es que mis abuelos lo ocultaron muy bien. Incluso falsificaron mi certificado de nacimiento haciéndose pasar por mis padres. Llegaron muy lejos para ocultarme la verdad. Me pregunto si tuvieron alguna clase de relación con tus abuelos después de mi nacimiento o si siquiera volvieron a hablar en alguna ocasión. Por lo que parece, ni los unos ni los otros querían que se casasen; y lo cierto es que eran muy jóvenes. Habría sido un escándalo terrible entre sus conocidos en aquella época.

—Yo no oí ni una palabra al respecto jamás —admitió Tom, ya con los postres y el café—. Mi padre incluso lo negó cuando le pregunté por ti. Debe de haberle resultado muy chocante tener que enfrentarse a esto después de tantos años. Nadie dijo nunca que Tommy hubiese tenido una hija.

—Cabría pensar que alguien debería haber demostrado curiosidad respecto a mí, pero supongo que todo el asunto era demasiado desagradable para afrontarlo, así que nadie hizo nada. Me habría gustado conocer a tus abuelos.

Aunque con conocer a Walter tendría suficiente. Esperaba que su tío se encontrase lo suficientemente bien para verlo durante su breve estancia allí. Tom había dicho durante la cena que su padre tenía un carácter más bien áspero; sin embargo no le contó que se había negado a verla o que se estaba comportando como un niño enfurruñado. No quería herir los sentimientos de Valerie después del esfuerzo que le habría supuesto viajar hasta California para conocerlos. Él se alegraba mucho que lo hubiese hecho. Compartían intereses, y ambos eran personas de mentalidad abierta, a pesar del aspecto más bien conservador de él. Eran brillantes y divertidos, y les interesaba el mundo en el que vivían, en contraste con Winnie, que había sido cerrada desde siempre y tenía una visión negativa de muchas cosas. Angie y Tom, a decir verdad, parecían disfrutar de la vida; igual que Valerie.

Se quedó en casa de sus anfitriones hasta bastante más tarde de lo que tenía previsto, y regresó al hotel pasada la medianoche, tras prometerles que volvería al día siguiente. Angie se había ofrecido a llevarla a los anticuarios locales por la mañana, y Tom quería enseñarle el estudio en el que trabajaba, pues estaba muy orgulloso de él, y después llevarla a almorzar.

Tom había tenido mucho éxito como arquitecto; había construido un buen puñado de las casas de Montecito junto a las que pasaron camino del restaurante. Durante el almuerzo, Tom le preguntó qué iba a ocurrir con las joyas de su madre. Ella les habló de la subasta de Christie's, y les explicó que estaba esperando los resultados de la prueba de ADN, que la confirmaría como heredera legítima de Marguerite.

—Es más bien una formalidad.

—Me encantaría ver las joyas —comentó Angie, y Valerie prometió enviarle el catálogo de la venta.

Para esa noche habían organizado una cena con sus hijos, a la que acudió incluso el que estaba afincado en Los Ángeles. Se habían reunido en su totalidad y a Valerie le emocionó la calidez con la que la acogieron todos y cada uno de ellos. No dejaba de ser increíble teniendo en cuenta que ella era la prima ilegítima, perdida hacía muchísimos años, y también la sobrina de la que nunca nadie había querido saber nada. Todos se comportaban como si llevasen toda la vida esperando para conocerla. A excepción de su tío Walter, que seguía negándose a salir de su habitación. Sus nietos preguntaron por él cuando llegaron.

—El abuelo no se encuentra bien. Está descansando en su habitación —dijo Tom sin añadir nada más.

Dos de los nietos fueron a verlo, y el hijo mayor de Tom le dijo cuando regresó:

—Vaya. El abuelo está de un humor de perros. ¿Qué ha pasado? —Nunca lo había visto así.

—Es una larga historia. —Tom no quería explicárselo en ese momento, por si Valerie los oía hablar y se sentía herida por la negativa de su tío a conocerla. Había perdido ya la esperanza de que su padre entrase en razón.

A Valerie le dio la impresión de que los hijos de Angie y Tom eran maravillosos. Durante la cena, la conversación fue muy fluida y alegre, y se arrepintió de no haberle permitido a Phillip viajar con ella. Pero tenía la esperanza de volver en otra ocasión, y se prometió llevarlo con ella. Quería que le conociesen también.

Charlaron y rieron después de cenar. Tom les había servido una copa de champán a todos y estaba brindando en honor de la prima recién encontrada cuando, de repente, notaron otra presencia en la habitación. Todos se volvieron para ver a Walter con expresión de severidad.

—¿A qué viene ese ruido? Podríais despertar a un muerto.

Tenía el aspecto de un anciano digno. Vestía de un modo muy formal, con camisa blanca y corbata, y se había puesto los zapatos. Tom sabía el enorme esfuerzo que suponía para él hacerlo, por lo que se sintió orgulloso. Le ofreció una copa de champán.

—Tienes muy buen aspecto, papá —dijo con amabilidad.

Valerie le sonrió desde el otro lado de la habitación, caminó hacia él con respeto y le tendió la mano. Por el rostro de Walter, resultaba evidente que no le hacía ninguna gracia que estuviese allí, pero eso no la detuvo; había estado esperando este momento.

—Es un gran honor conocerlo, señor —dijo en voz baja, lo cual hizo vacilar a Walter unos segundos.

A continuación le estrechó la mano y la miró a los ojos. Lo que quería era sentir todo el rechazo por ella que había esperado sentir, pero se dio cuenta de que no iba a ser así. Las lágrimas inundaron sus ojos al mirarla y, finalmente, habló.

—Te pareces mucho a tu padre, incluso ahora, a tu edad. —Entonces sonrió. Ella sacó la fotografía de Phillip y se la enseñó. Él la observó con avidez—. Supongo que ese habría sido el aspecto de Tommy a su edad. —Valerie se sentó a su lado y hablaron durante mucho rato. Poco a poco se fue dulcificando la expresión de su rostro, evidenciando gentileza y gracia—. Tu madre era una muchacha muy hermosa —reconoció—. Y sé que estaba enamorada de él. Él también la amaba. A mí me preocupaba lo que podía pasar, porque aquella llama era demasiado brillante y temía que acabasen quemándose. Yo estaba en Princeton cuando ocurrió todo, y cuando regresé a casa todo se había ido al garete y ella había desaparecido. Y después pasó lo de Pearl Harbor, y nos llamaron a filas a los dos. Yo embarqué antes que él. Tommy estaba desesperado por ti. No quería que Marguerite se diese por vencida y te abandonase. Tenía pensado casarse con ella al volver, pero nunca volvió. Y yo nunca averigüé qué había sido de ti después de eso. Les dijeron a mis padres que te habían entregado en adopción, y ahí acabó todo. Mi madre no les creyó, siempre pensó que había habido algo sospechoso en todo aquello, pero también creo que nunca quisieron saber la verdad. Creo que se debió a la muerte de Tommy. Querían buscarte cuando naciste, pero esas cosas eran muy difíciles entonces. Lo más fácil era dejarlo correr. Y la historia murió con ellos. Era un capítulo cerrado. —La miró, asombrado—. Y ahora estás aquí. —Le clavó aquella intensa mirada durante unos segundos—. Has tardado mucho en aparecer.

—Lo siento mucho. Yo no sabía nada de todo esto. Nunca me contaron nada. Lo descubrí hace unas semanas. Demasiado tarde para conocer a mi madre, desgraciadamente. Murió el año pasado, antes de que pudiese conocerla. No llegamos a vernos después de que se marchase. Yo no tenía más que unos meses de vida.

—Era una muchacha hermosa —repitió él.

Valerie no le contó se que se había casado con Umberto. No hacía falta que lo supiese. Ya tenía suficiente información que asimilar. Había vuelto a aflorar la tristeza que había sentido al perder a su hermano, aunque, por lo visto, estaba muy interesado en conocer a Phillip, quería saber más cosas de él. Valerie le explicó que ella era artista y él le pidió que empujase su silla de ruedas hasta su habitación para poder mostrarle algunos de los cuadros de su padre. Eran muy buenos.

Walter estaba agotado y dijo que quería descansar un rato.

Los jóvenes hacían demasiado ruido y había sido una noche muy intensa para él.

—¿Te veré mañana? —le preguntó a Valerie con un evidente deje de ansiedad en la mirada.

—Si quieres, sí. Regreso a Nueva York mañana por la noche. Pero volveré.

—Ven con tu hijo la próxima vez. Me gustaría conocerlo. Parece un buen chico.

—Lo es. Creo que te gustaría.

Asintió sin dejar de mirarla.

—Lamento que te hicieran pasar por ese infierno —soltó de forma brusca—. Eres una buena mujer. Y tu madre seguramente también lo era. El hecho de no poder volver a verte o de que la diesen por muerta sin duda hizo que su vida fuese muy difícil. Espero que al final de sus días estuviese bien.

—Yo también lo espero —respondió Valerie con un hilo de voz.

Él asintió y le palmeó la mano. Antes de abandonar la habitación, Valerie se inclinó y le dio un dulce beso en la mejilla. Vio como le resbalaban las lágrimas por las mejillas, pero sonreía cuando lo dejó.

Volvió junto al resto de la familia y hablaron un rato más. La hija pequeña de Angie y Tom se puso a tocar el piano y todos cantaron. De nuevo se había hecho tarde cuando Valerie se fue.

Al día siguiente Valerie los invitó a todos a un *brunch* en el Biltmore y después fue a visitar a Walter. Él le enseñó todos los dibujos y los cuadros de Tommy, y también fotografías de ambos cuando eran niños y adolescentes. Le contó historias sobre su padre que la hicieron reír, y al final del día tenía la sensación de conocer tan bien a su padre como conocía ya a su tío y a su primo. Walter le regaló una foto de Tommy. Y cuando Valerie le besó en la mejilla para despedirse le prometió que no tardaría en regresar. Quería volver a verlo y, habida cuenta de su edad, no quería esperar mucho para hacerlo.

—Me ha encantado conocerte —le dijo su primo Tom antes de que se marchase. No le mencionó las reticencias que había mostrado Walter antes de que ella llegase y hasta qué punto se lo había ganado. Al final de su estancia, Walter se había convertido en su fan número uno. Hablar con ella le había insuflado vida—. Lamento que no lo hayas conocido más joven. Era un tipo estupendo.

—Sigue siéndolo —respondió ella.

Se abrazaron y prometieron mantener el contacto. Valerie le agradeció todo lo que había hecho por ella. Mientras conducía camino del aeropuerto de Los Ángeles, se sintió plenamente satisfecha de haber ido a conocerlo. Había sido uno de los fines de semana más importantes de su vida. Tenía una familia de verdad, una en la que ocupaba su propio lugar y era bienvenida. Iba a costarle mucho esperar para volver a verlos.

## 19

Los resultados de la prueba de ADN llegaron a finales de abril y no sorprendieron a nadie. Marguerite Pearson di San Pignelli era la madre de Valerie, quien no había tenido duda alguna, pero saberlo suponía una constatación de quién era, y de algún modo le devolvía la identidad que le habían robado al nacer.

Llamó a Winnie después de saberlo, simplemente para comunicárselo, y Winnie le respondió triste y llorosa.

—Sé que es una tontería —dijo, sorbiéndose la nariz—, pero siento como si hubiese perdido a mi única hermana.

—Puedo resultar igual de desagradable siendo tu sobrina que como lo he sido como tu hermana. Y poco me importa cómo me llames. Entre nosotras no ha cambiado nada.

Sin embargo, habían cambiado muchas cosas, y ambas lo sabían. Valerie había recuperado una parte más que considerable de su propia historia, una parte que ni siquiera sabía que había perdido. Contrariamente a la frialdad que había mostrado su madre hacia ella, Valerie había sido feliz y había sabido aceptar y superar el hecho de que no la quisieran de niña, en buena medida gracias a Lawrence. Pero la falta de amor durante su infancia había sido algo antinatural, y en ese momento sabía que su verdadera madre sí la había querido, muchísimo. Eso la completaba, y le aportaba algo que ni sabía que había perdido. La llenaba de una sensación profunda y satisfactoria de paz. Era como regresar a casa después de un largo viaje. Nunca volvería a sentirse marginada o inadaptada. Tenía una madre y un padre auténticos, y sabía quiénes eran, aunque ya no estuviesen vivos. Y eso, de algún modo, hacía que Winnie se sintiese más vulnerable, y también más sola. Era la única familia de su generación que le quedaba, pues Valerie y ella solo se llevaban cuatro años. Las mentiras de sus padres habían salido a la luz, a pesar de los vanos intentos de Winnie por protegerlos.

Penny llamó a Valerie una vez que tuvo los resultados y le explicó que se celebraría una audiencia en el juzgado, para confirmar que Marguerite era su madre y que Valerie era su legítima heredera. Le dijo que tendría que pagar el impuesto de sucesión sobre el valor de las joyas y que dispondría de nueve meses para hacerlo. Pensaba usar lo que había ganado con la tasación de Christie's para pagar los impuestos y guardar el resto. Penny le preguntó si seguía interesada en vender las joyas, después de saber que Marguerite era su madre, y Valerie lo habló con Phillip. Aunque las joyas eran de una belleza innegable, dijo que no podía imaginarse llevando aquellas joyas, porque eran demasiado llamativas para ella. Prefería venderlas e invertir el dinero con inteligencia, permitiendo que las disfrutase otra persona, pues no encajaban con su estilo de vida. Lo único que quería era mantener la caja de seguridad para guardar el anillo de su madre con el sello familiar, el medallón con la foto de su bebé y el anillo de boda que le había regalado Umberto. Todo lo demás prefería venderlo.

Penny tenía un documento firmado por su madre, del que también dispondrían en el juzgado, en el que aseguraba que no estaba interesada en aquellas posesiones. Y Phillip notificó a Christie's que el estado no se quedaría con el dinero de la venta de las joyas Pignelli, pues habían encontrado a una heredera, pero que la venta seguiría adelante como estaba previsto. Iban a incluir un inciso en el catálogo de venta, notificando el cambio a los posibles compradores. Para ellos no supondría diferencia alguna, pero era un tecnicismo que había que tener en cuenta.

La audiencia en el juzgado estaba prevista para dos semanas antes de la subasta. Penny estaría presente, al igual que Phillip y Valerie. Harriet sería la asistente en ese caso, y Jane había prometido acudir, aunque a esas alturas, dos semanas antes de la subasta, ya no sería asistente en el juzgado, pues habría vuelto a Columbia para acabar las clases. Ya estaba bastante ocupaba preparándose para graduarse. Sus padres iban a volar hasta Nueva York para acudir al acto, y quería que Phillip los conociese.

Una vez que llegaron los resultados de la prueba de ADN, Phillip invitó a Jane a cenar para que conociese a su madre. Habían estado viéndose durante las últimas seis semanas, quedaban casi cada noche. Habían salido a navegar todos los fines de semana. No habían seguido plan o acuerdo alguno, las cosas simplemente se habían ido desarrollando por sí solas. Al parecer, *Sweet Sallie* no suponía una barrera entre ellos, sino un vínculo, algo de lo que disfrutaban juntos.


Phillip las invitó a las dos a cenar a La Grenouille. Quería que fuese algo festivo, especial, una noche de celebración para que su madre conociese a Jane. No lo habría admitido ante ninguna de las dos mujeres, pero estaba un poco nervioso. ¿Qué pasaría si se odiaban o si se consideraban rivales en busca de su atención? Cualquier cosa podía suceder, pues consideraba que las mujeres eran impredecibles en ese sentido, y justo cuando quería que se gustasen el resultado era el opuesto. Ocurría incluso con Valerie, una persona habitualmente receptiva. Ella siempre había preferido a las mujeres que a él le gustaban menos, y rechazaba a aquellas por las que había perdido la cabeza, aunque de estas últimas no había habido muchas. Solía tener sólidos argumentos para sus afirmaciones, y al final con frecuencia se demostraba que llevaba razón. Así pues, aquella noche era importante para él.

Phillip recogió a Valerie en su casa y Jane se encontró con ellos en el restaurante. Ella estaba ligeramente abrumada por la elegancia del lugar, y por el hecho de ir a conocer a la madre de Phillip, lo cual la asustaba. A partir de la descripción que había hecho su hijo, no sabía qué esperar de ella. Sabía que su relación era muy estrecha, y lo mucho que respetaba Phillip la opinión de su madre.

Jane se mostró un tanto tímida al principio, pero Valerie se esforzó para que se sintiese cómoda, y para cuando acabaron el primer plato se llevaban de maravilla, y Valerie les habló sobre su visita a los Babcock en Santa Barbara, sobre lo bien que se lo había pasado allí. También charlaron acerca de los planes de Jane para después de la graduación y una vez que aprobara el examen de abogacía. La velada transcurrió en un suspiro. Al acabar la cena, dejaron a Valerie en su casa. Phillip la acompañó hasta la puerta de su edificio y ella levantó ambos pulgares con énfasis. Para cuando llegaron al apartamento de Jane, Phillip estaba exhausto. Se dio cuenta de que había estado tenso toda la noche, deseando que todo fuese bien.

—¡Me ha encantado! —dijo Jane con entusiasmo, justo cuando Phillip se dejó caer en el sofá de IKEA. Había disfrutado de la cena, pero había tenido un nudo en el estómago toda la noche, deseando lo mejor y temiendo lo peor—. Ha sido como hablar con alguien de nuestra edad, pero mejor.

Él se echó a reír. Era una descripción acertada de su madre.

—Es muy vivaz y juvenil. A veces olvido la edad que tiene. —Y lo cierto era que no aparentaba la edad que tenía.

—Si la hubiese conocido sin estar contigo, me habría gustado ser su amiga igualmente —le dijo Jane—. Es una persona auténtica.

—Yo también lo siento así —confesó Phillip—. Me gustaría, aunque no fuese mi madre. —Era todo un cumplido viniendo de un hombre de su edad.

—No parece posesiva. Pensé que me odiaría.

—Le has encantado —afirmó él. Había sido una velada perfecta para los tres, una cena genial. Y el *sommelier* había escogido unos vinos excelentes para ellos—. Al menos eso ya lo hemos dejado atrás. Os habéis conocido. Ya está —concluyó, con aspecto de sentirse aliviado, y Jane se rio de él.

—Es como si te hubiesen arrojado por las cataratas del Niágara metido en un barril.

—Así ha sido. Nunca sé cómo va a reaccionar una mujer en presencia de otra, sobre todo si se trata de mi madre. —Pero se había mostrado divertida y de trato fácil, una buena compañía en cualquier caso, y ella y Jane habían reído juntas a su costa, en especial al hablar de su pasión por el barco.

Hablaron un rato más y después se fueron a la cama. Phillip se estaba quedando en su apartamento con mucha frecuencia en los últimos tiempos. Ella se lo había comentado a Alex, a la que le impresionó el detalle, que había empezado a referirse a él como «un buen partido». Jane también había empezado a pensarlo, aunque llevaban poco tiempo juntos. Todavía se encontraban en la fase de enamoramiento, pero no parecía estar perdiendo fuelle. Las cosas iban cada día mejor.

La abrazó cuando se metieron en la cama. Había pasado tantos nervios durante la velada que en lugar de hacerle el amor, como solía, masculló unas palabras, la apretujó un poco y se quedó dormido. A su lado, Jane sonreía. Incluso sin haber hecho el amor, había sido una noche estupenda. Y si, tal como afirmaba Phillip, había pasado con nota el encuentro con su madre, todavía mejor.

Llovía la mañana en la que quedó confirmado de manera oficial que Valerie era la hija de Marguerite y su única heredera. Ella y Phillip llegaron en taxi. Penny apareció minutos después, empapada, y Jane, al poco tiempo. Winnie, a pesar de que no tenía papel alguno en el procedimiento, también estaba presente, en señal de respeto hacia su recién descubierta sobrina. Y Harriet Fine llevaba consigo todos los archivos y documentos que había que presentar en el juzgado. Se alegró de ver a Jane y, por primera vez, se dio cuenta de que había algo entre Phillip y ella.

—Así están las cosas ahora, ¿no? —dijo con una sonrisa irónica, y Jane se sonrojó.

Pero ya no trabajaba en el tribunal, y se había ido en buenos términos con Harriet. En cualquier caso, su antigua jefa se mostró de mejor humor que antes. Su madre se sentía mejor y estaba con ella de nuevo. Sabía que no duraría para siempre, pero por el momento la situación había mejorado, y se alegraba de tenerla de vuelta en casa.

La audiencia de confirmación fue breve y somera. Harriet presentó el archivo en el juzgado. Penny representaba a Valerie, quien juró solemnemente que todas las pruebas y sus declaraciones eran verdaderas y correctas, y que ella era, de hecho, la heredera de Marguerite di San Pignelli. Winnie lloró cuando el juez lo confirmó. Valerie, en cambio, estaba radiante.

—Ahora tendrás que pagar los impuestos estatales —le dijo Winnie con aire petulante.

—Lo sé. —Valerie le sonrió—. Para eso me servirá la tasación.

A Valerie la entristecía pensar que las joyas desaparecerían, pero no tenía sentido que las conservara. Phillip ya había pagado la caja de seguridad para las piezas de oro, y Valerie llevaba puestos el sello familiar y el medallón. Había prescindido de la alianza de boda de su madre.

Cuando salieron de los tribunales, Winnie le dijo a Valerie que podría usar parte del dinero para comprarse un apartamento decente y dejar de una vez el piso en el que había vivido todos esos años.

—Me encanta mi apartamento —respondió Valerie, sorprendida—. ¿Por qué tendría que mudarme?

—Podrías tener más espacio, un estudio más grande, mejores muebles, y un vecindario más bonito —le dijo Winnie, a la que nunca le había gustado el barrio y creía que todos los que vivían en el centro estaban locos, por ejemplo Valerie en el SoHo, Phillip en Chelsea y su hija en el West Village. Ellos parecían encajar allí, pero Winnie no podía entenderlo. Ninguno de ellos habría querido vivir en Park Avenue, en la parte alta, donde vivía ella. Se encontraba lejos de los lugares que a ellos les gustaba frecuentar, de las cosas que les gustaba hacer. Winnie pertenecía a otra época, pero Valerie era una de ellos: vivía en el centro desde mucho antes que los demás—. Supongo que siempre has querido ser bohemia —añadió arrepentida, y Valerie se echó a reír.

—Supongo que sí.

Todos estaban de buen humor cuando salieron del edificio. Tenían que volver al trabajo y, en el caso de Jane, a la universidad. Valerie, por su parte, debía cumplir con ciertas cosas que había planeado semanas atrás.

Esa noche telefoneó a Fiona y le habló de los resultados de las pruebas de ADN y de cómo había ido el día en los juzgados. Fiona se alegró mucho por ella. Las cosas iban poniéndose en su lugar. Lo único que lamentaba era que hubiesen tenido que pasar tantos años.

—Si no me hubieses contado la verdad cuando fui a verte, nada de esto habría ocurrido —dijo agradecida.

—Debería haberlo hecho años atrás —contestó Fiona con seriedad—, en lugar de esperar a que vinieses a preguntármelo.

Parecía cansada, pero también aliviada. Le dijo que su hija había ido a verla ese mismo día. Sus hijos eran buenos con ella. A Valerie le gustó oírselo decir. Y entonces le contó lo que tenía pensado. No se lo había contado a nadie, y a Fiona le pareció bien. Ambas coincidieron en que era lo más adecuado.

—Has recuperado a tu madre —dijo Fiona con tono amable—. Y ya nadie va a volver a separarte de ella. Estoy segura de que ella te protege y de que está muy orgullosa de ti. Siempre lo estuvo —añadió con un hilo de voz.

—Te quiero, Fiona —respondió Valerie antes de colgar.

Y Fiona también la quería. En último término, le había devuelto a su madre. Fue su último regalo, tanto para Valerie como para Marguerite.

## 20

El sábado anterior al fin de semana en que se celebraría la subasta en Christie's, Phillip y Jane salieron a navegar. Era un hermoso día de mayo; el domingo era el día de la Madre. Él había pensado pasar el día con Valerie, y ella, finalmente, había decidido compartir su plan con la pareja. Valerie había comprado una parcela de terreno en un cementerio hermoso y tranquilo en Long Island, y lo había arreglado para enterrar allí a Marguerite. Había visitado su tumba en el concurrido y deprimente cementerio en el que se hallaba enterrada después de que Fiona le contase la historia, y quería honrar a su madre con un lugar más agradable en el que pasar la eternidad. Era lo menos que podía hacer por ella, un último gesto de amor y respeto. Le había dicho a Phillip que podía llevar a Jane al breve responso que iba a celebrarse. Winnie iba a estar presente, y también Penny, y después irían a almorzar juntos, aunque Penny volvería junto a su marido y sus hijos, dado el día que era.

Phillip y Jane navegaban empujados por los suaves vientos cuando él le dijo que iba a tener que ir a Hong Kong, en septiembre, debido a una importante venta de jades, y le pidió que le acompañara. Sus viajes a Hong Kong siempre resultaban interesantes y divertidos.

—Si todavía no estoy trabajando, sí —dijo ella con tono pragmático—. Si ya estoy trabajando, probablemente no podré viajar. —Él adoraba ir a Hong Kong cuando había ventas de jades, y le encantaría que ella le acompañase—. Lo tendré en cuenta —le prometió.

La semana siguiente tenía dos entrevistas de trabajo, y otra una más tarde. Luego llegaría la graduación. Estaba totalmente centrada en la preparación del examen para poder ejercer la abogacía y esperaba superarlo al primer intento, lo que no era fácil; pero resultaría embarazoso suspender. A Phillip le impresionaba lo mucho que estaba estudiando, lo que trabajaba, a pesar de que eso les restaba tiempo juntos, pero sabía que aquello no duraría para siempre. Se presentaría al examen en julio. Después de eso confiaba en que se tomaría unas vacaciones. Habían estado hablando de ir en barco hasta Maine, lo cual le había parecido fantástico. Era la primera mujer a la que conocía capaz de ilusionarse con algo así.

El responso que Valerie había organizado el día de la Madre para su madre fue corto, emotivo y respetuoso.

Era la clase de homenaje que le habría gustado rendir a Marguerite de haber tenido la posibilidad. Valerie había comprado una parcela grande, con dos árboles de tamaño considerable, y en la lápida de mármol blanco se leía: «QUERIDA MADRE», y debajo, el nombre de Marguerite y las fechas. Había pedido al sacerdote que fuese breve, pero Valerie permaneció allí, al pie de la tumba, un buen rato, deseando paz a su madre. A continuación salieron todos juntos del cementerio.

Penny regresó a la ciudad junto a su familia, y los demás se fueron a almorzar a un restaurante cercano, situado al lado de un alegre jardín. Finalmente, todos acabaron volviendo a la ciudad. Mientras la llevaban a casa, Valerie sintió como si hubiese cerrado otro capítulo de su vida. Los cuatro se pusieron a hablar de la inminente venta de las joyas. Phillip les había contado que había despertado un gran interés y que se esperaban algunas pujas elevadas vía telefónica. Algunos de sus clientes más importantes habían enviado ya sus ofertas. La hermosa colección de Marguerite había creado cierto revuelo, y la sección del catálogo dedicada a ellas era impresionante, aunque discreta y elegante. La leyenda encima de las fotografías rezaba: «Propiedad de una aristócrata», como había sugerido Phillip, cosa que a Valerie le había parecido bien.

Cuando descubrió que era su nieto, Phillip, como era debido, avisó a Christie's de su relación personal con Marguerite. Decidieron permitirle trabajar en la venta de todos modos, aunque no como subastador. Se encargaría de las pujas telefónicas. Valerie había invitado a Jane a que la acompañase a la subasta. Las expectativas habían ido aumentando, y con su madre reconocida y enterrada ya, Valerie estaba en disposición de seguir adelante.


La noche de la subasta, Valerie se presentó minutos antes de que empezase en la sala principal, de techos altísimos y llena de sillas ordenas en hileras. Phillip le había reservado un asiento en la segunda fila, junto al pasillo, desde donde podría observar al subastador subido en el podio y la larga mesa con los teléfonos. Valerie llevaba un vestido negro liso, así como el pequeño medallón de su madre y el anillo de oro. Todos los hombres que trabajaban en Christie's vestían traje negro y corbata. Las mujeres de la casa de subastas llevaban formales vestidos negros. Y las mujeres entre el público lucían vestidos y joyas caros. Conformaban un grupo de élite. Entre los asistentes había varios joyeros muy conocidos. Estaba presente la flor y nata de Nueva York, así como unos cuantos compradores europeos, joyeros y famosos.

Las piezas de Marguerite eran las más importantes de todo el lote. La gente consultaba el catálogo, en el que aparecían las fotografías de Marguerite y Umberto, absolutamente glamurosos, entre las instantáneas de las joyas. Christie's lo había hecho con la intención de incrementar el interés público, manteniendo el aura mística que las envolvía sin caer en el sensacionalismo barato o en lo vulgar. Todo era de primera calidad. Nadie habría sospechado lo que acabaría ocurriendo cuando Jane llamó a Phillip para que realizase la tasación y él se presentó en el banco para estudiar el contenido de aquella caja de seguridad.

Jane apareció en la sala segundos antes de que empezase la venta y se sentó junto a Valerie, disculpándose por llegar tarde. De hecho, temía que ya hubiese empezado la subasta, pero su preocupación fue en vano. Llevaba un traje azul cielo, del color de sus ojos; estaba muy guapa. Valerie, con el cabello blanco recogido en un moño de estilo francés, le dedicó una sonrisa tranquila y distinguida. Se sentía como si esa noche fuesen a rendir homenaje a su madre, y, en cierto sentido, así era. Tenía un tanto revuelto el estómago, pues no sabía si la venta saldría bien. Costaba imaginar que la cosa se torciese, habida cuenta de la dedicación que le había profesado la casa Christie's. Y en parte la entristecía tener que desprenderse de algo que había sido importante para su madre, que había mantenido consigo durante tanto tiempo, pero no tenía sentido alguno conservar esas joyas. No eran apropiadas para el estilo de vida que llevaba Valerie, incluso aunque hubiesen pertenecido a su madre, medio siglo atrás, en otro mundo. Se preguntaba quién las compraría, quién podría cuidarlas como había hecho Marguerite. Cada una de ellas había sido una muestra de amor del hombre con el que se casó.

Valerie palmeó la mano de Jane con una sonrisa cuando el subastador subió al podio. Valerie miró a Phillip, quien sonrió a su madre, deseando estar sentado a su lado, dándole apoyo. Valerie había invitado a Winnie, pero ella había dicho que la excitación provocada por la subasta la pondría nerviosa y le provocaría palpitaciones. Prefería enterarse de lo ocurrido al día siguiente, conocer el resultado final. Era muy propio de Winnie no estar allí, por lo que Valerie se preguntó si la entristecía ver cómo desaparecían las joyas de su hermana. No la había conocido, pues le dijeron que había muerto. La historia había resultado ser totalmente distinta de la que le contaron. Pero, fuera como fuese, Marguerite era su hermana, así que Winnie también la había perdido.

Tom y Angie Babcock habían telefoneado a Valerie la noche anterior a la subasta para desearle suerte. Ella les había enviado el catálogo, y Tom se lo enseñó a Walter. Angie le contó que había estudiado con mucha atención todas las fotografías, y le dijo que a aquella mujer el paso de los años la había hecho incluso más hermosa que cuando era joven. Constató también que se había casado, pero Tom le dijo que a su padre no pareció molestarle. Era lo normal, pues en aquella época era joven y muy bella. Lamentaba que la vida no le hubiese ido mejor, que hubiese perdido a su hija. A veces la vida juega malas pasadas, como le había ocurrido a su hermano Tommy. Valerie no pudo evitar imaginar qué clase de vida habrían llevado sus padres, o ella misma, si se hubiesen casado. Marguerite habría enviudado casi de inmediato, pero por lo menos su secreto no habría sido tal y podría haberse quedado en Nueva York con su hija. La vida de Valerie habría sido completamente diferente junto a su verdadera madre; su infancia había sido mucho más feliz. Sin embargo esa noche no era la noche de Marguerite y Tommy. Esa noche los protagonistas eran Marguerite y el conde que la había cubierto de joyas y le había ofrecido una vida dorada durante más de dos décadas.

El subastador era alto, un hombre serio con una voz profunda y resonante, muy conocido entre los clientes más importantes; en Christie's sabían que conduciría la subasta a la perfección. Las pujas dieron comienzo, exactamente, a las siete y cuarto. El primer lote de la colección de Marguerite era el número 156. Phillip había calculado que tardarían unas dos horas en llegar hasta él, así que disponían de tiempo. Tenían que vender ciento cincuenta y cinco lotes antes de llegar a sus joyas, que ocupaban hasta el lote 177. Tras ese, tan solo restarían doce lotes, la mayoría compuestos por piedras sueltas, así como dos importantísimos anillos de diamantes, por los que esperaban obtener unos dos millones de dólares. Las joyas de Marguerite estaban en buena compañía esa noche.

Valerie siguió las pujas sin perder detalle, susurrándole a Jane de vez en cuando su opinión sobre algunas piezas que consideraba especialmente impresionantes o hermosas. Jane le hizo reparar, en voz baja, en que las mejores piezas estaban obteniendo un valor cuatro veces superior al estimado, e incluso una o dos habían llegado a alcanzar un precio seis veces superior, lo cual resultaba bueno tanto para los vendedores como para la casa de subastas. La estimación de las piezas de Marguerite era elevada, con fuertes reservas, lo que significaba que no podrían venderse por debajo de una cantidad determinada, para evitar que fuesen vendidas por debajo de su valor. Las estimaciones habían estado sujetas a serias consideraciones, determinadas por la talla y el tamaño de las piedras, todas de calidad superior y de un tamaño prácticamente imposible de encontrar a día de hoy. En la actualidad, las piezas de aquella colección eran una rareza mucho mayor de lo que jamás habría imaginado Marguerite cuando se las regalaron. Si hubiese vendido tan solo una o dos de aquellas joyas, habría vivido con holgura los últimos años de su vida, lo cual no dejaba de conmover a su hija, pues sabía que las había conservado para ella.

Los primeros objetos de la subasta se vendieron uno a uno, y la voz del subastador atronaba. Se produjo un par de pujas cruzadas, en particular una entre un conocido joyero y un comprador privado que simplemente se negaba a perder una de las piezas. El joyero acabó retirándose después de provocar el encarecimiento, y el comprador privado tuvo que pagar diez veces el precio estimado, pero parecía exultante.

Por último, a las nueve y treinta y cinco, llegaron al lote

155, y Valerie cogió aire cuando el mazo cayó, completando la venta de un anillo de cóctel de zafiro de Harry Winston, por el que pagaron trescientos mil dólares, justo por encima de lo previsto. Lo adquirió un joyero que lo vendería por el doble en Madison Avenue. Y llegó el lote siguiente. Jane le apretó la mano cuando apareció el sencillo alfiler con diamante de Van Cleef. Dos mujeres alzaron de inmediato sus paletas con los números de sus pujas. Jane ya se había percatado de que había dos importantes joyeros, conocidos en Christie's, que no necesitaban alzar sus paletas, sino que llevaban a cabo sus pujas con un gesto sutil, apenas visible, pues el subastador conocía sus números de memoria. Unos cuantos famosos entre los presentes tampoco necesitaban paletas. Todo el mundo conocía a todo el mundo. Uno tenía que estar muy atento para entender quién se había metido en la carrera. Los joyeros, por ejemplo, permitían que los compradores privados se dejasen llevar al principio, y después entraban ellos.

Tres personas más se unieron a la puja por el alfiler con diamante, mientras Valerie y Jane observaban, fascinadas. Resultaba obvio que algunos de los que pujaban eran joyeros, pero una de las mujeres parecía dispuesta a adquirirlo, y cuando parecían llegar al final, un hombre sentado junto a ella, presumiblemente su marido, alzó de forma discreta una mano, el subastador vio el gesto y asintió. La puja de aquel hombre se impuso por un momento pero antes de que cayese el mazo, uno de los joyeros volvió a manifestarse y a la mujer que deseaba la pieza se le ensombreció el gesto, y su marido volvió a pujar con determinación. En esta ocasión, el mazo cayó y el alfiler pasó a manos de la mujer. Besó al hombre que lo había comprado para ella, sonriendo ampliamente, al tiempo que aparecía en escena el broche de diamantes de Cartier. Todos los que habían participado en la puja anterior se pusieron en marcha desde el inicio. Christie's había preparado muy bien el escenario, intentando sacar el máximo rendimiento a momentos como ese.

La puja por el broche Cartier fue más rápida, más elevada y más furiosa, y se vendió por el doble de la cantidad que había conseguido el Van Cleef. Valerie se dio cuenta de que estaba conteniendo el aliento, por lo que exhaló despacio mientras aparecía la siguiente pieza. Mostraron una imagen de la misma en una pantalla enorme. Valerie miró a Phillip, pero él estaba ocupado con los teléfonos; tenía tres aparatos delante, para poder mantener en espera hasta el último momento a los posibles compradores con la intención de que aumentase el precio de los lotes. La tensión se palpaba en el aire de la sala, y eso que las dos primeras piezas eran las menos interesantes de las joyas de Marguerite. Se habían vendido a un precio extremadamente bueno, mejor de lo que esperaba Phillip, por lo que, cuando echó un vistazo a su madre y sus miradas se cruzaron, asintió con satisfacción.

El brazalete en forma de tigre de Cartier fue el siguiente. Phillip había explicado a su madre que los brazaletes como aquel eran piezas de coleccionista y que ese en particular había sido creado por Cartier en los años cuarenta, así que se trataba de una pieza importante para expertos. Era el ejemplo perfecto del clásico trabajo de Cartier. La puja fue intensa y rápida, centrada en los joyeros, con algún que otro comprador privado, y el mazo cayó justo por debajo del millón de dólares. Lo adquirió un famoso coleccionista de joyería refinada que vivía en Hong Kong. Lo había comprado para su esposa, quien disponía ya de algún que otro tigre de Cartier. También habían sido las joyas preferidas de los duques de Windsor, y aparecían en muchos libros.

Apareció entonces la gargantilla de perlas y diamantes, que pese a no ser de las favoritas de Valerie, era bonita. Su madre tenía un cuello muy fino y elegante, aunque resultaba demasiado pequeña para el de Valerie. Parecía muy pasada de moda, pero tenía una elegancia clásica, y se convirtió en el objeto del duelo entre dos joyeros conocidos que vendían joyas antiguas a precios desorbitados, pues pedían lo que les viniese en gana por ellas. El precio superó la estimación, que representaba una cantidad más que respetable por la pieza.

Las Boucheron de Marguerite que se subastaron a continuación alcanzaron precios muy respetables y las adquirieron compradores individuales que las apreciaban más por el diseño que por el valor de las piedras, que en cualquier caso seguía siendo elevado.

Volvieron a aparecer las creaciones de Van Cleef: el collar invisible de zafiros y los pendientes. Phillip había previsto que el precio subiría mucho. Se trataba de un ejemplo excepcional de su famosa técnica de colocación invisible, y el collar era largo y muy favorecedor. Mientras Valerie observaba fascinada, el precio casi alcanzó el millón de dólares. Jane no apartaba la vista del podio del subastador, atrapada por completo por lo que ocurría. Para darse cuenta de quién estaba pujando, había que recorrer la sala prestando atención con la mirada. Algunas pujas eran un sutil asentimiento, una expresión facial, un solo dedo o una mano apenas alzada.

La pieza siguiente fue un largo collar de perlas naturales y provocó una seria confrontación entre varios expertos debido al valor de aquellas perlas de semejante tamaño y calidad, de un tipo que no podían hallarse en el mundo actual. Valerie estuvo a punto de caerse de la silla cuando alcanzó los dos millones y medio de dólares, algo que Phillip le había dicho que podía ocurrir. Su hijo sonreía ampliamente, pues había sido una puja telefónica de una de sus clientas, algo que le emocionaba. Le había llamado desde Londres. Estaba despierta, a pesar de que allí eran más de las tres de la madrugada, para poder pujar. Pero había tenido éxito y estaba encantada, así que el esfuerzo había valido la pena.

Acto seguido aparecieron las piezas Van Cleef que quedaban, anillo de zafiros y un brazalete, que fueron adquiridos a precios muy elevados por joyeros que sabían que disponían de mercado para esas joyas; uno de ellos era de Los Ángeles y el otro de Palm Beach. En Christie's eran sobradamente conocidos, por lo que el subastador los reconoció al instante. Después llegaron las piezas italianas de Marguerite, dos de Bulgari, que se vendieron muy bien, y algunas de joyeros desconocidos desaparecidos muchos años atrás, pero eran bonitas y fueron valoradas. Los brazaletes de esmeraldas y diamantes eran los más impresionantes de ese grupo y alcanzaron los quinientos mil dólares por parte de un comprador al que nadie reconoció; y el brazalete de diamantes que parecía de encaje dobló la cantidad estimada y lo adquirieron por teléfono desde Italia, un comprador que no era cliente de Phillip, pero que Christie's sí conocía. La mayoría de los compradores de esa curiosa categoría preferían piezas de joyeros famosos, pues siempre suponían una buena inversión, pero en ocasiones las piezas menos conocidas sorprendían a todos si alguien se encaprichaba de ellas.

La puja estaba llevando más tiempo del habitual porque había una gran competencia en la sala, mucho interés y muchos compradores por teléfono. Eran las once menos cuarto y todavía quedaban cinco piezas por subastar: la antigua tiara francesa de diamantes y los cuatro destacados anillos de Cartier, las piezas más importantes de toda la subasta. El subastador empezó con la tiara, que fue vendida a un antiguo distribuidor parisino. El anillo con la esmeralda de treinta quilates fue la primera pieza del último grupo, y al salir se respiraba el nerviosismo en la sala. Sin pensarlo, Valerie agarró la mano de Jane y la apretó con fuerza. Estaba a punto de ver cómo se dispersaban las últimas posesiones de su madre, como una especie de bendición por su parte.

La puja se inició muy arriba, sin prisa. El subastador dio comienzo con quinientos mil dólares, la suma se dobló en cuestión de minutos y acto seguido volvió a doblarse, y después fue incrementándose en tandas de cien mil. El mazo cayó al alcanzar los tres millones de dólares, y fue como si los asistentes soltasen el aire en la sala. Había sido la cantidad más alta obtenida en Christie's en los últimos tiempos por una esmeralda de ese tamaño, pero sin duda lo merecía. Fue adquirida por un comprador privado de Dubái, un atractivo árabe con tres bellas esposas, con las cuales se había mostrado generoso. Una de ellas se había enamorado del anillo de esmeralda.

El siguiente fue el anillo de rubí de veinticinco quilates, con su asombroso e intenso color, y fue vendido con mucha rapidez por cinco millones de dólares a otro comprador privado. Phillip no estaba sorprendido. A pesar de que los clientes no sabían quién era el comprador, en la casa de subastas lo conocían sobradamente. Los joyeros dejaron de participar en el lote final, porque los compradores privados pujaban demasiado fuerte para que el hecho de igualar sus pujas resultase rentable a la hora de revender. Permitieron que se les escaparan los anillos importantes, que eran la guinda de la venta.

El anillo de diamante blanco de cuarenta quilates cortado como una esmeralda tenía un aspecto espectacular en la pantalla cuando proyectaron la imagen. Era de color D, el mejor y más puro, de interior perfecto además, lo que provocaría que el precio se disparase. La puja fue movida; fue subiendo de cien en cien mil dólares con mucha rapidez hasta llegar a los nueve millones de dólares, y se estancó durante un minuto mientras el subastador registraba la sala y miraba a los representantes de Christie's en los teléfonos. Cuando estaba a punto de dejar caer el mazo, llegaron a los diez millones de dólares, y después, vía telefónica y de forma casi inmediata, a los once millones, y la puja final alcanzó los doce. Cayó el mazo y se oyó un suspiro de alivio en la sala, pues había finalizado. Esa era la pieza favorita de Valerie, junto con el anillo de rubí, pero era impensable que se la quedase: dada la vida que llevaba, nunca tendría oportunidad de ponérsela. Prefería invertir el dinero para que lo heredase su hijo algún día. Y los compradores tenían que pagar un veinte por ciento adicional a la casa de subastas a modo de comisión por valores por debajo del millón de dólares, y del doce por ciento por encima del millón, lo que añadía un millón cuatrocientos mil dólares al precio final y hacía que aquel diamante blanco ascendiese a trece millones y medio de dólares, algo casi impensable.

El anillo de diamante de cincuenta y seis quilates fue la última pieza. Sin darse cuenta, Valerie estaba apretando la mano de Jane con mucha fuerza. El color de la pieza estaba categorizado como «intenso», la designación habitual para los diamantes amarillos, y tampoco tenía ninguna impureza en su interior. Se convirtió en la causa de una batalla entre dos compradores privados, y en el último segundo Laurence Graff, el legendario joyero londinense, entró en la puja, y se quedó con el anillo por catorce millones. Su expresión pétrea, impasible, que no dejaba entrever nada, impedía saber si estaba convencido de haber llevado a cabo una buena compra o no. Pero, como era muy hábil a la hora de conseguir las mejores piedras del mundo, cabía suponer que tenía claro que obtendría más dinero realizando su propio diseño y asociándolo a su nombre. Si se le sumaba la comisión, había pagado más de quince millones de dólares, casi dieciséis.

Con la venta del diamante amarillo, finalizó la subasta del lote de joyas de Marguerite. Habían reportado un total de cuarenta y un millones de dólares. Phillip había calculado que la venta alcanzaría entre veinte y treinta millones, pero Christie's había llevado la subasta de un modo tan elegante que había sido mejor de lo que habían previsto, en especial teniendo en cuenta las comisiones añadidas. La casa de subastas lo había hecho de maravilla, y también Valerie, en tanto que dueña de las propiedades de su madre. Tendría que pagar a Christie's el diez por ciento de la comisión de venta, que eran cuatro millones, y cien mil dólares por los precios de venta final, lo que significaba que había conseguido casi treinta y siete millones de dólares en la venta. Tendría que pagar el impuesto de sucesión, que eran dieciocho millones y medio, lo cual acababa dejándole a ella dieciocho millones de dólares para invertir, todo un beneficio para Phillip en el futuro.

Sin embargo, aunque el dinero era muy importante en aquella venta, había algo más implicado. La venta, para ella, había sido también algo profundamente emotivo, y estaba muy agradecida a su madre por haber conservado las joyas hasta el final, incluso en los momentos más duros. Aportarían a su hija seguridad y comodidades en la vejez, algo que Marguerite no había tenido, y aquella bendición incluía también a su nieto.

Los lotes posteriores a los de Marguerite se liquidaron rápidamente. Laurence Graff se quedó también con las piedras sueltas: llamativos diamantes de color rosa y uno azul pálido. Y los dos «importantes» anillos de diamantes finales los adquirieron compradores privados por menos de lo que habían costado los diamantes blancos y amarillos de Marguerite, sin duda las estrellas principales de toda la venta.

La venta acabó veinte minutos después de que se subastase la última pieza de Marguerite. Eran las once y media. La subasta había durado cuatro horas y media muy intensas. Valerie se puso en pie como si tirasen de ella con una cuerda; estaba exhausta. Había resultado de lo más estresante, pero había merecido la pena. No parecía triste por haber tenido que desprenderse de las joyas, sino más bien aliviada por lo que había conseguido. Era una avalancha de dinero para ella, y en última instancia, para Phillip. Lo abrazó en cuanto él se apartó de la hilera de teléfonos y se unió a ellas. Valerie había estado hablando con Jane, que estaba anonadada por todo lo que había visto: las hermosas piezas, los fascinantes compradores, la tensión y el nerviosismo en la sala. La noche entera había sido como una película de acción e intriga.

—Me siento como un personaje de una película —dijo Valerie con voz temblorosa.

Había resultado duro para ella, pues había estado inquieta por cómo transcurría todo. En un momento dado, había barajado la posibilidad de que no se vendiese nada, a pesar de que Phillip le había asegurado que jamás ocurrían cosas así con piezas como las de Marguerite. Pero ella no había llegado a asimilar su enorme valor en ningún momento. Resultaba casi inconcebible para una persona normal. También era algo nuevo para Jane, quien, al lado de Valerie, había quedado impresionada. Phillip las abrazó a las dos. Solo los jefes de Christie's, el jefe del departamento de joyería y el juez estaban al corriente de que él era, indirectamente, uno de los beneficiarios de la venta.

—¡Ha salido de maravilla! —le dijo a su madre—. Mejor que las previsiones más optimistas. —Y no habían tenido que recurrir a las reservas que habían puesto en el lote. Habían podido dejarlas atrás en todos los casos—. ¡Vamos a celebrarlo! —propuso Phillip a ambas mujeres, a pesar de que también estaba cansado.

Había sido una noche muy larga, y había atendido a los teléfonos con pujas tan altas, concentrado por completo, sin perder detalle ni equivocarse ni malinterpretar lo que le decían, a pesar de los extraños acentos con los que tenía que lidiar en ocasiones. Habían grabado las llamadas para poder revisarlas después en caso de desacuerdo, algo que ocurría de vez en cuando. Se trataba de sumas elevadas de dinero y la gente no se tomaba a la ligera si no lograba adquirir la pieza que quería debido a la incompetencia de la persona encargada de sus pujas. Por suerte, esa noche Phillip había mantenido alerta los cinco sentidos, sobre todo el oído. Se sentía especialmente satisfecho por aquellos clientes que habían conseguido lo que deseaban, y en primer lugar por su madre. En cierto sentido, la subasta había sido para ella una forma de cerrar el asunto de su madre, y podía seguir adelante gracias a todo lo que sabía; como por ejemplo, lo mucho que su madre la había querido. Eso lo cambiaba todo para Valerie, más incluso que el dinero de la venta.

Phillip propuso ir al Sherry Netherland para tomar una copa, así que las condujo fuera del edificio tras comunicar a sus colegas que se marchaba. Mientras le seguían, Valerie parecía aún en shock, y Jane continuaba sin duda anonadada.

—No sé por qué me dijiste que las subastas de joyas eran aburridas —le dijo su madre en el coche—. Me he pasado toda la noche con el corazón en un puño. De haber estado aquí, creo que a Winnie le habría dado un ataque y habría caído muerta.

Todos rieron al oír sus palabras.

—Tengo que admitir que esta noche no ha sido aburrida, pero porque se trataba de una venta especial. Las piezas eran impresionantes, gracias a tu madre. Y para mí ha tenido un significado especial por ti. Pero la mayoría de las subastas no son así —dijo sonriéndole—. Esta noche ha sido muy intensa, pero esta clase de ventas se producen muy de vez en cuando, o una vez en la vida. Algunas de las subastas de grandes obras de arte también son así. Aunque tengo que admitir —esta vez repartió su sonrisa entre su madre y Jane— que he disfrutado de lo lindo con esta. Y ¿quién no? —Y no habrían podido ni soñar con semejantes resultados, sobre todo su madre, quien viviría toda su vida desahogadamente, si invertía bien el dinero. A Valerie le habría gustado llamar a Winnie para contárselo, pero era demasiado tarde. A esas horas, lo sabía, estaría durmiendo.

Estuvieron en el Sherry Netherland hasta las dos de la madrugada, intentando calmarse, hablando de todos los detalles de la subasta. Valerie todavía tenía una sonrisa en la boca cuando llegó a su apartamento. Su hijo y Jane se fueron al apartamento de Phillip. A Valerie le dio la impresión de que aquellos dos pasaban todo el día juntos, incluidos los fines de semana en el barco, pero no quiso preguntar nada.

Jane tenía que asistir a clase un mes más todavía, y después se graduaría. Había invitado a Valerie a la ceremonia, porque quería que conociese a sus padres. Valerie le había prometido que acudiría. Estaba empezando a sospechar que la relación entre ellos era algo serio, a pesar de que solo llevaban dos meses saliendo juntos. Pero es que ella era justo lo que Phillip necesitaba, y su madre esperaba que fuese lo bastante listo para darse cuenta. Jane era buena para él, y él parecía feliz a su lado. Era un adulto, sin embargo, y tenía que hacer lo que él entendiese como más adecuado y conveniente para sí mismo. Y Valerie también tenía que hacer lo mismo. Se había propuesto viajar a Europa durante al menos un mes; tal vez dos. Quería visitar el lugar en el que había vivido su madre en Roma tras la muerte de Umberto, antes de regresar a Estados Unidos, y también el palacete de Nápoles en el que vivieron juntos. Iba a ser una especie de peregrinaje para ella. También deseaba pasar por Florencia, y quizá Venecia; dejarse llevar un poco. Podía hacer lo que quisiese. Durante el resto de su vida. Gracias a Marguerite.

Valerie se durmió pensando en la subasta. ¡Había sido una noche increíble!

# 21

Valerie pasó las semanas siguientes planeando el viaje e intentando asimilar todo lo que había ocurrido. A veces le costaba aceptar que había sucedido en realidad.

Fue a visitar una vez más a Fiona, para darle las gracias, y la vieja niñera parecía adormecida, más cansada que nunca, aunque seguía lúcida. Todo lo que Fiona le había contado en sus visitas anteriores había cambiado la vida de Valerie para siempre. Resultaba extraño a su edad, pero se sentía más segura, ya no se quejaba por lo diferente que se había sentido siempre respecto a los otros miembros de su familia.

Angie y Tom le habían enviado un correo electrónico, felicitándola por lo bien que había ido la venta. Habían leído la noticia y sabían que el resultado había sido espectacular. Estaban muy contentos por ella y deseaban que volviese a visitarlos. También habían pensado en ir a Nueva York a pasar un fin de semana largo en otoño. Le contaron que Walter estaba bien, aunque estaba perdiendo fuerzas poco a poco, y le acuciaban pequeños problemas de salud que nunca había sufrido. A los noventa y cuatro años de edad era de esperar, pero al menos se le veía feliz, estaba bien cuidado y se sentía a gusto.

Jane acabó su trabajo de fin de carrera, para lo que se vio obligada a prescindir de dos fines de semana en el barco. Y tal como había prometido, en junio Valerie acudió a la graduación en la facultad de Derecho y conoció a sus padres. Tenían mucho de lo que hablar. Los padres de Jane eran buena gente, más sofisticados de lo que había esperado Valerie. Iban a Chicago con frecuencia, al teatro, la ópera, la sinfónica o el ballet. Y viajaban a Europa una o dos veces al año. La madre de Jane había ejercido como psicóloga antes de casarse. Y seguía siendo una ávida esquiadora, afición que practicaba todos los años en los Alpes franceses, y con descenso en helicóptero en Canadá, lo cual conllevaba cierta dificultad. Conservaba el atractivo, se mantenía joven, enérgica, y tenía inquietudes. El padre de Jane era director ejecutivo de una aseguradora importante. Era un hombre inteligente, interesante y guapo. Estaban como locos con Phillip cuando lo conocieron, y también les encantó conocer a Valerie. La madre de Jane le confesó que estaba muy preocupada por el hecho de que Jane no quisiese establecerse y, en su opinión, estuviese tan dedicada a su carrera. Dado que era hija única, habían estado muy centrados en ella, lo cual Valerie entendía a la perfección.

—Es muy duro quedarse al margen cuando crecen —le dijo Vivian Willoughby a Valerie.

Era rubia, atractiva, con una figura estupenda, y se parecía mucho a su hija. Había traspasado hacía muy poco la cincuentena, pero parecía diez años más joven, igual que su marido. Hank estaba en forma, tenía un cuerpo atlético, y el rostro cincelado y moreno debido a que salía a navegar todos los fines de semana del año. Era un hombre muy atractivo. Y todos pasaron un buen rato. A Valerie le encantó conocerlos.

Jane se graduó *cum laude*. Había tenido entrevistas de trabajo con tres bufetes esa semana. Uno de ellos, por casualidad, era el bufete en el que trabajaba Penny. Phillip también se sentía muy orgulloso de Jane, y le había dado muy buenas referencias de ella a Penny, por si servía de algo. Todavía tenía que pasar el examen para ejercer de abogada, en julio, aunque Phillip estaba convencido de que lo aprobaría. Jane no estaba tan segura.

—Nos gustaría que volviese a Detroit —le había confesado Vivian a Valerie cuando coincidieron en la ceremonia de graduación. Jane tenía un aspecto de lo más imponente con la toga y el birrete—. O al menos que se estableciese en Chicago, pero a ella le encanta estar aquí. Y supongo que si encuentra un buen trabajo en Nueva York, o si la relación con Phillip es seria, nunca regresará. —Parecía un tanto melancólica pero también resignada—. No es fácil tener una única hija. Pones todos los huevos en una sola cesta.

—Lo sé. Phillip también es hijo único. —Valerie sonrió—. Y a mi sobrina le sucede lo mismo. Su madre todavía se preocupa por ella, y eso que tiene cuarenta y cinco años, está felizmente casada y tiene tres hijos, además de ser socia en un bufete. Siempre serán nuestros niños, sin importar su edad.

Valerie parecía mucho más relajada que Vivian, y más abierta respecto al futuro de su hijo. La madre de Jane era más intensa, aunque Jane parecía una chica sana y normal a pesar de la presión.

Los Willoughby los invitaron a comer en The Carlyle, tanto a Phillip como a su madre y a Alex, que también había acudido a la graduación. Pasaron una agradable tarde celebrando el éxito de Jane en la facultad de Derecho. Al echar la vista atrás, a ella le parecía fácil, pero había sido muy duro. Sabía que John se había graduado en la facultad de Economía el día anterior. No tenía noticias de él desde el día en que se había mudado de apartamento. Se preguntó si se iría con Cara a Los Ángeles. No lo echaba de menos, y se lo estaba pasando de maravilla con Phillip, pero resultaba extraño no mantener contacto alguno con el hombre con el que había estado viviendo durante tres años. El cambio había sido a mejor. Además, su madre le había dicho lo mucho que le habían gustado tanto Phillip como su madre, después del almuerzo, cuando los dos ya se habían ido.

—Es un hombre encantador —comentó la madre de Jane—, y su madre es como un cohete. Me ha dicho que se va a Europa, que tiene planeado recorrer Italia por su cuenta y que quiere montar una exposición cuando vuelva. Va a ir a visitar a unos amigos o familiares en California. También me ha hablado de la posibilidad de ir a clase en el Louvre, en noviembre. Y forma parte de la junta del Costume Institute del Metropolitan. Apenas podía seguir el ritmo de lo que decía. Me ha hecho sentir como una tonta —dijo Vivian con admiración, algo abrumada. También habían tenido noticia de la reciente subasta y estaban impresionados.

—A mí me pasa lo mismo. —Jane se echó a reír al hablar de Valerie, aunque no pudo evitar pensar en los nervios y la tensión debido a lo que había descubierto sobre Marguerite, a tener que lidiar con los juzgados, las pruebas de ADN y la subasta. Valerie no había levantado el pie del acelerador ni un solo minuto.

Jane y Phillip pasaron el fin de semana con sus padres. Fueron a Broadway, a ver una obra de teatro, y cenaron en el club 21. Las mujeres fueron de compras mientras que Phillip y Hank visitaron una exposición de barcos y compararon los nuevos modelos con los clásicos. Estuvieron hablando de barcos y de navegación durante buena parte del fin de semana, e incluso fueron a echar un breve vistazo al barco de Phillip; al padre de Jane le encantó.

Todo resultó de lo más agradable, pero Jane se alegró cuando se marcharon sus padres. Le dijo a Phillip que entretenerlos había supuesto mucho trabajo: lograr que se divirtieran, que cumpliesen con lo que tenían planeado, que comiesen cuando y donde quisiesen, que les gustasen los restaurantes, y todo ello sin quedar exhaustos. Le había encantado verlos, pero estuvo contenta cuando llegó el momento de darles un beso de despedida para poder volver a su apartamento, con Phillip, y dejarse caer en la cama para pasar una tranquila noche de domingo.

Hicieron el amor en cuanto se metieron en la cama, y después saquearon la nevera para cenar. Ella estaba desnuda, comiendo restos de pollo, cuando le preguntó qué tenía pensado hacer esa semana.

—Hacerte el amor, espero, si sigues paseándote así.

Ella sonrió y dejó el pollo. Lo abrazó.

—La mejor oferta que podría recibir —dijo antes de besarlo.

—El martes llevaré a mi madre al aeropuerto —dijo él en voz baja besándole el cuello. Pasó las manos por detrás de su cintura y le agarró con firmeza las nalgas—. Aparte de eso y de trabajar, no tengo planes. ¿Por qué lo preguntas?

—Esta semana quiero estudiar para el examen. He estado pensando que podríamos tomarnos el viernes libre y pasar tres días en el barco. Puedo llevarme los libros. —Le alegraba mucho haber dejado atrás la graduación. Tenía algunas entrevistas de trabajo esa semana, pero más allá de eso su vida se había desacelerado. Había logrado uno de sus objetivos principales.

—Eso me suena de maravilla —respondió Phillip al pensar en esos tres días en el *Sweet Sallie*; a continuación la alzó en volandas y la llevó de vuelta a la cama. Iba a ser una noche de domingo perfecta.


Winnie fue a ver a Valerie el lunes por la tarde para despedirse de ella mientras hacía las maletas. Casi había acabado, pero se tomó un descanso para preparar un té helado. Winnie estaba sufriendo las consecuencias de su alergia al polen, como le ocurría siempre en esa época del año, y parecía emocionada cuando vio cómo se preparaba Valerie para el viaje.

—¿Cuánto tiempo estarás fuera? —preguntó anhelante.

—No lo sé. Tres semanas, un mes, tal vez más. Quizá seis semanas. Mi intención es rondar durante un tiempo. Estos últimos meses han sido muy estresantes.

Eso era innegable. Winnie todavía se sentía conmovida por todo lo ocurrido, especialmente por haber descubierto la verdad sobre sus padres, algo que todavía le resultaba doloroso. No se había recuperado aún, aunque Valerie tenía mejor aspecto que nunca, más fuerte y más segura gracias a lo que había aprendido.

—Creo que me gustas más como tía —dijo, burlándose de Winnie—. Me hace sentir joven.

Y, de hecho, lo parecía. Winnie podría haber pasado por su madre, aunque solo era cuatro años mayor que ella.

—No digas eso. Todavía estoy molesta por que ya no seamos hermanas. —Tenía los ojos bañados en lágrimas cuando lo reconoció.

—Me querrás igual ahora que soy tu sobrina. —Valerie se inclinó, la besó en la mejilla y le pasó un brazo por los hombros. Resultaba más sencillo aligerar la gravedad de la situación que afrontarla tal cual. La rabia y las acusaciones de Winnie habían quedado olvidadas. Las dos mujeres habían hecho las paces, en gran medida por la naturaleza de Valerie, pues tenía mayor capacidad para perdonar y mostrarse alegre. Y las cosas habían salido bien—. ¿Y si te reúnes conmigo en Europa? Te iría bien.

—No, no me iría bien. No me gusta nada tu manera de viajar. Vas de un sitio para otro, cambias de plan cada cinco minutos, entras y sales de los hoteles. Me pone de los nervios. A mí me gusta ir a un sitio y quedarme allí, no moverme. No quiero estar haciendo las maletas yo también cada cinco minutos.

—¿Y por qué no alquilas una casa en los Hamptons? —le sugirió Valerie.

—Es demasiado caro —respondió Winnie con amargura—. No me lo puedo permitir.

Valerie le dedicó una intensa mirada que venía a decir que la conocía de sobra. Winnie siempre se quejaba de ser pobre.

—Sí puedes, y lo sabes. Eres demasiado tacaña para gastarte el dinero —la acusó, y Winnie se limitó a reír tímidamente.

—Es cierto —confesó—. Penny va a alquilar una casa en Martha's Vineyard para el verano. Me dijo que podía quedarme un fin de semana si no me molestaban los niños.

—¿Te ves capaz? —Valerie no estaba segura de ser capaz de algo así, y creía que Winnie tampoco. Sus nietos la volvían loca, y también su hija, a la que criticaba sin cesar.

—Probablemente no —respondió Winnie con sinceridad—. Son tan brutos y tan maleducados, y tan ruidosos, y Penny se lo consiente todo.

—Son niños, y la verdad es que son bastante buenos. Cuando vienen a verme al estudio no hacen nada malo —repuso Valerie sin alterarse. A ella le gustaban más los niños de Penny que a su propia abuela.

—Tú eres más buena con ellos que yo. Me lo paso bien jugando a las cartas con ellos, pero aparte de eso me sacan de mis casillas. No paran de moverse. Siempre creo que van a tirar algo o a romperlo, y muchas veces lo hacen.

Valerie había visto a los niños en acción y coincidía con Winnie: ponían histérico a todo el mundo a su alrededor.

—Pues si ensucian, lo limpias. También puedes quedarte en un hotel —le sugirió, pero Winnie no quería soluciones. Siempre le gustaba verse envuelta en problemas.

—¿Para qué gastar dinero?

—Bueno, pero no puedes quedarte todo el verano sentada en tu apartamento de Nueva York —dijo Valerie con firmeza, aunque se dio cuenta de que a Winnie no la convencía la idea.

—¿Por qué no?

—Es deprimente. Tienes que pensar en un sitio al que ir o en algo que hacer.

—No soy como tú. A mí estar sola en casa me hace feliz.

—Su madre también había sido así. A Valerie le parecía una manera sombría y triste de vivir. A ella le gustaba salir, hacer nuevas amistades. De hecho, estaba deseando irse a Europa al día siguiente—. Voy a echarte de menos —añadió Winnie en voz baja—. Llámame.

—Por supuesto. La primera parada será Roma. Quiero ver el lugar en el que vivió mi madre cuando se trasladó allí. Después iré a Nápoles para ver el palacete. Phillip me dijo que era muy bonito, que el propietario actual lo había restaurado. No había conocido personalmente a mi madre, pero pidió a Phillip que le enviara algunas fotografías de ella y del conde. Sentía debilidad por ellos.

Phillip le había pasado la dirección de Saverio Salvatore y también su número de teléfono, y le había dicho que fuese a verlo, para poder visitar el palacete. Como Valerie hablaba bastante bien italiano, mejor que Phillip, que se las había visto y se las había deseado con el italiano cuando se encontraron, aunque luego pudo entenderse con el dueño de la galería y su inglés macarrónico. Phillip descubrió que los italianos solían hablar más francés que inglés, pero su francés tampoco era gran cosa. A su madre se le daba mejor.

—Bueno, no olvides llamarme cuando estés recorriendo toda Europa —le recordó Winnie.

—No me olvidaré. —Penny había arreglado el tema del patrimonio, y Valerie había pagado el impuesto de sucesión correspondiente a la venta de las joyas. Se sentía libre como un pájaro—. Y me gustaría que me contases que estás haciendo algo más que quedarte sentada en casa jugando al bridge.

—Tengo un torneo este verano. —A Winnie le brillaron los ojos al pensar en ello.

—Vale. Pero haz algo más. Sería bueno para tu salud.

Winnie asintió. Estaba realmente triste cuando se abrazaron antes de marcharse. Se sentía como si, después de haber perdido a su hermana al descubrirse la verdad sobre Marguerite, fuese a perder a su mejor amiga. Había estado luchando por mantener la ilusión durante meses. En ese momento todo era ya diferente. Valerie había estado hablándolo con Penny, que le había dicho que su madre había sabido adaptarse a la nueva situación. Valerie no lo tenía tan claro. Winnie se había pasado la vida defendiendo a sus padres, jamás los había criticado o cuestionado por sus actos. Había confiado en ellos ciegamente. Tener que abrir los ojos para afrontar la realidad había sido muy doloroso para ella, y Valerie creía que estaba deprimida. Winnie nunca había sido una persona feliz, y ahora lo era menos que nunca. Pero como mínimo había hecho las paces con Valerie después de las disputas por sus padres. Winnie tendía a seguir excusándolos, de cara a su hija, pero ya no se atrevía a decir nada ante Valerie, que había demostrado tener razón respecto a lo que había sentido durante años.

Valerie esperaba que Winnie estuviese bien durante todo el verano y volvió a centrarse en sus maletas cuando se marchó. Deseaba con todas sus fuerzas que llegase el día siguiente.

## 22

El martes, Phillip salió antes del trabajo y, a las cuatro en punto, pasó por el apartamento de Valerie para recogerla. Ella llevaba consigo dos maletas de considerable tamaño, así como un bolso de mano, con un montón de libros, revistas y su iPad, que subiría con ella al avión. Tenía que estar en el aeropuerto a las cinco, pues el vuelo a Roma salía a las siete de la tarde. Estaba tan nerviosa que parecía una niña pequeña cuando salió de su casa y metió el equipaje en el maletero. Durante el trayecto no paró de hablar animadamente de lo que tenía planeado hacer, ya fuese visitar los museos en los que no había estado en Roma o las galerías de arte de Florencia o los Uffizi, donde había estado un montón de veces y le encantaba, o el palacete de Nápoles. Después de todo aquello, ya vería lo que hacía. Tal vez recorrer la Toscana o pasar unos días en París antes de regresar a casa. Su idea inicial era pasar el mayor tiempo posible en Italia.

—Espera un segundo. ¿Cuánto tiempo vas a estar fuera? ¿Dos años? —le preguntó Phillip burlándose.

—Tal vez. —Se echó a reír. Se sentía despreocupada y nerviosa al pensar en el viaje.

—Es lo que parece. No te olvides de volver. Te echaré de menos —dijo Phillip con sinceridad.

Le gustaba verla tan alegre después de todo lo que había pasado desde que descubriera quién era su auténtica madre.

Aceptar que había perdido la oportunidad de pasar la vida con su madre había sido muy duro para ella, pero conocer detalles de su existencia, de la vida que había llevado, y el hecho de saber cuánto la había echado de menos y que le habían impedido recuperarla, había ayudado a Valerie a crear un vínculo con Marguerite incluso después de muerta. Saber cuánto la había querido su madre alivió los sinsabores de una infancia sin amor. Había curado una vieja herida de la que Valerie no era consciente pero que siempre había estado ahí. Se había liberado finalmente del perturbador eco de las palabras de sus padres, siempre desaprobadoras, pues jamás habían sido cariñosos con ella. Estaba preparada para nuevas aventuras, a pesar de tener setenta y cuatro años.

Cuando llegaron al aeropuerto, Phillip la ayudó a facturar las maletas y consiguió la tarjeta de embarque para el vuelo. Valerie se quedó un rato en la acera junto a él antes de entrar en la terminal.

—Pásatelo bien con Jane mientras estoy fuera —le dijo con tono maternal, a pesar de que siempre se mostraba respetuosa con sus elecciones—. Me gustó mucho conocer a sus padres. Parecen buenas personas. Disfruté con ellos.

Phillip también lo había pasado bien, hasta cierto punto.

—A veces pueden ser un poco intensos —respondió sin alterarse.

Jane jamás le había presionado, en ningún sentido, pero sí había experimentado tensión con sus padres, especialmente con su madre. Le había dejado claro que quería que Jane se casase, objetivo que no estaba, de momento, entre las preocupaciones de Jane.

—Espero que no digas esa clase de cosas de mí —dijo Valerie, y él sonrió.

—No podría. Estás demasiado ocupada con tus cosas.

—Él sabía que lo único que ella quería era que fuese feliz, del modo que él creyese conveniente. Cómo lo consiguiese o con quién, Valerie lo dejaba en sus manos.

—Me gusta que estés junto a una buena mujer, que no vayas por ahí solo. Pero creo que ya te lo imaginas —dijo sin más, y después añadió—: Jane es una buena chica.

Él sonrió al oírselo decir.

—Sí, lo es, y además sabe navegar. Y va a ser una buena abogada. Tiene una entrevista de trabajo en el bufete de Penny. Tendría gracia que trabajasen juntas. —Penny y Jane también se llevaban bien. Habían cenado juntas varias veces, y Phillip y Jane tenían previsto pasar el fin de semana del 4 de Julio con Penny y su familia en Martha's Vineyard.

Le gustaba que su madre nunca le presionase sobre su vida privada. Estaba demasiado ocupada con sus asuntos y su propio modo de vida, intentando disfrutar al máximo, lo cual le servía de ejemplo a él. Era una de las cosas que siempre había admirado del matrimonio de sus padres: le encantaba ser testigo del amor y el respeto que se tenían, del espacio que se dejaban el uno al otro. Nunca se habían encerrado ni agobiado, no eran posesivos ni habían intentado cambiar al otro. Habían sido tolerantes con las particularidades de su pareja. La relación había funcionado de verdad. Había visto muy pocas parejas como la suya; y él, personalmente, no había vivido ninguna. Al menos por el momento, pero ahora estaba con Jane. Y para él tenía una importancia capital que Jane y su madre se llevasen bien, que se gustasen.

Le daba la impresión de que Valerie estaba ansiosa por entrar, así que le dio un abrazo y un beso de despedida. Al instante, sintió pánico, como si estuviese enviando a su hija a un campamento de verano.

—Ten cuidado, mamá... Sé prudente... No hagas ninguna estupidez... Nápoles está lleno de carteristas. Ve con mil ojos cuando estés allí... —De repente, se le ocurrían mil advertencias que hacerle.

Ella se echó a reír.

—Estaré bien. Cuídate tú. Podrás localizarme en el teléfono móvil o enviándome un e-mail. —Volvió a abrazarlo. Le saludó con la mano mientras se alejaba y desapareció en la terminal.

Él se sintió feliz por su madre. Después condujo de vuelta a la ciudad. Fue al apartamento de Jane, donde ella estaba estudiando para el examen, como era habitual en esa época.

—¿Todo bien con tu madre? —le preguntó durante un momento de descanso. Él le había servido una copa de vino blanco.

Phillip sonrió antes de contestar.

—Estaba tan contenta de marcharse que ha sido incómodo incluso. Le encanta viajar, así que ha entrado en el aeropuerto prácticamente corriendo. Está deseando llegar a Roma y a Nápoles. Será bueno para ella. —Habían pasado tantas cosas en los últimos tiempos que el viaje seguro que le resultaría divertido.


En ese preciso momento, Valerie estaba charlando con la persona que iba sentada a su lado en el avión. Había seleccionado una película y había pedido la comida y una copa de champán. Volaba con la compañía Alitalia y había comprado un billete de clase *business* para dormir cómodamente durante el vuelo. Cuando se lo comentó a Winnie, su nueva tía, ella se había quejado del gasto innecesario. Valerie le respondió diciéndole que a su edad podía permitirse ciertos lujos. No tenía sentido alguno ahorrar hasta los cien años. Su intención era darse algún capricho entonces, sobre todo después de la subasta. No pretendía derrochar, pero sabía que el viaje resultaría más cómodo y agradable en clase *business* que en turista, algo muy razonable para ella, aunque no tanto para Winnie, quien prefería quedarse en casa, sin ir a ningún sitio, y ahorrar todo el dinero.

Vio la película, disfrutó de la cena, ossobuco y pasta, con una copa de vino tinto italiano y después se preparó para dormir durante lo que restaba del vuelo, de siete horas. Tenían previsto llegar a Roma a las ocho de la mañana, hora local, y esperaba estar instalada en el Hassler a las diez, lo que le permitiría pasar todo el día en la ciudad. Llevaba escrita la dirección de su madre en un papelito dentro del bolso. Quería ir allí antes de hacer cualquier otra cosa. Era el motivo principal para viajar a Roma. Tenía previsto visitar museos e iglesias durante dos días, disfrutar de la ciudad y caminar. A continuación se trasladaría a Nápoles para visitar el palacete, uno de los puntos álgidos del viaje, dado que Marguerite había vivido allí durante más de treinta años. En el apartamento de Roma había pasado veinte. Italia se había convertido, a todos los efectos, en su hogar, aunque Valerie sabía, gracias a las cartas, que su madre había sido más feliz en Nápoles con Umberto que el tiempo que estuvo sola en Roma, tras su muerte. Valerie suponía que sus años más felices los había pasado en el Castello de San Pignelli, mientras él seguía con vida. Su existencia había sido muy solitaria desde entonces, sin pariente alguno en el mundo.

Valerie apenas durmió en el avión. Se tomó una taza de café intenso antes de aterrizar, a la hora prevista, y fue de las primeras en descender. Cogió un taxi que la llevó al hotel Hassler. Le asignaron una pequeña habitación parecida a la que había ocupado Phillip en marzo. Poco más tarde, en cuanto se duchó y se visitó, con una larga falda negra de algodón, una camiseta, sandalias y sombrero Panamá, tomó otro taxi hasta la dirección en la que había vivido su madre. Su aspecto era muy estiloso y desenfadado, con la larga cabellera blanca cayéndole por la espalda, y lucía varios brazaletes de plata. Su atuendo transmitía un aire muy bohemio.

Permaneció un rato fuera del edificio en el que había vivido su madre, preguntándose cuál habría sido su apartamento. Había pasado tanto tiempo que sin duda nadie la recordaría. Le gustaba estar allí, aunque solo fuese porque aquel había sido el vecindario de su madre. Era un elegante barrio residencial llamado I Parioli; la gente iba caminando por las aceras, o en bicicleta, y las motocicletas zigzagueaban entre los coches debido a la densidad del tráfico romano, de ahí que el sonido del claxon fuera omnipresente. Valerie se quedó allí un buen rato y después echó a andar. Entró en una pequeña iglesia cercana y encendió una vela por su madre, agradeciendo que sus caminos, de algún modo, hubiesen vuelto a cruzarse. Se llevó la mano al medallón al reparar en ello. Se sentó tranquilamente, pensando en ella, viendo el ir y venir de toda una serie de ancianas respetables para rezar el rosario o charlar en voz baja con sus amigas. Varias monjas se encargaban de limpiar la iglesia, y la atmósfera resultaba acogedora. Se preguntó si su madre habría entrado allí alguna vez, si todavía creía en alguna deidad a esas alturas, después de todos los infortunios que había tenido que afrontar. A Valerie no le habría extrañado que no creyese en nada, no la habría juzgado.

Era un vecindario bonito, y se sintió segura caminando por las calles hacia la lejana Piazza di Spagna, donde estaba su hotel, cerca de las tiendas de la vía Condotti. Le resultaba conmovedor descubrir el que fuera el mundo de su madre, la vida que había llevado durante el medio siglo que vivió en Italia, después de dejar Estados Unidos. Valerie pasó el resto del día visitando pequeñas iglesias, y comió pasta y un delicioso pescado en la terraza de una cafetería. Practicó su italiano con el camarero, que parecía entenderla a pesar de sus errores. Y le sorprendió darse cuenta de que los hombres, en Roma, miraban a las mujeres de todas las edades; de hecho, había notado cómo varios hombres se volvían al verla pasar, lo que le había hecho sonreír. En Nueva York nunca pasaba algo así. Los hombres italianos la hacían sentir a una femenina y deseable hasta sus últimos días. Y Valerie todavía era una mujer atractiva gracias a su grácil figura y a su hermoso rostro.

Por la tarde, pasó horas caminando, y cenó en un pequeño restaurante cerca del hotel. No le gustaba cenar sola fuera de casa, pero al viajar sin compañía no tenía más remedio que hacerlo, y no quería cenar en la habitación del hotel. Así que disfrutó de la comida y de un intenso *espresso* antes de regresar al hotel. Esa noche escribió varias postales, para Phillip, Winnie y los Babcock. Su familia había crecido. Los Babcock irían a Nueva York en otoño, para conocer a Phillip, y tenían previsto invitarla a cenar y a ver una obra de teatro en Broadway.

Al día siguiente hizo más o menos lo mismo: visitó iglesias y galerías, admiró fuentes y estatuas, se empapó de la atmósfera de Roma y se fijó en las personas que la rodeaban. Y al otro, voló a Nápoles. Había recibido varios correos de Phillip preguntándole cómo estaba, a los que ella respondió asegurándole que estaba bien y disfrutando de Roma. En el aeropuerto tomó un taxi que la llevó al hotel Excelsior, donde se había alojado con Lawrence años antes, y pudo disfrutar del paisaje durante el camino. Vio el Vesubio y la bahía de Nápoles, y se acordó de cuando habían llevado a Phillip a Pompeya, de su sorpresa y fascinación cuando le explicó lo que había ocurrido allí.

Como no quería conducir por Nápoles, debido al riesgo que conllevaba, alquiló un coche con chófer, del que dispuso esa misma tarde.

Almorzó en la terraza del hotel y salió después para encontrarse con el chófer, con la dirección de su madre en la mano, tal como había hecho Phillip. Llevaba con ella los números de teléfono de Saverio Salvatore, pero no lo llamó; no quería molestarlo a menos que fuese imprescindible. Deseaba ver el palacete, y disfrutar de un rato a solas, pensando en la juventud de su madre, a los dieciocho años, junto al hombre al que amaba, poco después de que naciese Valerie.

El chófer fue indicándole los lugares por los que pasaban. Hablaba muy bien inglés, señalaba las iglesias y los edificios importantes, y le contó algunas historias de Nápoles. La historia que más le interesaba, sin embargo, era la de su madre. Había mucho tráfico en la ciudad y les llevó un buen rato llegar hasta el extremo en el que se hallaba ubicado el castillo.

Cuando llegaron, ella descendió del coche en silencio, alzando la vista con reverencia hacia la que fuera la casa de su madre. Por aquel entonces, Marguerite era condesa, estaba enamorada de Umberto y gozaba del respeto de todos los que la conocían, según le había contado Severio Salvatore a Phillip.

Valerie se quedó delante de la puerta un rato, con cautela, pues no quería entrometerse, pero no había nadie. Había un Ferrari aparcado en un espacio al aire libre que parecía un viejo establo, pero los terrenos estaban desiertos. Valerie se sintió como un vulgar ladrón al adentrarse en ellos, caminando despacio con sus sandalias, sus vaqueros y la camisa blanca resplandeciente que había llevado durante el viaje, así como su sombrero Panamá. Hacía calor, pero era un calor seco, y el sombrero la protegía del sol. Nadie la detuvo, así que se dedicó a deambular un poco, cruzó el huerto de frutales, dejó atrás los viñedos y los jardines, y se encaminó hacia el palacete. No le costaba imaginar a su madre paseando por allí del brazo de Umberto, disfrutando de las vistas de la bahía. Era un lugar hermoso y tranquilo, y parecía bien atendido. Atisbó a dos jardineros a lo lejos, pero no llegaron a acercarse. Estaba a medio camino de regreso al coche, en el patio, cuando apareció un Lamborghini plateado, con la capota bajada. Lo conducía un hombre de cabello blanco. Durante un segundo, a Valerie le recordó a Umberto, por lo que se sintió sorprendida y cohibida. El hombre salió del coche deprisa y se le acercó, escrutándola con la mirada.

—Sí, *signora? Cosa sta cercando?*

Valerie sabía que le estaba preguntando qué buscaba, pero le habría resultado estúpido responder: «a mi madre», pues el hombre habría creído que se había vuelto loca. Era posible que lo pensase de todos modos. Valerie pensaba que no iba vestida del modo adecuado para ser presentada a nadie, con aquellas sandalias, los vaqueros y el maltrecho sombrero de paja Borsalino.

—*Scusi* —dijo Valerie, un tanto nerviosa por tener que

disculparse—. *Che casa bellissima* —añadió, señalando hacia la casa.

—*È una proprietà privata* —le recordó él.

Valerie decidió jugársela, a riesgo de parecer una chiflada entrometida.

—*Mia mamma era in questa casa molti anni fa* —explicó sintiéndose torpe, pues le había dicho, sacándole el máximo partido a su oxidado italiano, que su madre había vivido en esa casa hacía muchos años—. *La contessa Di San Pignelli* —añadió a modo de excusa por su intrusión—. *Sono la sua figlia.*

El hombre frunció el ceño mientras la observaba. Le había dicho que era la hija de Marguerite.

—*Davvero?* ¿Lo dice en serio? ¿Es cierto? —preguntó él, cambiando al inglés; lo cual facilitaba las cosas a Valerie. Parecía intrigado.

—Mi hijo pasó por aquí hace unos meses. Creo que se conocieron, su nombre es Phillip Lawton. Le envió a usted algunas fotografías de mi madre y de mi padrastro, la condesa y el conde. Me dio su tarjeta. Signore Salvatore —dijo avergonzada y con gesto de azoramiento.

—No me dijo que fuesen sus abuelos.

—Es una larga historia, pero en ese momento él no sabía que lo eran.

—Y usted es la hermosa hija de la condesa. Las fotografías están en la casa. —Hizo un vago gesto señalando el castillo, fascinado ya por la forastera.

Valerie le correspondió con una sonrisa, agradecida de que se acordase de Phillip y de que no le hubiese pedido que se marchase.

—Lamento mucho haber entrado aquí de este modo —se disculpó, todavía aturdida—. He venido a Nápoles para visitar el lugar en el que vivió mi madre con el conde. Es una tontería, lo sé. Mi madre murió. He querido venir a Italia para ver la que fue su casa. —No le contó que no había llegado a

conocerla, que acababa de descubrir que Marguerite era su madre. Resultaba demasiado extraño para explicarlo en cualquier lengua.

—¿Le gustaría visitar la casa? —le preguntó él amablemente. Ella asintió de forma automática. De hecho, ardía en deseos de hacerlo. Era el motivo principal de su viaje.

El hombre la llevó a dar una vuelta bastante más extensa que la que había dado con Phillip. Le enseñó el dormitorio de los condes, que en ese momento era el suyo, sus estancias privadas, con la hermosa biblioteca llena de libros antiguos, y el pequeño estudio en el que Umberto trabajaba, en lo que fuera que hiciese, detalle que Valerie desconocía y sobre el que no quiso preguntar. Había también un bonito tocador y vestidor, que había pertenecido a su madre pero que en ese momento estaba vacío, con un antiguo papel pintado de forma artesanal que parecía de la Venecia del siglo XVII, y probablemente lo era. Había varios salones y también dormitorios individuales que Saverio había convertido en habitaciones de invitados. Majestuosos candelabros con velas, un comedor noble con una mesa alargada, tapices y elegantes sillas, así como una sala de estar para las visitas y una cocina hogareña también con vistas a la bahía.

La casa era muy grande y distinguida, pero resultaba confortable y acogedora. Le habría gustado poder cerrar los ojos e imaginar a su madre allí. En cambio, vio las fotografías que le había enviado Phillip sobre un piano de cola, enmarcadas en plata, ocupando un lugar de honor. Y tal como Phillip le había comentado, de las paredes colgaban impresionantes obras de arte contemporáneo que el nuevo propietario había sabido mezclar a la perfección con las obras antiguas. Tenía o un buen decorador o muy buen gusto. El paseo acabó en la cocina, donde le ofreció una copa de vino que ella dudó en aceptar. No quería abusar de su hospitalidad.

—Lamento haberle molestado —dijo Valerie. Parecía un tanto incómoda.

Él sonrió.

—Sé cómo son las cosas con la familia. Mi madre murió cuando yo era un niño... Siempre he querido saber de ella. Posiblemente como usted —le explicó, mientras servía el vino blanco frío en una copa y se la ofrecía; también se sirvió una para él. Salieron a la terraza y se sentaron. Desde allí se veían los jardines, perfectamente cuidados, que Saverio se había encargado de restaurar—. Una madre es algo muy especial —añadió, antes de darle un trago a su copa—. Me gustó mucho su hijo cuando lo conocí. Es un buen hombre.

Ella sonrió por el cumplido que le había dedicado a Phillip.

—Gracias. Yo también lo creo. ¿Tiene usted hijos? —le preguntó.

Él sonrió y levantó dos dedos.

—Dos. *Un ragazzo a Roma* —un hijo en Roma, entendió ella—. *E la mia figlia a Firenze.* Mi hija trabaja conmigo en la galería. Mi hijo es el director de mi galería en Roma. Arte. —Señaló hacia los cuadros del interior—. Su hijo vende arte en Christie's —dijo rememorando—, *e gioielli* —«joyas».

—Sí. Tengo un solo hijo. —Alzó un dedo con una sonrisa—. Y soy artista. —Hizo un gesto para intentar expresar que pintaba.

Él pareció impresionado.

—*Brava!* —la halagó, y se quedaron callados un momento, apreciando las vistas.

Ella se puso a pensar en su madre de nuevo. Casi podía sentirla allí, donde había vivido durante tantos años, seguramente feliz. Era un lugar acogedor, amable, y Valerie le dijo a su acompañante que la casa le parecía adorable, lo cual a él le emocionó, tal como le había ocurrido con Phillip.

—¿Ahora irá a Capri? ¿O a Amalfi? ¿Sorrento? ¿Positano? Está de vacaciones, ¿no?

—No. —Valerie negó con la cabeza—. Firenze. —No quería ir a un hotel de playa estando sola, y sabía que Capri estaba plagado de turistas en esa época del año, algo que no la atraía lo más mínimo. Las ciudades y el legado artístico, sí. También se había planteado la posibilidad de ir a Venecia. Allí había más cosas que ver que en Positano o en Capri, museos y galerías que le encantaría visitar.

—Yo también —dijo él—. Vuelvo a *Firenze* dentro de unos días, por trabajo. Aquí descanso —añadió, aunque resultó poco convincente. Conducía el Lamborghini a toda velocidad, lo que a Valerie no le parecía signo de descanso—. Vengo aquí una o dos veces al mes para relajarme. —Eso sí tenía sentido—. Si no, estoy en Firenze, Roma, Londra, Parigi. Negocios.

Ella asintió al entender que se trataba de las ciudades en las que trabajaba. Guardaron silencio de nuevo, tranquilos, hasta que ella se puso en pie al entender que ya le había obligado a atenderla demasiado tiempo.

—Por favor, llámeme cuando vaya a Firenze. Visite mi galería y conozca a mi hija —dijo Saverio con amabilidad—. Podría comer con nosotros.

—Me encantaría —respondió Valerie justo antes de echar a andar hacia el lugar en el que la esperaba el chófer. Entró un Mercedes en el patio y Saverio saludó al conductor con la mano, como si estuviese esperándolo—. Lamento haberle entretenido tanto tiempo. Gracias por enseñarme la casa. —Parecía emocionada.

Él le dedicó una cálida sonrisa.

—En absoluto. Ha sido un placer y un honor. —Se inclinó y le besó la mano, y ella se sintió importante, como si fuera el Papa.

—*Mille grazie* —dijo Valerie.

El hombre del Mercedes llegó hasta donde estaban y le habló muy rápido a Saverio en italiano. Su anfitrión los presentó.

—Valerie Lawton —dijo ella.

—*Signora Lawton, a presto… a Firenze* —le dijo Saverio y dejó que se marchase.

A continuación entró en la casa con aquel hombre, hablando animadamente. No podría haber sido más amable con ella, tal como le había dicho Phillip. Y eso que se trataba de una visita inesperada. Para ella había sido perfecto, había visto todo lo que quería ver. Había estado en el dormitorio de su madre, en su vestidor, donde comían, en la sala de estar y en los jardines. Y eso que ya era la casa de Saverio. Se había sentido un tanto avergonzada por el modo en que había entrado en la propiedad, pero aun así estaba muy contenta de haber ido a Nápoles. Sabía que no necesitaba volver. Había visto la casa de su madre, la había recorrido.

Habló con el encargado del hotel esa misma noche para indicarle que regresaba a Roma al día siguiente. Quería pasar unos días más allí, y después tenía pensado ir a Florencia. No sabía si tendría el valor de llamar al dueño del palacete una vez que estuviese en Florencia. No tenía intención de molestarlo mientras trabajaba. Quizá se limitase a pasar por la galería, para satisfacer su curiosidad. Pero era consciente de que su peregrinaje había concluido. El resto del viaje sería tan solo por placer. Marguerite Pearson di San Pignelli podía descansar en paz.

## 23

La segunda estancia de Valerie en Roma, a su regreso de Nápoles, le resultó incluso más interesante que la primera. Fre-
cuentó varias galerías de arte y museos, visitó las catacumbas,
que siempre le habían llamado la atención, y descubrió un
millar de pequeñas iglesias mientras caminaba por la ciudad.
Le encantaba estar allí, a pesar de hallarse sola, y se lo dijo a
Phillip cuando la telefoneó. Coincidieron al destacar la amabilidad de Saverio, y ella le contó que había visitado la casa
y le habló de la cordialidad que había mostrado su anfitrión.

—Es un buen tipo. Parece que nuestra familia le va cayendo encima y se lo toma con deportividad.

—Vi la foto de mi madre que le enviaste. La ha enmarcado
y la tiene encima del piano, lo cual es todo un detalle.

—Tengo la impresión de que se ha enamorado un poco de
ella —comentó Phillip como si tal cosa, y su madre rio ante
su desfachatez.

—Y ahora, ¿adónde piensas ir? —le preguntó su hijo.

—Florencia. Ya veré qué hago después, una vez allí. —No
había hecho reserva alguna después de Florencia, quería ver
adónde la llevaban los acontecimientos. En Florencia había
tal cantidad de arte que sabía que no iba a cansarse y que seguramente no querría irse. Tenía pensado alquilar un coche y
recorrer la Toscana, pero no se lo dijo a Phillip para no preo-
cuparlo—. ¿Qué tal está Jane? —le preguntó.

—Ocupada. Se presenta al examen dentro de tres semanas. Apenas voy a sacarle cuatro palabras hasta entonces. Se queda en su apartamento y procuro no distraerla. —Jane le había dicho que era como un niño, pues quería besarla y abrazarla todo el rato, pero ella tenía que trabajar. Así que desapareció de su vista. Además, él también tenía mucho con lo que mantenerse ocupado.

Esa noche, Valerie también llamó a Winnie, tal como le había prometido. Se sentía bien, a pesar de las alergias. Estaba en un campeonato de bridge, algo que la hacía feliz. Valerie le contó que había estado en Nápoles, visitando la casa, que había conocido al dueño actual y que ya estaba de vuelta en Roma, descubriendo la ciudad.

—Estoy mejor que tú. Seguramente ahí hace un calor de mil demonios —se quejó Winnie.

—Hace calor, pero me encanta. —Sonó alegre y relajada.

Al día siguiente decidió que iría en coche a Florencia, no en avión. Alquiló un Mercedes, un buen coche para hacer carretera, por lo que estaría segura. Dejó que el botones cargase su equipaje en el maletero, cogió la autopista una vez que salió de Roma, y no la dejó hasta llegar a Perugia, donde se detuvo para comer; luego tomó un desvío que le permitió pasar junto al lago Trasimeno. Cuatro horas después de salir de Roma, llegó a Florencia, y fue capaz de llegar hasta el Four Seasons usando el GPS, lo cual la hizo sentirse absolutamente competente. Había pasado un gran día en la carretera.

Dejó el coche en el hotel, se registró y después fue andando hasta la Piazza della Signoria, donde se tomó un *gelato*. Era una tarde cálida y preciosa, y estaba deseando ir a los Uffizi al día siguiente. Se trataba de su museo favorito de Europa, lo había visitado cuando viajaba con Lawrence, la Meca para cualquiera que amase el arte. También era el museo favorito de Phillip.

Estuvo deambulando durante horas por Florencia y finalmente regresó al hotel y se tumbó en la cama para descansar. Rio entre dientes al pensar en lo poco que le habría gustado a Winnie un viaje como ese; no habría parado de quejarse, ya fuera por el hecho de caminar o por el calor, así como por la afición de Valerie a verlo todo, a rebuscar en todas partes. Para Winnie habría sido su peor pesadilla. Para Valerie era un sueño. Se preguntó entonces si su madre se habría parecido a ella en ese sentido.

Esa noche se acostó temprano y se levantó cuando el sol empezaba a ascender sobre Florencia, cosa que veía desde su habitación. Contempló la ciudad desde la ventana, a la luz de las primeras horas de la mañana, como si se tratase de un cuadro. Salió a pasear y regresó para desayunar. Llegó a los Uffizi justo cuando abrían sus puertas. Permaneció allí hasta que cerraron a la hora del almuerzo. Caminó otro rato y regresó por la tarde. Mientras recorría las calles, se acordó de la galería de Saverio, y buscó la tarjeta con la dirección, que todavía guardaba en el bolso. No tenía ni idea de cómo llegar, por lo que se lo preguntó a un policía, que se dirigió a ella en italiano y le indicó que se encontraba muy cerca. A ella le pareció haberle entendido, de modo que fue hacia la dirección que le había señalado y, al volver una esquina, allí estaba. Se trataba de una galería espléndida, muy grande, con una enorme escultura de bronce en el escaparate. La sorprendió ver a Saverio a través del cristal. Estaba hablando con una joven, señalando enfáticamente hacia una de las pinturas.

Vacilante pero llevada por la curiosidad, Valerie entró. Saverio se volvió hacia ella y sonrió.

—Signora Lawton... bienvenida a Firenze... *Brava!* —Parecía encantado de verla, como si fuesen viejos amigos, y no tardó en presentarle a su hija, Graziella, la joven con la que le había visto hablar.

El inglés de Graziella era perfecto, y las dos mujeres conversaron durante unos minutos. Parecía tener la misma edad que Phillip, o a lo sumo algún año menos. Al cabo de un rato se dirigió a su oficina, al fondo de la galería, y Saverio empezó a hablar con Valerie, tuteándola, con ese estilo suyo abierto y desenfadado.

—¿Cuándo has llegado? —le preguntó.

—Llegué ayer, en coche —respondió orgullosa, sintiéndose realizada, y él la felicitó con otro «Brava!»—. He pasado el día en los Uffizi

Él asintió.

—Yo crecí allí —le dijo con una sonrisa.

—¿Tu familia tenía alguna relación con el arte? —le preguntó, pasando también al tuteo, sin tener muy claro si entendería la pregunta.

La había entendido, pero negó con la cabeza.

—No, mi padre era médico, y mi madre, enfermera. Mi padre se enfadó mucho conmigo cuando le dije que quería ser artista. Pero, como no tengo talento, vendo el arte de otras personas. —Rio—. Él pensaba que me había vuelto loco. Pero yo no quería ser médico. Le decepcioné mucho.

—Mi padre tampoco quería que fuese artista. —Su verdadero padre había resultado ser artista, pero costaba demasiado intentar aclararlo en ese momento.

—Tienes que enseñarme tus obras —le dijo, interesado.

—Oh, no —contestó ella con modestia. Había reconocido la escultura que tenía en el escaparate, era obra de un escultor al que admiraba. Ella no jugaba en la misma liga, ni mucho menos, según creía.

Saverio se volvió hacia ella.

—Cenarás con nosotros. ¿Sí? —Valerie vaciló, aunque acabó asintiendo. No tenía ningún otro compromiso, y Saverio se estaba mostrando cercano, y resultaba interesante hablar con él, pues compartían la pasión por el arte—. ¿En qué hotel estás?

Ella se lo dijo y él prometió pasar a buscarla a las ocho y media. Valerie salió de la galería y, camino del hotel, volvió a sentirse valiente y aventurera. Era divertido hacer nuevos amigos. Su viaje a Europa, tras visitar la casa de su madre, consistía básicamente en buscar esa clase de experiencias. Podía hacer lo que quisiera, pues había cumplido con la parte seria del plan.

No tenía ni idea de adónde irían a cenar, no sabía cómo vestirse, así que se puso una sencilla falda negra, una blusa blanca de encaje, unas sandalias de tacón alto, se soltó la cabellera blanca, que le caía por la espalda, y se puso los pequeños pendientes de diamantes que le había regalado Lawrence por los veinte años de matrimonio. Llevaba un chal del brazo por si acaso hacía frío por la noche. Estaba esperando en la recepción del hotel cuando Saverio apareció en el Ferrari rojo. Estaba imponente con su americana a medida, pantalones blancos y camisa azul, su intenso bronceado y su cabello blanco. Entró en el hotel, la encontró y la tomó del brazo para salir. Montó con él en el Ferrari y sintió una innegable emoción cuando Saverio encaró el tráfico colándose entre otros coches. Se echó a reír al mirarlo. La asustaba un poco dejarse llevar por él, pero era muy típico de los italianos conducir de ese modo, y a ella le gustaba.

—¡Haces que vuelva a sentirme joven! —le dijo ella con una amplia sonrisa por encima del ruido del motor.

—Eres joven —replicó él, devolviéndole la sonrisa—. A nuestra edad podemos hacer lo que nos dé la gana y ser todo lo jóvenes que queramos. —Y luego añadió—: Te pareces a tu madre. —La contempló cuando se detuvieron en un semáforo.

—Ojalá fuese cierto —dijo ella con tristeza—, pero no es así. Me parezco a mi padre. —Lo había descubierto recientemente en Santa Barbara, al ver las fotografías de Tommy que le había enseñado Walter. Pero había algunas similitudes de expresión con Marguerite que Saverio había sabido apreciar de inmediato.

—Pues tu padre debió de ser muy guapo.

Ella sonrió en respuesta al cumplido al tiempo que se ponían en marcha de nuevo cuando el semáforo se puso en verde. Saverio era un hombre encantador y excitante, con toda probabilidad todo un conquistador. Pero aquello encajaba con él, y era tan italiano... Además la hacía sentirse atractiva.

En el restaurante, se encontraron con la hija de Saverio acompañada por su marido, Arnaud; ambos eran encantadores. Ella dirigía la galería de su padre en Florencia, y su marido, de origen francés, trabajaba como productor en una cadena de televisión local. Le dijeron que tenían una hija pequeña, Isabella, de dos años. Al hablar de ella, a Saverio le brillaron los ojos, y le mostró a Valerie una foto de su nieta en el móvil. Llevaba puesto un tutú, tenía el pelo rubio y rizado, y sonreía con malicia.

—¿Tienes nietos? —le preguntó Saverio.

Ella negó con la cabeza.

—Phillip no se ha casado. —Pensó que eso lo explicaba todo, pero al parecer no era así.

—*Allora?* —inquirió Saverio con un gesto típicamente italiano—. Mi hijo Francesco no está casado, pero tiene dos hermosos hijos con una mujer estupenda.

Valerie sonrió al oírlo.

—Mi hijo todavía no tiene —dijo con una sonrisa cortés. Y esperaba que no tuviese de momento. Ella era abierta de mente, moderna, pero sus valores eran tradicionales, aunque sabía que habría querido a los hijos de Phillip, hiciera lo que hiciese.

—Los hijos siempre te sorprenden —afirmó Saverio, y ambos se echaron a reír.

El inglés de Saverio mejoró con el vino durante la velada. Su hija y su marido lo hablaban muy bien. Los jóvenes se marcharon cuando acabó la cena, que fue estupenda, y Saverio la llevó a un bar con unas vistas espectaculares de Florencia bajo el cielo nocturno. Por lo visto, no estaba dispuesto a que la noche acabase ya, y Valerie, tampoco. Se lo estaba pasando de maravilla.

—Bien, Valerie —dijo él con picardía—, ¿estás casada? ¿Divorciada...? —Buscaba otra palabra, pero no la encontró.

—Viuda —añadió ella—. Mi marido murió hace tres años y medio. —No sonó triste, le informó sin más. Había aceptado la muerte de Lawrence. Habían pasado unos años maravillosos juntos. Lawrence había vivido una buena vida y habían compartido una incluso mejor.

—¿Estás sola? —Parecía sorprendido, tal vez por eso se echó a reír.

—Sí. A mi edad, si sus maridos han fallecido, la mayoría de las mujeres lo están. —Se estaba mostrando sensible. Ya no esperaba encontrar a un hombre, ni siquiera lo deseaba. Se sentía a gusto sola.

—¿Por qué? Eres una mujer guapa, y sexy. ¿Por qué tendrías que estar sola?

Valerie sabía que resultaría difícil responder a esa pregunta, y tampoco quería hacerlo, porque implicaba decir que los hombres no hacían cola a su puerta precisamente. No había salido con nadie desde que Lawrence murió. Algunos viudos a los que conocía la habían invitado a salir, pero ella los había rechazado. Aceptaba su soledad, y a veces disfrutaba de ella. Ella y Lawrence habían estado muy bien juntos. Habían sido felices durante mucho tiempo. No quería pecar de codiciosa o ingenua esperando encontrar algo así de nuevo, para llevarse una decepción.

—Uno debería estar solo en el único caso en que desee estarlo —insistió él—. ¿Quieres estar sola?

—En realidad, no. Pero me mantengo ocupada. Hago muchas cosas de las que disfruto.

—Pero las haces sola. —Ella asintió—. Eso es terrible. Tengo setenta años, Valerie. Pero no creo que mi vida como hombre haya acabado. —Parecía tenerlo muy claro.

A ella le sorprendió descubrir su edad. Había supuesto que rondaba los sesenta y pocos. Gozaba de muy buen aspecto. Era un hombre muy guapo.

—Para los hombres es diferente —replicó ella—. Contáis con más opciones. Podéis estar con una mujer de veinticinco años, si queréis. Si yo hiciese algo así, parecería ridículo. A tu edad, algunos hombres inician una nueva familia con mujeres más jóvenes —añadió.

Él extendió un dedo y negó con él al oírle decir aquello.

—¡Nada de niñas! Me gustan las mujeres, no las niñas, ni las jóvenes. —Fue muy tajante, y Valerie entendió, sorprendida, que estaba flirteando con ella. No le había ocurrido algo así desde hacía años, y no tenía claro si le apetecía que ocurriese. Pero resultaba halagador, y en ese momento parecía apropiado. Estaba en Italia, y él era un hombre encantador, guapo e inteligente. Tal vez que flirteara con ella no estuviese mal, después de todo. Si estuviera en su lugar, a Winnie le habría dado un soponcio; aunque no podía imaginar a Saverio flirteando con Winnie. Pensar en ello la hizo reír—. No creo en la edad —prosiguió con determinación—. Es una idea pequeña. Como una cajita. Esa cajita es muy pequeña para ti. Tú no tienes límites, eres libre. —Lo cierto era que no se equivocaba, y a Valerie le gustó oírlo. Le estaba diciendo que aceptar las cuestiones asociadas a la edad era muy restrictivo; por lo visto, para él también lo era. La idea era sin duda atrayente. Hablaron de ello un buen rato, lo mejor que pudieron, y a ella le agradó comprobar que él había dejado de beber champán porque tenía que conducir, pero la animó a que tomara una copa más, y ella le hizo caso. No tenía nada que hacer en Florencia y el día siguiente podría dormir hasta tarde—. Quiero enseñarte Florencia —dijo mientras pagaba la cuenta.

Cuando se marchaban, Valerie se dio cuenta entonces de que el local era un club, y se preguntó si Saverio acudiría allí a menudo y si tenía muchas citas. Era lo que cabía esperar de un italiano, pero parecía un hombre sincero. Y se confesó con ella cuando estaban en el coche.

—Me he enamorado de tu madre. Me pasó... *la prima volta*... en cuanto vi la fotografía. Es una mujer mágica y misteriosa. El conde la adoraba. —No estaba segura de cómo había llegado a saberlo, pero le creyó. Lo daban a entender las fotografías, las cartas de su madre y los extravagantes regalos.

—Ojalá la hubiese conocido —dijo Valerie en voz baja.

—¿No la conociste?

Valerie negó con la cabeza. Saverio parecía sorprendido, y también triste por ella.

—No llegué a conocerla. Ni siquiera sabía de su existencia, es decir, que no sabía que era mi madre, hasta hace muy poco. Es una larga historia. —Demasiado larga para contársela en ese momento, y él no insistió.

—Hablaremos de ello algún día —respondió Saverio, y pareció decirlo en serio—. Tenemos mucho de que hablar.

Entonces a ella se le ocurrió una cosa, y decidió que tenía que saber la respuesta a aquella pregunta antes de que su amistad fuese más lejos, si es que lo hacía.

—¿Estás casado, Saverio?

—¿Por qué quieres saberlo? —Se volvió hacia ella con una expresión curiosa.

—Me lo estaba preguntando.

—Crees que todos los italianos se dedican a ir detrás de todas las mujeres. —Negó con la cabeza, parecía molesto—. No, yo no voy detrás de todas las mujeres. Solo de las que son especiales. Como tú. Y yo soy igual que tú. Mi mujer murió cuando mis hijos eran pequeños. Tenía cáncer. Graziella tenía cinco años, y Francesco, diez.

Al igual que Valerie, lo dijo con la mera intención de informar. Había pasado mucho tiempo. Treinta años. Y le dijo que no había vuelto a casarse. Valerie estaba convencida de que en esos treinta años habían pasado muchas mujeres por su vida, pero no le desagradaba. Era alegre y divertido, y ella disfrutaba a su lado. Además, podía sentir que para él también estaba siendo algo especial.

La llevó de vuelta al hotel y la besó castamente en la mejilla; no lo hizo en la mano en esta ocasión.

—¿Comemos juntos mañana? —le dijo divertido.

No iba a caer rendida a sus pies como una jovencita, y no cabía la menor duda de que estaba flirteando con ella, y de que era un conquistador, pero al mismo tiempo resultaba atrayente.

—Me encantaría —se limitó a responder.

—¿Quedamos en la galería?

—Allí estaré —dijo ella.

—Iremos a un restaurante que tiene un jardín muy bonito —le propuso, y ella le dio las gracias y se despidió con la mano al tiempo que salía del coche.

Él la vio entrar y después pisó el acelerador de su Ferrari. Había sido una velada magnífica para ambos.

# 24

Al día siguiente, Valerie apareció en la galería a las doce y media, y Saverio la llevó al restaurante con jardín, que era tan bonito como le había dicho. Se sentaron y estuvieron hablando durante tres horas. Ella le contó la historia de su madre, que a él le fascinó, especialmente por el modo en que había descubierto quién era, a través de la caja de seguridad y las fotografías de ella de niña, y la confesión de Fiona.

—Eso es el destino, Valerie —concluyó convencido—. No es un accidente. —Y la sorprendió con sus palabras siguientes—: Tal vez conocernos también haya sido cosa del destino.

Parecía demasiado pronto para que le dijese algo así, aunque era una idea interesante, sin duda una posibilidad. No respondió.

La acompañó a pie hasta el hotel, y Valerie pasó una tarde tranquila, leyendo y elaborando una lista de lo que quería ver en Florencia.

Al día siguiente fueron juntos a los Uffizi. Él tenía mil planes de lo que quería hacer y de lo que quería enseñarle. Durante el fin de semana, recorrieron la Toscana, de arriba abajo, en el Ferrari. La llevó a una fiesta que celebraban unos amigos, y muchos asistentes a la misma hablaban inglés. Le presentó a su hijo cuando llegó a Florencia. Conoció a la adorable Isabella. Valerie estaba dejando que pasase el tiempo, disfrutando al máximo. A lo largo de dos semanas, dejó que la vida siguiese su curso, y después se preguntó si debería continuar moviéndose, viajar un poco más. Una noche, mientras cenaban, se lo comentó a Saverio, que la llevaba a un restaurante diferente cada día.

—¿Por qué quieres irte de Florencia? —le preguntó a modo de respuesta, y Valerie advirtió que se sentía herido—. ¿No eres feliz?

—Sí. Lo estoy pasando genial aquí. Pero no puedo quedarme para siempre. Y tú tienes cosas que hacer, Saverio. Eres un hombre ocupado y estás pasando mucho tiempo conmigo. ¿No te apetece recuperar tu vida?

—No. Me encanta estar contigo. —A veces le hablaba en italiano y, si no eran frases muy complicadas, Valerie le entendía—. En mi vida hay espacio para ti. —Pero ella no podía vivir en un hotel florentino para estar con él. Aun así, le encantaba tener un hombre en su vida, hablar con él, compartir ideas, hacer cosas con él. Nunca había conocido a un hombre así. La hacía sentirse viva otra vez, como mujer, sin importar la edad. Y el hecho de que fuese cuatro años más joven que ella no suponía un inconveniente para ninguno de los dos—. ¿Por qué no vamos a Roma un par de días? —le sugirió, y se fueron a Roma en coche dos días después.

Él se alojó en su apartamento, cerca de donde había vivido su madre en I Paroli, y ella se registró de nuevo en el Hassler. No la presionó para que se quedara con él. A esas alturas, la conocía lo suficiente para no hacerlo. Si tenía que ocurrir algo entre ellos, Valerie iba a necesitar tiempo para aceptar que era real, que Saverio no se limitaba a jugar con ella. Pero él parecía ir muy en serio, y sus hijos también habían sido muy cariñosos con ella. Graziella había llegado a decirle algo al respecto en la galería, una tarde, cuando Saverio salió a una reunión y la dejó esperándole durante una hora.

—Creo que ya te has dado cuenta de que mi padre es más serio de lo que parece. Siempre da la impresión de estar jugando, y es obvio que le gustan las mujeres, sobre todo las que son bonitas. —Sonrió a Valerie—. Es un hombre. Y es italiano. Pero en su vida ha habido pocas relaciones realmente serias. Y lleva solo mucho tiempo. Hace diez años se enamoró de una mujer, pero murió, como mi madre. No se ha enamorado desde entonces. Pero creo que tú le gustas de verdad. Y te prometo que no está jugando contigo.

A Valerie la emocionaron aquellas palabras, pues le aportaban una visión de Saverio a la que ella no tenía acceso. No le había hablado de la mujer de la que había estado enamorado diez años atrás.


En Roma disfrutaron de un tiempo espléndido, y él le mostró aspectos de la ciudad nuevos por completo para Valerie. La Roma auténtica que conocían y adoraban los romanos. Y la segunda noche, cuando la acompañó a su hotel desde un restaurante cercano, la besó junto a la escalinata de Trinità dei Monti, y a ella le sorprendió darse cuenta de que en aquel beso había más ternura que pasión. Era un beso auténtico de un hombre auténtico que sentía algo auténtico por ella, y percibió que algo se revolvía en su interior, algo que creía muerto desde hacía años. Volvió a besarla cuando la acompañó hasta su habitación, pero ella no le invitó a entrar. Todavía no podía hacerlo. Y estaba empezando a preocuparse por lo que estaban haciendo. No podía quedarse en Italia, sin más, para estar con él. Tarde o temprano tendría que regresar a Nueva York. Intentó explicárselo a Saverio, pero él le preguntó lo mismo que días atrás:

—¿Por qué?

—¿Qué quieres decir con «por qué»? Tengo una vida allí, y un hijo.

—Tu hijo es un hombre, Valerie, con una vida propia. Un día se casará o se enamorará de una mujer. Tú no tienes que trabajar. Eres pintora. Eres una mujer libre. Podemos vivir juntos en Roma, París, Florencia, Nueva York. A nuestra edad, ¿serías capaz de dejar esto y volver a Nueva York solo porque crees que eres demasiado mayor para enamorarte? Sería una estupidez y un error. Quizá el destino, o tu madre, quería que nos encontrásemos, y por eso fuiste al *castello* y nos conocimos. Quizá el destino quería que comprase el *castello* para conocerte y poder devolverte la casa de tu madre.

El modo en que lo dijo convirtió todo aquello en algo muy grande, algo sobrecogedor. No le había contado nada de Saverio a Phillip, quien, tras pasar dos semanas en Florencia, le había preguntado si había visitado su galería. No supo qué decirle, y tampoco quería mentirle.

—De hecho, sí. Cenamos juntos y conocí a su hija y a su yerno. Son estupendos, te encantarían. Y conocí a su hijo en Roma.

—¿En serio? ¿Y eso? —Phillip parecía sorprendido.

—Regresé a Roma para pasar un par de días.

—Saverio parece un tipo genial —dijo él inocentemente.

Ni se le habría pasado por la cabeza que estuviese enamorándose de él y que no se hubiese apartado de su lado en las tres últimas semanas. Nada más lejos de la imagen que tenía de su madre. Para él no era una mujer romántica, solo era su madre.

—Es un hombre encantador —añadió Valerie, preguntándose si debía contarle a Phillip lo que estaba ocurriendo. Pero no quería hacerlo aún. Quería salvaguardar lo que tenían. Las cosas se estaban poniendo serias entre ellos, a pesar de que la había besado por primera vez en Roma.

Todo fue distinto cuando volvieron a Florencia. Al cabo de un mes juntos, la invitó a pasar el fin de semana fuera. Valerie todavía daba vueltas a lo que le había dicho su hija, eso de que era más serio de lo que parecía. Jamás habría podido imaginar que algo así fuese a ocurrirle a ella, pero empezaba a sentir que estaba llegando a un punto de no retorno. Tal vez Saverio tuviera razón, y aquello fuera cosa del destino. Ya no tenía claro en qué creer.

Ese fin de semana la llevó a Portofino, donde se alojaron en el hotel Splendido. Portofino era un delicioso pueblo costero en el que se sentían como dos recién casados, pues pasaban largas mañanas en la cama, haciendo el amor, recorrían el pueblo, almorzaban tarde y regresaban a la habitación para entregarse de nuevo al amor. Todo era muy alocado, pero también maravilloso. Valerie no había sido tan feliz en su vida.

Una noche estaban tumbados en la cama y ella lo miró a la luz de la luna.

—Saverio, ¿qué estamos haciendo? Tengo que regresar. No puedo huir para siempre. Debo contárselo a mi hijo.

—No es tu padre. Es tu hijo. Puedes hacer lo que te plazca con tu vida.

—Tú no abandonarías a tus hijos. Yo tampoco puedo hacerlo.

—Lo entiendo. Viniste aquí a pasar el verano. Concédenos eso. Y después decidiremos.

Valerie asintió e hicieron el amor, y mientras lo hacían, ella casi olvidó por completo que tenía una vida en Nueva York, que había un mundo más allá de donde se encontraba en ese preciso momento.

El fin de semana siguiente viajaron a Cerdeña, para reunirse con unos amigos de Saverio en Porto Cervo, y Valerie disfrutó de lo lindo. Disponían de un hermoso barco en el que pasaban los días antes de regresar al hotel por la noche. Saverio la llevó después a Venecia, pues tenía unos asuntos que atender. Luego volaron a Londres para ver un cuadro que quería comprar. Poco a poco estaban fundiendo sus vidas y convirtiéndose en una pareja, y Valerie se sentía totalmente cómoda a su lado. Disfrutaba de todo lo que hacían juntos. Se preguntaba si su madre se habría sentido de aquel modo con Umberto mientras compartieron sus días.

En agosto fueron a la casa de Nápoles y pasaron una semana allí. A Valerie no le costó nada entender por qué a su madre le encantaba aquel lugar.

Cuando regresaron a Florencia, Phillip la telefoneó y le preguntó cuándo iba a volver a casa.

—No lo sé —dijo con sinceridad, a pesar de que no quería preocupar a su hijo—. Estoy muy a gusto aquí.

—Lo entiendo perfectamente. Yo también adoro Italia. No tienes ninguna prisa. Jane y yo nos vamos a pasar dos semanas en barco en Maine. Quiero ver cómo van las cosas.

Valeria sintió que estaba postergando algo y esa misma noche se lo dijo a Saverio.

—¿Quieres venir a Nueva York conmigo y quedarte allí unos días? —le preguntó.

Saverio se lo pensó unos segundos y asintió. Él también había estado pensando en su vida, intentando imaginarse cómo hacer que las cosas funcionasen para los dos. Valerie había acertado al decir que él tampoco quería abandonar a sus hijos. Y tenía que dirigir sus galerías. Graziella y Francesco hacían un buen trabajo, pero él siempre estaba disponible, aunque cada día intervenía menos en el trabajo cotidiano. Si bien hacía lo que quería, todavía estaba muy implicado. Valerie era más libre que él, salvo por Phillip. Y también le preocupaba Winnie. Le había hablado a Saverio de ella. «Tenemos que encontrarle pareja», le había dicho él, y Valerie se había echado a reír. En ese aspecto, Winnie era un caso perdido. No quería a un hombre en su vida. Lo único que deseaba era jugar al bridge.

—Puedo pasar unos días en Nueva York —dijo Saverio con aire reflexivo—. Aunque no me quedaré para siempre. No quiero vivir allí. Pero podemos ir y venir. Somos muy afortunados. Podemos hacer lo que nos venga en gana.

Iban a tener que planearlo bien, no obstante, Valerie sabía que estaba en lo cierto. Ella podía pintar en cualquier sitio, y él no tenía que estar al frente de sus galerías todo el tiempo. Sus hijos eran mayores. Y tampoco estaba proponiéndole que se convirtiesen en gemelos siameses. Ambos tenían vida propia. Y juntos tenían algo más. Desde ese momento hablaron mucho del tema, y a finales de agosto ya creían que podría funcionar. Incluso Valerie estaba segura. Saverio la había convencido de que podían hacer cualquier cosa. Y a ella la idea le parecía sumamente estimulante.

La última semana de agosto, Valerie dejó la habitación del hotel y se instaló con Saverio. Era una tontería mantenerla, pues no había dormido allí en todo el mes, y prefería quedarse con Saverio en su pequeña y soleada casa. Volvería a Nueva York a la semana siguiente, cuando Phillip hubiese regresado de Maine, después del fin de semana del día del Trabajo. Tenía pensado quedarse todo el mes en Nueva York, donde se le uniría Saverio a mediados de septiembre para pasar las dos semanas siguientes con ella. Estaba nerviosa ante la perspectiva de hablarle a Phillip de su relación con Saverio. Se había ido de Nueva York como una mujer soltera y regresaba con un hombre, formando parte de una pareja. Se trataba de un cambio del todo imprevisto. Lo único que esperaba era que a Phillip no le afectase demasiado.

## 25

Cuando Phillip y Jane zarparon hacia Maine, a mediados de agosto, Valerie llevaba casi dos meses en Italia. Phillip echaba de menos a su madre, pero se alegraba de que estuviese pasándolo bien. Y Jane y él habían estado ocupados. Ella había hecho el examen para ejercer la abogacía en julio y no tendría los resultados hasta noviembre, pero esperaba que todo saliese bien. Y empezaría a trabajar en septiembre. Había recibido buenas ofertas de dos bufetes conocidos, el de Penny y otro incluso más prestigioso, que le ofrecía más dinero y mejores condiciones. Aceptó esta última y estaba deseando empezar. Le habían prometido hacerla socia *junior* en cuestión de dos años, si trabajaba duro, conseguía clientes y lo hacía bien. Y Phillip estaba convencido de que cumpliría con los tres requisitos. Nunca había estado tan comprometido con una mujer. Nunca se había entendido tan bien con alguien como lo hacía con Jane. Llevaban cinco meses saliendo juntos y habían empezado a hablar de la posibilidad de irse a vivir juntos en otoño. Todo iba encajando.

El día antes de salir hacia Maine, los de Christie's le pusieron la guinda al pastel ofreciendo a Phillip un puesto en el departamento de arte, con ascenso y aumento de sueldo incluidos, que se haría efectivo a principios de octubre. Tendría que viajar a Europa con más frecuencia, lo que entrañaría más ventajas. Era todo lo que había querido, lo que había esperado, durante casi tres años. Aceptó el trato inmediatamente.

Jane y él estuvieron hablando de ello por la tarde, tras echar el ancla para pasar la noche en una pequeña cala. Habían pasado un gran día navegando.

—Las cosas ocurren de un modo muy raro, ¿no te parece? —dijo Jane con gesto pensativo—. Estaba tan ofuscada por no haber conseguido el trabajo que deseaba y por verme atrapada en el tribunal... De no haber estado allí, no me habrían asignado la caja de seguridad de tu abuela y no te habría conocido. —Le sonrió. Estaban los dos tumbados en la cubierta, tomando el sol, relajándose tras la travesía.

—Si no me hubiesen trasladado al departamento de joyería, le habrían asignado la tasación a otra persona, mi madre nunca habría descubierto quién era la suya, y yo no te habría conocido a ti. —Se inclinó hacia ella y la besó.

—Cosas así hacen que creas en el destino, ¿verdad? —respondió ella pensativa.

—O en la pura suerte. Pero estaríamos hablando de una suerte excesiva para que se trate de simple casualidad. Todo encaja de manera perfecta y al final ha salido bien. Y, afortunadamente, te deshiciste de tu novio.

Jane había tenido noticias de John por un amigo de la facultad de Derecho. Había vuelto a Los Ángeles con Cara y habían puesto en marcha el negocio del que le había hablado gracias a la ayuda del padre de ella. Jane se alegraba de haber tenido el valor de dejarlo cuando lo hizo, pues de no ser así no habría llegado a conocer a Phillip y no se habría enamorado de él.

—Por cierto, ¿qué tal está tu madre? —preguntó con aire despreocupado—. Da la sensación de que se fue hace siglos.

Su ausencia les estaba permitiendo pasar más tiempo juntos. Valerie no se entrometía, pero era una presencia importante en la vida de Phillip. Por suerte, a Jane le gustaba, y Valerie llevaba su propia vida.

—Lleva mucho tiempo fuera —coincidió él—. Supongo

que para ella es algo así como un rito de paso, después de encontrar a su madre.

Tras la subasta, Valerie no tendría que volver a preocuparse por el dinero; y no era que se hubiese preocupado mucho hasta el momento. Pero a partir de entonces disponía de una sólida fortuna a sus espaldas que le permitiría llevar a cabo cualquier cosa que se le antojase durante el resto de su vida. Phillip se alegraba por ella, sobre todo por los descubrimientos que había realizado en relación con su abuela, incluso por que hubiera encontrado a la familia de su padre, que no dejaba de ser un golpe de suerte. Uno más.

—Creo que estará de vuelta justo después del día del Trabajo. Pero dice que quiere viajar más. Mientras pueda, que lo haga —añadió, y Jane asintió—. Tras la subasta, puede hacer lo que le plazca. Será genial para ella. —Y algún día también lo sería para él. Era consciente de ello—. Creo que ha trabado amistad con el dueño actual del palacete de Nápoles. Lo conocí en marzo, cuando estaba investigando para ella. Mi madre me contó que había conocido a sus hijos y que había visitado su galería en Florencia. A mí me cayó muy bien. Fui yo el que le pasó a mi madre su número de teléfono. Me alegra que haya contactado con él.

Aquella noche cocinaron en el barco. Las dos semanas en Maine resultaron incluso mejores de lo que esperaban. El clima fue perfecto. Comieron langosta prácticamente todos los días. Se encontraron con viejos amigos de Phillip y a Jane le gustaron. Sus dos vidas iban entremezclándose sin contratiempos, y se sentían muy unidos cuando regresaron a Nueva York. Ambos tenían nuevos puestos de trabajo, lo que en las semanas siguientes los obligaría a plantearse el futuro. Phillip tenía muchas ganas de ver a su madre de vuelta en casa, oírla hablar del viaje. Había estado recorriendo Italia durante dos meses. Y sabía, gracias a Penny, que Winnie también tenía muchas ganas de verla, pues la echaba de menos. Valerie la había llamado con regularidad, para comprobar cómo estaba, momento que Winnie aprovechaba para quejarse del tiempo que llevaba fuera.

A Valerie le resultó un tanto extraño aterrizar en el JFK. Tenía la impresión de haber pasado años en el extranjero, de que la persona que regresaba era diferente. Había dejado una parte de su corazón con Saverio en Florencia, Nápoles y Roma, que ya sentía como su hogar. Se sentía incompleta sin él. Le alegraba pensar que llegaría a Nueva York en un par de semanas. Tenía ganas de compartir muchas cosas con Saverio. Y estaba preparada para vivir con él en Italia, al menos en parte, porque él tenía razón: ¿por qué iba a permitir que la edad supusiese un límite respecto a lo que querían y lo que todavía podían disfrutar? Podían hacer lo que les viniese en gana. Disponían de tiempo y de dinero, y habían tenido la suerte de encontrarse, o de que los uniese el destino, como decía Saverio. Ya fuese el destino o la suerte, se trataba de un regalo precioso y Valerie estaba en disposición de aceptarlo, igual que Saverio. Él le había hablado finalmente de la mujer que había muerto diez años atrás. Y no estaba dispuesto a perder a la tercera mujer que amaba en su vida. Quería disfrutar de cada momento que pudiesen compartir, durante el tiempo que fuese posible; si tenían suerte, sería mucho.

Valerie telefoneó a Phillip cuando llegó a casa aquella noche; Jane y él también acababan de regresar a la ciudad. Le encantó saber que estaba tan cerca. Enseguida acordaron cenar juntos al día siguiente, acompañados de Jane, por supuesto. Él le contó lo de los nuevos trabajos.

—¡Fantástico! —Estuvo a punto de decir «Bravo!», pero se detuvo a tiempo. Su italiano había mejorado mucho durante el verano—. ¿Qué tal han ido las cosas por Maine?

—La alegró mucho notar la felicidad en la voz de su hijo. Jane era buena para él, y a Valerie le agradó saber que iba a volver al departamento de arte de Christie's. Era lo que andaba buscando desde hacía dos años.

—En Maine fue todo genial —respondió Phillip—. Lo hemos pasado muy bien. Creo que no había comido tanta langosta en mi vida. Estoy deseando que me cuentes de tu viaje, mamá. Has cubierto todo el mapa. Cerdeña, Portofino, Nápoles, Roma, Florencia, Venecia y Siena.

Valerie había enviado postales a Fiona y a Winnie desde todos esos lugares, y a él le había escrito un montón de e-mails. Lo único que no le había contado a su hijo era quién la acompañaba en todos esos desplazamientos. Y deseaba hacerlo lo antes posible. Tras haber acordado los pasos siguientes con Saverio, entendía que Phillip merecía saberlo.

Decidieron encontrarse en el club 21 la noche siguiente, para celebrar el regreso a casa. Valerie tenía pensado quedar con Winnie por la mañana. Había querido llamarla en cuanto llegó a casa, pero sabía que estaría durmiendo. Sus noches no tenían nada que ver con las que Valerie había pasado últimamente junto a Saverio. La vida entera de Valerie había dado un vuelco durante el verano. Sabía que a Winnie no iba gustarle que viajase con frecuencia, pero tendría que aceptarlo. No pensaba quedarse en Nueva York todo el año, renunciando a Italia, para cuidar de ella. También le preocupaba la reacción de Phillip. No tenía ni idea de cómo respondería ante la perspectiva de que hubiese un hombre en la vida de su madre.

Valerie deshizo las maletas esa misma noche y recorrió el apartamento. El retrato de Marguerite que había empezado a pintar seguía en el caballete, en su estudio, inacabado, y tenía intención de acabarlo en breve. Su apartamento le pareció acogedor pero diferente. Algo se había perdido. Era como un recordatorio de su vida anterior, sin rastro alguno de quien era en ese momento. Colocó una fotografía de Saverio junto a su cama, para demostrarse que existía en realidad, y se sintió mejor. Le telefoneó a las dos de la madrugada, cuando eran las ocho en Roma y él ya se había despertado, y fue un verdadero alivio escuchar su voz.

—¡Te echo de menos! —fue lo primero que dijo Valerie.

—*Anchi'o.* —«Igual que yo»—. ¿Qué tal el vuelo? —le preguntó, feliz de escucharla.

—Largo. Pero dormí la mayor parte del trayecto. —Se habían quedado despiertos casi toda la noche anterior, hablando. Tenían muchas cosas que planear, mucho que hablar.

—¿Has visto a Phillip? —Parecía tan preocupado como ella.

No había modo de saber cómo reaccionaría su hijo, aunque ella le había dicho que había una mujer en su vida. Pero los hombres se comportaban de un modo curioso con sus madres; en ocasiones, eran muy posesivos. Tal vez no se tomase a bien la noticia de su relación sentimental, aunque ambos esperaban que no fuese el caso. Los hijos de Saverio estaban encantados, les gustaba Valerie.

—He quedado con él mañana, para cenar. Veré a Winnie por la mañana.

Winnie, en cambio, no les preocupaba, pues daban por hecho que lo desaprobaría; era lo que cabía esperar. A él le había sorprendido el modo en que Valerie la había descrito. Se había hecho la impresión de que era una vieja malhumorada, pero sabía también que Valerie la quería y la aceptaba tal como era.

—Llámame después de la cena con Phillip. A la hora que sea —le pidió Saverio.

—Será muy tarde para ti. Serán las cuatro o las cinco de la madrugada. Te llamaré cuando te hayas despertado.

—Ahora vete a dormir —le dijo él cariñosamente—. Es tarde para ti. Llámame cuando te despiertes.

Allí sería última hora de la tarde. Iban a tener que acostumbrarse al desajuste de las dos zonas horarias. A Valerie le encantaban sus sencillas conversaciones, ya formaban parte de su vida. Con él lo compartía todo, lo hacía todo. Estaba deseando que pasasen las dos semanas que faltaban para la llegada de Saverio. A ambos les parecía una eternidad, y Valerie iba a tener que afrontar varios retos antes. El mayor: su hijo.

Saverio le deseó buenas noches y ella se tumbó en la cama pensando en él, antes de dormirse. Costaba creerlo, pero era real. Habían encontrado el amor... a su edad.


A la mañana siguiente, Valerie telefoneó a Winnie cuando se levantó.

—Así que por fin has vuelto —dijo esta con tono quejumbroso—. Estaba empezando a creer que habías decidido quedarte allí.

—Estoy aquí —se limitó a contestar su hermana—. ¿Puedo ir a tu casa a tomar un té?

—Al mediodía juego al bridge —respondió la otra irritada. Necesitaba castigarla por haber estado tanto tiempo fuera.

Como Valerie esperaba algo así, no se sorprendió.

—Iré ahora. Llevo horas despierta. —Se había despertado según el horario europeo y había llamado a Saverio. Le pilló en el coche, camino de Roma. Le prometió llamarlo de nuevo después de la cena, y él le deseó suerte. Esa era la palabra clave.

Al abrir la puerta, comprobó que Winnie tenía buen aspecto, tal vez estuviera un poco más delgada, pero nada más. Abrazó a Valerie a regañadientes, aunque resultaba obvio que se alegraba de verla.

—No tendrías que haber estado fuera tanto tiempo —se quejó.

Finalmente había ido a Martha's Vineyard, se había quedado unos días con Penny y los había vuelto locos a todos. Penny le había enviado a Valerie varios e-mails que la hicieron reír. Winnie, por su parte, se había quejado del mal comportamiento de los niños cuando hablaron por teléfono mientras estaba allí.

—Lo he pasado muy bien —dijo Valerie con sinceridad. No había tenido ninguna prisa por volver. Esa era la bendición de dejar de ser niñas. No tenía la obligación de volver a casa.

Siguió a Winnie hasta la cocina y prepararon el té. La asistenta estaba pasando la aspiradora en el dormitorio de Winnie, así que estaban a solas.

—He conocido a un hombre —le soltó a su hermana mientras esta daba un sorbo a su taza de té; casi se atraganta.

—¿Qué? —le preguntó, mirándola directamente.

—He conocido a alguien. —Se sentía un poco adormilada y un tanto incómoda.

Winnie era una tonta, pero a veces resultaba desmoralizante.

—¿Sabe la edad que tienes? —le dijo con una mirada de severa desaprobación.

—Sí, lo sabe. Es cuatro años más joven que yo. O sea que somos los dos mayorcitos.

—De geriátrico, por el amor de Dios, y os comportáis como adolescentes. —Sabía cómo herir con las palabras—. ¿Es estadounidense?

Valerie negó con la cabeza.

—Italiano.

—Claro. —Los labios de Winnie dibujaban una línea finísima, más fina de lo habitual—. Va detrás de tu dinero.

—En realidad no. —Le apetecía decir: «Va detrás de mi cuerpo», pero no creía que Winnie pudiese asimilar esa clase de información; le habría supuesto un shock—. Es un marchante de éxito. Vendrá a la ciudad dentro de dos semanas. ¿Te gustaría conocerlo?

—¡No, claro que no! —Estaba fuera de sí, pero al menos Valerie le había ofrecido la posibilidad—. No pienso conocer a ningún *gigoló* italiano. —Había ignorado por completo lo que Valerie le había dicho sobre su forma de ganarse la vida—. ¡Así que eso es lo que has estado haciendo todo este tiempo! ¡Qué patético! Tienes suerte de que no te matase mientras dormías.

La imagen fue de lo más desagradable, pero era su modo de pensar, y resultaba casi irrisorio que dijese algo así de uno de los galeristas más importantes de Roma y Florencia. Permanecieron sentadas en silencio durante un rato, mientras Winnie asimilaba lo que acababa de decirle.

—¿Es que no puedes alegrarte por mí, Win? Es bonito tener a alguien con quien compartir mi vida. Es un buen hombre. Es el dueño del palacete en el que vivió mi madre. Así fue como lo conoció Phillip. Y yo fui a buscarlo.

—Si estabas tan desesperada, podrías haberte buscado a alguien aquí.

—No estaba desesperada. Fue una sorpresa. Un golpe de suerte. O del destino, como dice él.

—Sigo diciendo que seguro que anda detrás de tu dinero. Probablemente leyó lo de la subasta, y estaba allí, esperándote.

—Ojalá no vieses las cosas de ese modo.

Sin embargo, siempre lo hacía. Sus padres también habían sido así. Cerrados a cualquier cosa, enfadados con el mundo. Valerie sabía que Winnie acabaría cediendo, como solía hacer, aunque a regañadientes. Se adaptaría. Pero no era agradable pasar por aquel trance. Valerie se fue de su casa un poco más tarde y le dijo a Winnie que la llamaría al cabo de un par de días. Esta no dijo nada cuando Valerie cerró la puerta a su espalda.


Esa noche, Valerie llegó al club 21 antes que Jane y Phillip. Estaba nerviosa mientras los esperaba, por lo que intentó aparentar calma cuando por fin llegaron. Pero Phillip la conocía muy bien y supo al instante que pasaba algo. Tenía muy buen aspecto, alegre y relajado, y el cabello precioso, le brillaban los ojos y estaba muy morena. Y lucía un vestido nuevo que se había comprado en Roma. De hecho, se lo había comprado Saverio, y era algo más corto de los que solía vestir, pero le quedaba de maravilla. Estaba muy elegante y parecía llena de vida, mientras hablaba del viaje, y Phillip se limitó a esperar a que soltase la bomba. Sabía demasiado bien cómo era su madre, y sus sorpresas no siempre eran buenas noticias. Esperaba que aquella no fuese mala.

—Muy bien, mamá, ¿qué pasa? —dijo finalmente para romper el hielo.

Habían llegado a los postres y ya no pudo aguantar más. La cena había sido deliciosa, pero ella apenas había probado bocado, otro detalle revelador. No era que comiese mucho, pero cuando estaba nerviosa no era capaz de comer nada.

Pensó en Winnie al mirar a Phillip, esperando que él se tomase la noticia mejor que ella. Por suerte, su hijo se parecía más a ella, era más abierto y positivo, al menos la mayor parte del tiempo. Pero aun así no podía imaginar cómo se sentiría al saber que su madre estaba saliendo con un hombre, pues no había ocurrido nunca.

—He conocido a alguien en Italia —declaró con cautela. No había otro modo de decirlo.

Phillip la miró a los ojos; no estaba seguro de haberla oído bien.

—¿Un hombre? —Mantuvo la cara de póquer, como si no hubiese entendido lo que le había dicho, y Jane contuvo el aliento.

Valerie lo había logrado a la primera y no sabía cómo reaccionaría su hijo. A veces los adultos tienen ideas extrañas sobre sus padres, en particular los varones respecto a las madres.

—Obviamente. Una mujer, no, por el amor de Dios. —Valerie sonrió nerviosa y decidió pisar el acelerador—. Un hombre estupendo. Hemos pasado el verano juntos y nos gustamos mucho. Para seros sincera, me he enamorado de él. —Las cartas sobre la mesa.

A Phillip parecía que le hubieran disparado. Jane hizo una mueca. Era, efectivamente, una noticia bomba. Se preguntó si Phillip estaría pensando que le había sido infiel a su padre.

—¿En serio? ¿Quién es? ¿Qué es? ¿Cómo lo conociste? —Las preguntas se agolpaban en su mente.

—Es Saverio Salvatore. Lo conocí en el palacete, cuando fui a visitarlo. Y después nos vimos en Florencia. Y la cosa despegó poco después. Fue del todo inesperado, debo añadir. Y sé que puede daros la impresión de que somos viejos, pero ocurrió sin más. Hasta ahora hemos disfrutado de ello y hemos estado planeando un modo en que las cosas podrían funcionar entre Italia y aquí. Él vendrá a Nueva York y yo iré allí. Los dos tenemos hijos, trabajos y vidas propias, pero queremos pasar tiempo juntos.

Phillip no parecía enfadado, solo sorprendido.

—Nunca me he planteado esa posibilidad. No sé por qué. Eres lo bastante joven como para que haya un hombre en tu vida. —Valerie no había esperado que su hijo dijese algo así, por lo que se le llenaron los ojos de lágrimas—. ¿Piensas irte a vivir a Italia? —Esa cuestión sí parecía preocuparle. A pesar de que ambos estaban siempre ocupados, le gustaba saber que su madre estaba cerca y que podía verla cuando quisiese.

—No creo —le respondió pensativa—. Tengo una vida aquí. Y estás tú. Pero me gustaría pasar tiempo en Italia. Hemos pensado en ir y venir durante un tiempo. Hará las cosas interesantes. Entonces ¿qué te parece?

—Estoy algo pasmado —dijo sinceramente, con una sonrisa cautelosa. Valerie siempre había dicho que su padre era el único hombre al que podría amar, y estaba convencido de que lo decía convencida. No había esperado enamorarse de otra persona. Así que era algo nuevo para todos. Pero le gustaba lo que advertía en la mirada de su madre. Transmitía paz y felicidad—. Me alegro por ti, mamá —añadió con generosidad—. Parece un buen tipo, y si tenéis la energía para andar yendo y viniendo entre Italia y Estados Unidos, qué demonios, ¿por qué no? ¿Acaso deberías pasarte el día como Winnie, maldiciendo y jugando al bridge? —Nunca había sido el estilo de su madre, y nunca lo sería, de eso estaba seguro. Le dedicó una amplia sonrisa a Valerie—. Estás estupenda. Tiene que hacerte feliz. Te lo mereces.

—Me hace feliz —confirmó—, y tú también.

Los dos se habían hecho mayores. Tanto Phillip como ella habían alcanzado la madurez. Aceptar a un nuevo hombre en su vida podría haber sido un trago difícil, pero él había decidido que no fuese así y se comportaría de un modo cortés. Era un hombre, no un niño. Valerie se sentía orgullosa de él, y muy contenta por cómo se había tomado la noticia, igual que Jane. Ella también sonrió a Valerie, encantada por ella, y aliviada al ver que Phillip no había hecho una montaña del asunto, que respetaba el derecho de su madre a hacer lo que quisiese. También pensó que era muy valiente por parte de Valerie embarcarse en una nueva vida y en una nueva relación a su edad. Sería todo un reto cruzar el Atlántico una y otra vez, o quizá emocionante, sin más. A Jane le parecía estupendo que Valerie quisiese probar algo nuevo. Era un ejemplo de apertura, valentía y amor para su hijo, lo cual era sin duda un gran regalo.

Phillip sonrió maliciosamente.

—¿Se lo has contado ya a Winnie?

—Sí. —Valerie sonrió al recordar la conversación de antes.

—¿Qué te ha dicho? Seguro que te ha soltado alguna lindeza. —Phillip rio entre dientes.

—Así es. Me ha dicho que estaba para ir al geriátrico. —Phillip dejó escapar una carcajada.

—Siempre se puede contar con ella. Lo superará. —Valerie no parecía preocupada.

—Sé que lo hará. Pero ella todavía no lo sabe.

Rieron juntos y Phillip abrazó con fuerza a su madre cuando se levantaron de las sillas.

—Deberías habérmelo contado en cuanto hemos llegado, así podrías haberte comido el bistec.

—No pasa nada. —Rio con ganas—. Me comeré un bocadillo cuando llegue a casa. —No tenía hambre. Se sentía aliviada. Phillip había encajado la noticia como el hijo cariñoso que era.

Volvieron a abrazarse antes de separarse fuera del restaurante y montarse en dos taxis. Esa noche, Jane y Phillip fueron al apartamento de Phillip, no al de Jane, de modo que no dejaron a Valerie en el centro.

Ya en el taxi, Jane le dijo lo impresionada que estaba por su reacción ante la noticia de la relación de su madre.

—Tengo amigos que se volvieron locos al enterarse de que sus padres, ya fuesen viudos o divorciados, se habían enamorado de otra persona. Creo que la mayoría de la gente no espera que sus padres tengan una vida propia o relaciones propias, y algunas personas pueden comportarse como capullos. —El hecho de que hubiese asimilado tan bien su anuncio indicaba hasta qué punto la relación de Phillip y Valerie era buena.

—En un principio me ha sorprendido muchísimo —reconoció tímidamente—. No esperaba que se enamorase de alguien que no fuese mi padre. Pero ¿por qué no? Se lo merece. Nosotros nos tenemos el uno al otro. —Contempló a Jane con amor—. ¿Por qué tendría que estar ella sola el resto de su vida? ¿Acaso no merece tener a alguien a su lado? Y si funciona, será estupendo. Supongo que iremos a Italia en el futuro —añadió justo antes de besarla. Le gustaba la idea. En especial al pensar en Florencia, una de sus ciudades favoritas.

—No me importa dónde estemos, siempre que esté contigo —dijo Jane y le besó.

Esas habían sido, casi literalmente, las palabras que le había dicho Valerie a Saverio antes de que tuviera que regresar a Nueva York.

Valerie esperó con paciencia a que diesen las dos de la madrugada para telefonear de nuevo a Saverio. En Florencia eran las ocho, y Saverio acababa de levantarse. Parecía del todo despierto cuando respondió a la llamada.

—¿Cómo ha ido? ¿Qué te ha dicho? —le preguntó de inmediato, nervioso. Sabía que si Phillip se oponía con vehemencia Valerie perdería entusiasmo respecto a sus planes. No quería preocupar o molestar a su hijo.

—Ha reaccionado de un modo estupendo —explicó feliz—. Durante unos segundos parecía fuera de juego, pero enseguida me ha dicho que se alegraba por nosotros y que lo merecía, y estoy convencida de que estaba siendo sincero.

—Por el tono de voz parecía alegre y aliviada, y Saverio, que estaba tumbado en la cama, sonrió. Era lo único que de verdad le preocupaba. El resto de los inconvenientes podía imaginarlos, un poco de *jet lag* y un montón de billetes de avión. Se había planteado la posibilidad de comprar un avión, para el negocio, y eso también haría que las cosas fuesen más sencillas. Pero incluso sin avión privado, estaba seguro de que la relación iba a funcionar. Los dos eran lo bastante mayores para comprender la suerte que tenían de haberse encontrado, de entenderse bien, y de saber qué querían, qué necesitaban y qué estaban dispuestos a darse el uno al otro.

—Qué contento estoy —dijo Saverio, radiante.

Phillip era el único obstáculo que había temido, pues podría haber conseguido, de haberlo querido, mostrándose desagradable, defendiendo el recuerdo de su padre, que la vida de su madre fuese un desastre. En lugar de eso, habían obtenido la aprobación de todos sus hijos, algo muy importante para ellos, pues hacía que todo fuese mucho más sencillo.

—Ahora date prisa y ven a Nueva York —le dijo ella con el tono de una mujer enamorada.

—Estaré ahí en dos semanas —le recordó.

Siguieron hablando durante una hora más, olvidándose de lo tarde que era para Valerie. Era delicioso sentirse vivos y enamorados.

## 26

Dos semanas más tarde, cuando el vuelo de Saverio llegó de Roma, Valerie estaba esperándole en el aeropuerto. Él la tomó en sus brazos en cuanto pasó la aduana. La besó y ambos sonrieron. No dejaron de hacerlo mientras caminaban. Era evidente que estaban enamorados y que estaban muy felices de volver a verse.

Saverio vestía un traje a medida azul oscuro y tenía un aspecto muy distinguido, y ella llevaba un vestido negro de algodón muy chic, muy adecuado para aquel veranillo de San Martín.

Salieron del aeropuerto cogidos de la cintura. No tenían ninguna prisa. Simplemente disfrutaban del hecho de estar juntos. Las dos semanas que habían pasado separados les habían parecido meses.

—Ayer me compré un avión —le soltó a Valerie.

Ella se echó a reír y le dijo que se había vuelto loco. Pero sabía que lo había comprado por los negocios, para que sus hijos y él pudiesen viajar por temas de la galería, para visitar a clientes importantes y comprar obras nuevas por toda Europa.

Habían quedado en ir a cenar esa noche con Jane y Phillip, en La Grenouille, para darle la bienvenida a Saverio. Primero tenían pensado tomar una copa en el apartamento de Valerie y después subir a la parte alta de la ciudad para cenar.

Tenían mucho que celebrar: los nuevos trabajos de Phillip y Jane, su relación con Saverio y cualquier otra cosa que se les ocurriese.

Cuando Saverio llegó al apartamento de Valerie, quedó fascinado por la atmósfera que ella había creado. Era pequeño, pero lo acogía a uno como si lo abrazase. Era un pedazo de su historia personal, y no quería deshacerse de él. A Saverio le interesó todo lo que había allí, y pudo admirar sus obras y su ecléctica colección de objetos. Él tenía dos casas y un apartamento en Italia. En Nueva York tenían el apartamento de Valerie y, lo mejor de todo, se tenían el uno al otro. Así pues, disponían de todo lo que necesitaban. Su vida juntos era un regalo. Que se encontraran había sido una bendición. Habían llegado a coincidir tras pasar por toda una serie de lo que en ese momento les parecían milagros, que los incluían no solo a ellos, sino también a todos los que habían formado parte de ese camino; todos jugaban un papel especial para satisfacer sus necesidades.

Esos milagros podían ser fruto del destino, la suerte o la casualidad. Pero sin duda habían sido cosa de magia. Una mujer que había desaparecido de sus vidas y que se había esfumado literalmente los había tocado a todos con una varita mágica y los había empujado a estar juntos. Al final, Marguerite había llevado el milagro a sus vidas, y los había bendecido a todos con regalos de un incalculable valor.

## ASUNTOS DEL CORAZÓN

Tras un divorcio demoledor, Hope Dunne ha logrado encontrar la fuerza necesaria para sobrevivir centrándose en su profesión, la fotografía. Desde el refugio de su loft neoyorquino, Hope se ha acostumbrado a la soledad y a sentir emociones solo a través de su cámara. Pero todo su aparente equilibrio fluctuará cuando acepte un encargo inesperado y viaje a Londres para retratar a un famoso escritor, Finn O'Neill. Hope quedará cautivada por la amabilidad del atractivo autor, que no dudará en cortejarla desde el primer momento y la convencerá para que vaya a vivir con él a su mansión en Irlanda. En cuestión de días Hope se enamorará perdidamente de este hombre de carisma e inteligencia arrolladores, y se verá volcada en una relación que avanza a un ritmo vertiginoso.

Ficción

## EL LEGADO

En menos de una semana, Brigitte Nicholson se queda sin novio, sin trabajo y sin ganas de seguir con el libro que está escribiendo. Angustiada ante un futuro incierto, se traslada a Nueva York para estar con su madre y accede a ayudarla en la reconstrucción de la genealogía familiar. Entonces Brigitte descubrirá que por sus venas corre sangre india, ya que es descendiente de la marquesa de Margerac, cuyo nombre era Wachiwi, y que yace enterrada en la Bretaña. Cuando viaja hasta París para seguir investigando, Brigitte conoce a un apuesto profesor de la Sorbona que la ayudará a descifrar cómo una princesa sioux acabó cruzando el Atlántico, en pleno siglo xviii, de la mano de un noble francés que la introdujo en la corte de Luis XVI y María Antonieta. Con *El legado*, Danielle Steel nos ofrece dos historias de amor unidas por un legado familiar: la valentía y el coraje para arriesgarse a abandonarlo todo con tal de vivir el amor verdadero.

Ficción

Francesca Thayer es copropietaria de una galería de arte y de una casa antigua en el Village neoyorquino. Ambos proyectos los inició con Todd, su pareja durante años. Ahora que la relación ha terminado, Francesca deberá decidir si lo vende todo o hace frente a los pagos ella sola. Finalmente su padre la ayudará a sacar adelante la galería, pero para mantener la casa, tendrá que alquilar tres de sus habitaciones. Entre los inquilinos se creará un ambiente familiar y hogareño que los unirá cada vez más. Y Francesca, entre tanto, se dará cuenta de que en contra de lo que ella creía, su corazón sigue latiendo con más fuerza que antes, en el momento más insospechado y por la persona que menos se espera.

*Ficción*

## HOTEL VENDÔME

Heredero de una familia de banqueros suizos, Hugues Martin es el propietario de uno de los hoteles más prestigiosos de Manhattan, el Hotel Vendôme. Desde que su esposa, una supermodelo, lo abandonó por un cantante de rock, Hugues decidió vivir consagrado al negocio y a su hija de cuatro años, Heloise. La niña creció feliz, arropada por el personal y por los huéspedes que la consideraban la princesa del hotel. Con el paso del tiempo Heloise decide estudiar hostelería en Suiza. Para Hugues es muy duro separarse de su hija, pero la aparición de una atractiva interiorista da un nuevo rumbo a su existencia. Heloise, por su parte, vive su primera gran historia de amor con un apuesto francés. Sin embargo, está convencida de que su futuro profesional está en el Vendôme y de que es la única mujer en el corazón de Hugues. . . . Su regreso a Nueva York supondrá sorpresas, desafíos y cambios que padre e hija tendrán que asumir y superar para que el Hotel Vendôme y sus vidas puedan seguir adelante.

*Ficción*

Valerie Wyatt es la reina de la elegancia y el buen gusto. Desde que se divorció, hace ya algún tiempo, ha trabajado duro para convertirse en una célebre decoradora. Ahora tiene su propio programa de televisión y parece que las cosas no podrían irle mejor. No obstante, ni la fama ni el dinero ni su magnífico físico son suficientes para eludir una verdad aterradora: pronto tendrá sesenta años. El destino quiso que ella y su hija compartieran fecha de cumpleaños. A punto de cumplir los treinta, April ha llegado a la cima profesional. Es propietaria y chef de uno de los mejores restaurantes de la ciudad, situado en el fabuloso Downtown. Pero está tan centrada en el trabajo que no tiene tiempo para nada más. Madre e hija no tardarán en aprender que el éxito no es la clave de la felicidad y que los mejores regalos que brinda la vida siempre llegan por sorpresa. . . .

Ficción

TAMBIÉN DISPONIBLE

*Lazos de familia*
*Luces del sur*
*Siempre amigos*
*Traicionada*
*Una buena mujer*
*Una gran chica*

VINTAGE ESPAÑOL
Disponibles en su librería favorita
www.vintageespanol.com